हिन्द पॉकेट बुक्स

युद्धस्थल

मिथिलेश्वर हिंदी साहित्य में मुख्यतः साठोत्तरी पीढ़ी से सम्बद्ध प्रमुख कथाकार हैं। मुख्यतः ग्रामीण जीवन से सम्बद्ध कथानकों के प्रति समर्पित कथाकार मिथिलेश्वर सीधी-सादी शैली में विशिष्ट रचनात्मक प्रभाव उत्पन्न करने में सिद्धहस्त माने जाते हैं। वे सादगी के शिल्प में कहानी रचने वाले कथाकार हैं। शैली में आत्यंतिक सादगी उनकी पहचान बन चुकी है।

युद्धस्थल

मिथिलेश्वर

हिन्द पॉकेट बुक्स
एक पेंगुइन रैंडम हाउस कंपनी

हिन्द पॉकेट बुक्स

यूएसए। कनाडा। यूके। आयरलैंड। ऑस्ट्रेलिया
न्यू ज़ीलैंड। भारत। दक्षिण अफ्रीका। चीन

हिन्द पॉकेट बुक्स, पेंगुइन रैंडम हाउस ग्रुप ऑफ़ कम्पनीज़ का हिस्सा है,
जिसका पता www.hindpocketbooks.com पर मिलेगा

हिन्द पॉकेट बुक्स
पेंगुइन रैंडम हाउस इंडिया प्रा. लि.,
सातवीं मंजिल, इनफिनिटी टावर सी, डी एल एफ साइबर सिटी,
गुड़गांव 122002, हरियाणा, भारत

हिन्द
पॉकेट
बुक्स

प्रथम हिन्दी संस्करण हिन्द पॉकेट बुक्स द्वारा 1981 में प्रकाशित
यह हिन्दी संस्करण 2020 में प्रकाशित

10 9 8 7 6 5 4 3 2 1

ISBN 9789353497095

मुद्रक : रेप्लिका प्रेस प्रा. लि., इंडिया

www.hindpocketbooks.com

समर्पण

ममतामयी मां श्रीमती कमलावती देवी को,
जिन्होंने बचपन में ही कहानियां सुना-सुनाकर
मेरे अन्दर कथाकार के बीज बोए थे।

•

पूज्य पिता स्वर्गीय प्रो० वंशरोपणलाल को,
जिन्होंने शुरू में ही
चेखव, गोर्की और प्रेमचंद की रचनाओं से
मेरा साक्षात्कार कराया था।

•

और
श्रद्धेय गुरुदेव श्री राजनारायणसिंह को,
जिनकी भूमिका मेरी प्रारम्भिक कथा-यात्रा में
अत्यन्त महत्त्व की रही है।

युद्धस्थल

□□

हाथ में लकुटी लिए, झुककर चलती हुई रामशरण बहू गांव के बीचोबीच स्थित बरगद तक चली आती हैं। अब तक बरगद के नीचे काफी संख्या में लोग जुट चुके हैं। बरगद के तने में रस्सी बांधकर तीन-चार लालटेनें टांग दी गई हैं। रामायण का पाठ शुरू हो गया है।

पिछले दो दिनों से इस भरतपुर गांव में श्रीमन् नारायणजी आए हैं। वे एक हफ्ता ठहरेंगे। राम-कथा के वे बहुत अच्छे जानकार हैं। प्रतिदिन शाम को बरगद के नीचे उनका रामायण-पाठ होता है। रामायण की चौपाइयों का अर्थ वे कहीं बहुत गहरे में उतरकर अत्यन्त सहज और सरस शब्दों में बताते हैं कि लोग राम-कथा के प्रवाह में डूब जाते हैं। हटने का नाम नहीं लेते। लगातार तीन-चार घंटे तक उनका पाठ चलता रहता है।

रामशरण बहू की तबीयत कुछ खराब थी, इसीसे पिछले दोनों दिन वे नहीं आ पाईं। आज भी उनकी तबीयत पूरी तरह ठीक नहीं है। लेकिन आज वे रुक नहीं सकीं। लाठी टेकते-टेकते चली आईं। धर्म-चर्चा और धर्म के कामों में वे कभी पीछे नहीं रहती हैं।

रामशरण बहू एक जगह रुककर थोड़ा सुस्ताने लगती हैं। उनका घर गांव के पश्चिमी टोले में है। इस बरगद से काफी दूर। यहां आते-आते वे थक गई हैं। हांफने लगी हैं। बुढ़ापा आ गया है। उम्र पचास को पार कर गई है। लेकिन रामशरण बहू जानती हैं, उम्र ने उन्हें नहीं पछाड़ा है। इस गांव में पचास पार की कई औरतें अभी बिल्कुल ठीक-ठाक हैं। बच्चे जनती हैं। वे सधवा हैं। और रामशरण बहू को विधवा हुए तो अठारह साल हो गए। पति की मृत्यु ने

पचास पार करने पर ही उन्हें अस्सी वर्ष की बुढ़िया बना दिया है। बाल सफेद हो गए हैं। दांत टूट चुके हैं। कमर झुक गई है। चेहरा सिकुड़कर छोटा हो गया है। बिना लकुटी के दो-चार कदम चल पाना भी मुश्किल होता है।

रामशरण बहू देखती हैं, हर बार की तरह इस बार भी मर्द एक ओर बैठे हैं और औरतें दूसरी ओर। रामायण-पाठ या रामलीला के वक्त बराबर ऐसा ही होता है। औरत-मर्द साथ-साथ नहीं बैठते। असल में कई घरों से नई-नई बहुरिया भी आती हैं, जो औरतों के बीच तो खप जाती हैं, मर्दों के बीच कैसे खपती?

रामशरण बहू औरतों की जमात की ओर चल देती हैं। लकूटी टेकते-टेकते वे औरतों के बीच पहुंच जाती हैं। फिर एक जगह लकुटी पटक, धीरे से बैठती हैं और बैठते ही पसर जाती हैं। लेकिन यह क्या? उनके वहां बैठते ही आसपास की औरतें खिसकने लगती हैं। तेतरी की माई वहां से बुदबुदाते हुए हट जाती है। सहदेव की पतोहू घूंघट निकाल आगे बढ़ जाती है। रमेसर की बेटी सुरसतिया अपने छोटे भाई का हाथ पकड़ वहां से भाग जाती है। फिर औरतों के बीच से फुसफुसाहट-भरी आवाजें आती हैं, "डायन आ गई...इसको रामायण से क्या मतलब...जरूर किसीपर टोना-टोटका चलाने आई है..."

एक क्षण के लिए रामशरण बहू का मन दुःख से भर जाता है, लेकिन वे शीघ्र ही अपने को नियंत्रित कर लेती हैं। डायन का यह संबोधन गांव ने उन्हें पहली बार नहीं दिया है, बल्कि एक लंबे समय से यह संबोधन उनके ऊपर थोप दिया गया है। प्रारंभ में तो वे कई औरतों से झगड़ पड़ी थीं। हाथापाई और झोंटा-झोंटी तक हो गई थीं। लेकिन अब तो सहते-सहते वे इस संबोधन की अभ्यस्त हो गई हैं।

रामशरण बहू अपना ध्यान औरतों की बातों से खींचकर श्रीमन् नारायणजी की ओर केन्द्रित करती हैं। धनुष-यज्ञ प्रसंग चल रहा है। परशुरामजी आ गए हैं...। रामशरण बहू अपने को श्रीमन् नारायणजी की बातों में बहा देना चाहती हैं, लेकिन औरतों के बीच चल रही गुपचुप बातें उन्हें सुनाई पड़ती ही रहती हैं, "सामने से हट जाना चाहिए...एक बार भर नजर

देख लेगी तो हंसता-खेलता आदमी खाट पकड़ लेगा...अरे सुगपतिया, अपने बच्चे को चुप करा दे, नहीं तो कल्याण नहीं...एक बार मेरे बच्चे की रुलाई सुन ऐसा टोटका किया था कि तुझे क्या बताऊं... बहुत झाड़-फूंक करने के बाद मेरा लड़का ठीक हुआ था...”

रामशरण बहू का ध्यान राम-चर्चा से अलग हो जाता है। अपने ऊपर औरतों द्वारा लगाए जा रहे घृणित आरोप के खिलाफ उनका मन क्रोधित हो उठता है। उनके जी में आता है कि तेजी से उठें और गुपचुप बतिया रही औरतों के ऊपर लकूटी से अंधाधुंध प्रहार शुरू कर दें। लेकिन यह सोचकर कि ऐसा करने के बाद औरतें उनकी कोई भी दुर्गति बाकी नहीं छोड़ेंगी, वे महटिया जाती हैं। अगर औरतों को उनसे डर ही होता तो फिर उन्हें डायन से संबोधित ही क्यों करतीं?

रामशरण बहू सोचती हैं कि अगर आज उनकी कोई औलाद होती तो वे सबको बता देतीं। किसकी मजाल जो उन्हें डायन कहे? आंख निकलवा लेतीं। लेकिन उनकी बंजर कोख ऊसर नहीं हुई। वे बांझ की बांझ ही रहीं। फिर आगे चलकर विधवा भी बन गई। अब गांव के लोग उन्हें डायन न समझें तो क्या समझें? बांझ और विधवा औरत अधेड़ हो जाने के बाद तो डायन ही न समझी जाती है?

रामशरण बहू अपने दुर्भाग्य पर आंस बहाने लगती हैं। वे कई बार डूबकर सोच चुकी हैं, दोष किसी और का नहीं, उनके अपने अभागेपन का ही है। ईश्वर ने उन्हें ऐसा बना ही दिया है। उनकी तकदीर खोटी है। अब तो उन्हें सब कुछ चुपचाप सहना-सुनना है। सहने-सुनने के अतिरिक्त वे कर ही क्या सकती हैं?

रामशरण बहू को अपने पति की याद आती है। वे जिन्दा थे तो कितनी बड़ी छाया थी उनके ऊपर! एक बार रमपतिया ने उन्हें डायन कह दिया था तो वे उसे मारने के लिए लाठी लेकर चल पड़े थे। वह छिप गया था, नहीं तो वे उसका माथा फोड़कर ही वापस लौटते।

रामशरण बहू को जगतनारायणसिंह की याद भी आने लगती है। वैसे कहने के लिए जगतनारायणसिंह उनके कुछ नहीं लगते थे। एक पड़ोसी थे। लेकिन यह सिर्फ रामशरण बहू का अंतर ही जानता है कि वे जगतनारायणसिंह

से कितने गहरे में जुड़ी थीं। जगतनारायणसिंह जब तक जिन्दा रहे, भले ही लोग पीठ-पीछे उन्हें डायन कहते रहे, लेकिन क्या मजाल कि उनके सामने कोई उन्हें डायन कहे? हालांकि इसके लिए गांव के लोगों ने जगतनारायणसिंह के साथ उनके नाम को जोड़कर बदनाम करने की पूरी कोशिश की; लेकिन इसका उन्हें तनिक भी मलाल नहीं।

रामायण-पाठ चलता रहता है। लोग सुनते रहते हैं। औरतों के बीच कहीं-कहीं कानाफूसी भी होती रहती है। लेकिन रामशरण बहू इन सबसे अलग अपने में डूबी रहती हैं। अपनी किस्मत को कोसती रहती हैं। बड़े शौक से राम-चर्चा में भाग लेने आई थीं, लेकिन यहां आने पर दूसरा रोना ही प्रारंभ हो गया। उनके साथ अब अकसर ही ऐसा होने लगा है।

लगभग रात्रि के दस बजे रामायण-पाठ समाप्त होता है। फिर आरती होने लगती है। आरती के लिए श्रीमन् नारायणजी बराबर ही अपने साथ एक सहयोगी लाते हैं। उनका सहयोगी एक थाल में कपूर और घी की बत्ती जलाता है। फिर आरती प्रारंभ हो जाती है। सबसे पहले रामायण की आरती होती है। इसके बाद श्रीमन् नारायणजी का सहयोगी आरती का थाल लिए लोगों के बीच घुस जाता है। लोग आरती के थाल में पैसे डालते और आरती लेते जाते हैं। कुछ लोग पैसे के स्थान पर चावल लेकर आते हैं। उनके लिए श्रीमन् नारायणजी का सहयोगी कंधे में एक झोला लटकाए रहता है। इस तरह हफ्ते भर में काफी पैसे और चावल श्रीमन् नारायणजी इकट्ठा कर लेते हैं।

श्रीमन् नारायणजी का सहयोगी पुरुषों के बीच आरती दिखाने के बाद औरतों के बीच घुस आता है। औरतें आरती के वक्त पुरुषों से अधिक दाता साबित होती हैं। रूमाल में सेर-सेर भर चावल बांधकर ले आती हैं।

श्रीमन् नारायणजी का सहयोगी आरती का थाल लिए रामशरण बहू के सामने आ जाता है। रामशरण बहू अपनी कमर की गांठ से खोलकर पांच पैसे का एक सिक्का आरती के थाल में डाल देती हैं।

श्रीमन् नारायणजी का सहयोगी वहां से आगे बढ़ता है। फिर एक जगह औरतों की धक्का-मुक्की से परेशान हो रामशरण बहू की ओर इशारा करके कहता है, "वहां तो कितनी जगह है, लेकिन यहां आप लोग भीड़ लगाए बैठी

हैं...।”

इसपर औरतें नाक-भौं चढ़ाती, एक-दूसरे को चिकोटी काटते हुए आपस में दबी जबान बातें करने लगती हैं। उनकी बातों का एक टुकड़ा रामशरण बहू के कान में पड़ता है, “वहां डायन बैठी है...।” वे तिलमिला जाती हैं। यह वाक्य तीर की तरह उनके कलेजे में लगता है। बाहरी आदमी के सामने भी यह लांछना और अपमान! वे माथा उठाकर तेज नजरों से उस ओर देखती हैं जिस ओर से आवाज आई है। वे सोचती हैं कि कितना अच्छा होता अगर वास्तव में वे डायन होतीं, तो निश्चय ही इन औरतों से बदला लेतीं! लेकिन उनकी नजर उधर जाते ही वहां की औरतें अपना मुंह घुमाकर पीठ उनकी ओर कर देती हैं। उपेक्षा और अपमान की एक और चोट उन्हें लगती है।

आरती के बाद लोग अपने-अपने घरों की ओर चल देते हैं। कुछ लोग रामायण के प्रसंग पर ही बातचीत करते जाते हैं, कुछ लोग दूसरे प्रसंगों पर। पुरुषों की अपेक्षा औरतें ज्यादा बातचीत करती और शोरगुल मचाती लौटती हैं।

रामशरण बहू सबसे आखिर में उठती हैं। जिन्दगी का चौथापन तो ऐसे ही बोझ बन जाता है। उसपर इतना अपमान और तिरस्कार! उनके पांव मन-मन भर के बोझिल हो जाते हैं। लकुटी टेकते हुए वे धीरे-धीरे आगे बढ़ती हैं। जब तक वे बरगद को लांघकर बीच गली में आती हैं तब तक सभी लोग जा चुके होते हैं। उनके लिए कोई रुकता नहीं है। गलियां सुनसान और वीरान हो जाती हैं। अगर दुखन की मां आई होती तो जरूर उनके लिए रुकती। अब इस भरतपुर गांव में उसके सिवाय उनका अपना और बचा ही कौन है? वैसे दुखन की मां भी उनके अपने परिवार या नाते की कोई औरत नहीं है। वह तो कई घरों में दाई का काम करती है। उनके यहां भी दाई के रूप में ही है। लेकिन वे दुखन की मां को अन्य घरों से अधिक ही देती हैं। पर्व-त्योहार पर नये कपड़े भी बनवा देती हैं। दोनों ज़न खाना भी खिला देती हैं। वह भी उन्हें अन्य घरों से अधिक ही जानती-मानती है। उनकी तरह ही विधवा है। दुखन की बहू से उसकी नहीं पटती। अपने घर से अलग रहकर कमाती-खाती है। अगर सुहागन होती और बाल-बच्चों के बीच रहती तो

उनके यहां कभी नहीं आती। वे डायन जो ठहरी!

रामशरण बहू एक गली को पार कर दूसरी गली में घुस जाती हैं। उन्हें नहीं लगता है कि वे अपने घर जा रही हैं। लगता है, जैसे किसी ऐसी यात्रा पर निकली हों जिसका कोई अंत नहीं। कोई उद्देश्य नहीं। कोई मंजिल नहीं।

रामशरण बहू दूधनाथ चौधरी के मकान तक पहुंचते-पहुंचते थक जाती हैं। यहां से उनका घर अब बहुत दूर नहीं है। फिर भी उनकी इच्छा होती है कि वे थोड़ी देर बैठकर सुस्ता लें। वे दूधनाथ चौधरी के दालान के बाहर वाले चबूतरे पर जा बैठती हैं। चैत की रात। हवा में घुली-मिली शीतलता। रामशरण बहू की पलकें झपकने लगती हैं...।

कुछ समय बाद लोगों की बातचीत से रामशरण बहू की आंखें खुलती हैं। वे देखती हैं, आसपास के मकानों की खिड़कियां खुल गई हैं। औरतें और बच्चे झांक रहे हैं। कई दरवाजे भी खुल गए हैं। हाथ में लाठी लिए मर्द दरवाजों पर आ गए हैं। रामशरण बहू को दूधनाथ चौधरी की पत्नी की आवाज सुनाई पड़ती है, "हाय दादा! अब क्या होगा? रमसरना बो डायन आकर बैठ गई है...न जाने किसपर घात लगाई है...अब जरूर कुछ होगा!"

रामशरण बहू को अपने ऊपर आश्चर्य होता है कि वह घर जा रही थीं तो रास्ते में सो कैसे गईं? अब उनसे एक क्षण भी वहां रुका नहीं जाता है। वहां से उठकर चल देती हैं। डरती भी जाती हैं। मन में अनेक तरह की शंकाएं उठती हैं, न जाने लोग कब क्या कर दें? जब सरेआम उन्हें डायन कहते किसीको डर नहीं लगता, तब फिर कुछ भी करने में लोग क्यों डरेंगे? कहीं कोई उन्हें मार न बैठे! बुढ़ापे में दुर्गति न कर दे! वे तेजी से कदम बढ़ाने लगती हैं। अपने दरवाजे पहंच ताला खोलती हैं। फिर अंदर घुसकर भीतर से किवाड़ बंद कर लेती हैं। अपना खाना ढंककर गई थीं कि रामायण से लौटने पर खाएंगी, लेकिन अब कुछ भी खाने की इच्छा नहीं होती है उनकी। सीधे जाकर खटिया पर गिर पड़ती हैं। फिर खटिया पर गिरते ही रुलाई फूट पड़ती है। अब चाहकर भी वे अपने को रोक नहीं पातीं। धैर्य का बांध टूट जाता है और वे देर तक

सुबकती रहती हैं।

भरतपुर नामक इस गांव में जिस दिन दुलहन बनकर रामशरण बहू आई थीं, उसको गुजरे हुए एक लंबा समय हो गया। एक पूरा जमाना ही बीत गया। वह फागुन के महीने का एक दिन था। न अधिक जाड़ा, न अधिक गर्मी। सुहाना वातावरण। वासंती बयार की मीठी गुदगुदी। कोयल की कूक। रातों में बिखरी दूधिया चांदनी। वक्षों में फूट आई नई कोपलें। नीम के फूल। आम की मंजरियां। हर जगह सुगंध ही सुगंध। लेकिन रामशरण बहू के अंतर में फागुन की मस्ती तो इससे कहीं अधिक थी। फागुन तो उनके मन-प्राणों से फूट रहा था। वे मन और तन से जिस रूप में पहुंच आई थीं, उस रूप में उनके लिए हर महीना फागुन ही था।

रामशरण बहू जिस गांव की बेटी थीं, उस गांव में उनसे अधिक सुंदर लड़कियां थीं। लेकिन जैसी जवानी रामशरण बहू के ऊपर आई थी, वैसी जवानी कभी किसीके ऊपर नहीं आई थी। अंग वस्त्र को फाड़कर बाहर निकल जाना चाहते थे। चलती थीं तो लगता था, धरती उछल रही हो। आसमान झुककर आलिंगन कर रहा हो। लोगों के सामने रामशरण बहू सौंदर्य की एक नई परिभाषा बन गई थीं। सौंदर्य और कुछ नहीं, भरी जवानी का ही दूसरा नाम है। चेहरा लाख सांचे में ढला हो, लेकिन अंगों में कांति ही नहीं, बदन में यौवन के खून की ऊष्मा नहीं, वस्त्र फाड़ देने वाला मांसल उभार नहीं, तो फिर सौंदर्य क्या?

रामशरण बहू के पति रामशरण भी गबरू जवान थे। अखाड़े में कुश्तियां लड़ते थे। मां-बाप के अकेले थे। बाप तो पहले ही गुजर चुके थे। अब सिर्फ मां बची थीं। उन अकेले के पास बीस बीघे खेत थे। एक आदमी पर बीस बीघे खेत कम नहीं होते। पूरी मस्ती थी उनकी।

रामशरण बहू ने प्रथम मिलन में ही अपने पति को पूरी तरह प्रभावित कर दिया था। साथ ही उन्हें अपने मन-प्राणों में भी बसा लिया था। इसके बाद अपने पति के प्रति वे पूरी तरह समर्पित हो गई थीं। बदले में उन्हें जो मिला, उसने रामशरण बहू को अपने में पूरी तरह आत्मसात् कर लिया। संपूर्ण समर्पण का अद्वितीय सुख, जिसके पीछे वे पागलों की तरह भागती

रहीं।

रामशरण को भी पत्नी की जवानी ने दीवाना बना दिया था। सब ओर से अपने को काटकर पत्नी के बीच ही उन्होंने स्वयं को सीमित कर लिया था। खेत-खलिहान जहां से भी लौटते, पत्नी को बांहों में भर लेते। प्यार करते तो देर तक करते ही रहते। समय का कोई खयाल न रह पाता। बरसाती नदी की तरह बांध तोड़कर दोनों पति-पत्नी बह चले थे—एक-दूसरे में खोए, एक-दूसरे में लीन। दिन छोटे होने लगे। रातें बातों में ही कटने लगीं। देखते-देखते पांच साल की अवधि गुजर गई, लेकिन उन्हें पता तक नहीं चला। अचानक इसी बीच रामशरण की मां स्वर्ग सिधार गईं। मां की मृत्यु ने उन दोनों की तंद्रा भंग की। फिर उन्हें यह जानकर काफी आश्चर्य हुआ कि अभी तक वे दोनों सिर्फ नर-मादा ही बने रहे हैं, मां-बाप नहीं बन पाए हैं।

रामशरण और रामशरण बहू, दोनों पति-पत्नी के सुखद जीवन के बीच यहीं से एक चिंता का प्रवेश हुआ था। वे दोनों स्वस्थ थे। तगड़े थे। नर-मादा के रूप में दोनों का हजारों बार मिलन हो चुका था, लेकिन सारा मिलन व्यर्थ हो गया था। रामशरण खेती-गृहस्थी वाले आदमी थे। बीज डालने के बाद खेतों में फसल न उगने की पीड़ा से वे परिचित थे। वे बेचैन रहने लगे। रामशरण बहू की परेशानी भी बढ़ने लगी। अब तक उनकी कोख क्यों सूनी है? ऊपर से तो वे एकदम भरी-भरी हैं। अंदर क्या कमी है? रामशरण बहू ने अपने गांव की बंजर जमीन को देखा था। उसमें फसल नहीं उगती थी, इसीलिए लोगों ने उसमें गांव भर का बुहारन, राख-पात और कूड़ा-कर्कट डालना शुरू कर दिया था। उस जमीन का लोगों की नजर में कोई महत्व नहीं था। रामशरण बहू को लगा, बांझ औरत और उस जमीन में कोई अंतर नहीं। वह अंदर-ही-अंदर दुःखी रहने लगीं।

रामशरण ने भाग-दौड़ प्रारंभ की। रुपये-पैसों की कोई कमी थी नहीं उन्हें। उन्होंने पानी की तरह पैसा बहाया। आरा और पटना के अनेक मशहूर चिकित्सकों से स्वयं तथा पत्नी की जांच कराई। किसीने रामशरण में कमी बताई तो किसीने उनकी पत्नी में। एक चिकित्सक ने बच्चा होने के लिए

रामशरण की पत्नी का छोटा-सा आपरेशन भी कर दिया तथा रामशरण को ढेर सारी दवाइयां खाने को दीं। दोनों पति-पत्नी दवाइयां खाते तथा बच्चा होने की प्रतीक्षा में ईश्वर से प्रार्थना करते दिन गुजारने लगे। लेकिन जब पांच वर्ष और गुजर गए तो उनकी परेशानी और चिंता दुगुने वेग से बढ़ गई। चिकित्सकों से उनका मोह भंग हो गया। इस पांच साल की अवधि में उन्होंने बारी-बारी से एलोपैथिक, आयुर्वेदिक और होमियोपैथिक, तीनों दवाओं का सेवन किया था। लेकिन सब बेकार साबित हुआ।

रामशरण बहू को गांव की ओर से तिरस्कृत और उपेक्षित समझे जाने की पीड़क स्थिति यहीं से शुरू हुई। गांव की औरतों ने टीका-टिप्पणि प्रारंभ की, "मर्द के साथ रहते दस साल हो गए...अब तक कोई बच्चा नहीं हुआ...बांझ है...बहिला है...रामशरण का खानदान डुबाएगी... ।"

औरतों के बीच तरह-तरह की बातें चलने लगीं। रामशरण बहू को उन बातों की जानकारी इधर-उधर से मिलने लगी। पीठ-पीछे औरतें उन्हें बांझ कहती हैं। खैर... । उनके सामने तो उन्हें किसीको बांझ कहने की हिम्मत नहीं। चाहे सारा धन बिक जाए, लेकिन मुंह पर बांझ कहने वाले का गला दबाए बिना उनके पति छोड़ेंगे नहीं। पीठ-पीछे कौन क्या कहता है, कोई सुनने तो नहीं जाता। लेकिन रामशरण बहू की पीड़ा बढ़ते-बढ़ते गुस्से के इस रूप में आ गई कि पीठ-पीछे भी कोई क्यों उन्हें बांझ कहे? अपने दरवाजे पर खड़े होकर पीठ-पीछे बांझ कहनेवालियों को उन्होंने गालियां देना शुरू किया, "मैं बांझ हूं या बहिला हूं, किसीसे कुछ मांगने तो नहीं जाती...न किसीसे बुरा खाती हूं और न किसीसे बुरा पहनती हूं...मेरा सुख-चैन देखकर जलने वाली की भगवान दोनों आंखें फोड़ दें...जो मुझे बांझ कहे, वह विधवा हो जाए...उसका बेटा मर जाए...उसकी देह में कोढ़ फूट जाए...'

रामशरण बहू देर तक गालियां बकतीं। गालियां बकने के बाद उनके मन का गुबार कुछ शांत हो जाता। लगता, जैसे बांझ कहने-वालियों से उन्होंने बदला ले लिया। उनका जवाब दे दिया। लेकिन अन्दर का रीतापन दूर नहीं होता। जब भी डूबकर सोचतीं तो लगता, बांझ का सम्बोधन किसीसे

लड़-झगड़कर नहीं मिटाया जा सकता। जब तक उनकी कोख हरी-भरी नहीं होगी, वे बांझपन से मुक्त नहीं होंगी। शादी हुए इतने दिन गुजर गए, फिर भी उनकी कोख बंजर ही रही। वे लाख लड़ें-झगड़ें, लोग तो उन्हें बांझ समझेंगे ही।

रामशरण बहू को चिन्ता अन्दर-ही-अन्दर गलाने लगती। अपने दुर्भाग्य पर वे पछतावा करतीं। मन-ही-मन ईश्वर को भी दोष देतीं। ईश्वर ने उन्हें सब कुछ दिया, लेकिन बांझ बनाकर तो कहीं का नहीं रहने दिया। रामशरण बहू के बांझपन की व्यथा बढ़ते-बढ़ते दार्शनिक ऊंचाइयों को छूने लगती। तब उन्हें लगता, नारी जब तक मां नहीं बन पाती है, तब तक वह वेश्या है। मां बनने के बाद ही नारी का नारीत्व सार्थक होता है। मां बनने से पहले तो वह सिर्फ नर की भोग्या है। वासना की कठपुतली है। नरककुंड की मछली है। उन दिनों रामशरण बहू एकांत में बैठकर घंटों सोचतीं कि अगर इसी तरह आजीवन उन्हें कोई बच्चा नहीं हुआ तो इस जायदाद का हकदार कौन होगा? बुढ़ापे में उनकी और उनके पति की सेवा-शुश्रूषा कौन करेगा? उनकी मिट्टी पार कौन लगाएगा? उनके खानदान का नाम कौन चलाएगा? और रामशरण बहू माथा पीट लेतीं। शादी के बाद उन्हें सारी दुनिया रंगीन नजर आती थी, लेकिन अब आंखों के सामने सिर्फ अंधेरा-ही-अंधेरा नजर आता।

रामशरण बहु को लगता, अब वह दिन दूर नहीं, जब गांव के लोग उनके पति को दूसरी शादी करने की सलाह देंगे। फिर एक नई-नवेली दूसरी औरत इस घर में आ जाएगी। उनके पति उनको छोड़ उस नई औरत के साथ रहने लगेंगे। उनकी दुनिया उपेक्षित और सीमित होती जाएगी। और अगर उस नई औरत ने बच्चे को जन्म दिया तब तो उसके सामने उनकी कोई हैसियत ही नहीं रह जाएगी। वह घर की मालकिन रहेगी और वे उसकी दासी। उनके अधिकार उठते जाएंगे और वह शासन चलाएगी। उन्हें घर के पिछवाड़े वाली कोठरी दे दी जाएगी जहां उपेक्षा, अपमान, तिरस्कार और तकलीफों की कभी न खत्म होनेवाली कहानी शुरू हो जाएगी।

अपने पति की दूसरी शादी की बात सोचते ही रामशरण बहू का अन्तर

कांप जाता। उनके चेहरे पर पसीने की बूंदें चुहचुहा आतीं। उनकी पीड़ा घनीभूत हो जाती। फिर उनकी आंखों के सामने अपने मायके की सहदेव बहू का चेहरा नाचने लगता। सहदेव बहू उनकी तरह ही बांझ थी। उसके मर्द ने लोगों के कहने पर दूसरी शादी की। वह दूसरी औरत आई और आते ही बच्चे जनना शुरू कर दिया। अब सहदेव बहू घर के लिए फालतू औरत बन गई। उसका महत्त्व खत्म हो गया और उसके अधिकार छीने जाने लगे। जब तक शरीर चलता रहा तब तक तो सहदेव बहू अपनी सौत की डांट-फटकार, लांछना-दुत्कार और लात-जूतों की मार सहकर भी अपने अधिकारों के लिए लड़ती रही, लेकिन जब उसका शरीर अवश हो गया तब उसकी सौत ने उसकी वह गति की कि देखने वाले सिहर गए। उसकी सौत ने घर से उसे बाहर निकाल गली के किनारे मवेशी बांधने वाली मड़ई में उसकी खाट रखवा दी थी। वहां न कोई उसे पानी देने वाला था और न सेवा करने वाला। पति होते तो उसे घर से बाहर नहीं निकाला जाता। लेकिन वे स्वर्गवासी हो गए थे। सहदेव बहू की सौत के लडकों ने घर संभाल लिया था। लेकिन उन लड़कों को उससे क्या मतलब? वह कराहती रहती। छटपटाती रहती। रोती-कलपती रहती। उसकी सौत स्वयं तो कभी उसके पास जाती ही नहीं थी, बच्चों को भी उसके पास जाने से रोक दिया था। टोला-पड़ोस की औरतों को कभी दया आती तो आकर उसे देख जातीं। कुछ खिला देतीं। उसकी गंदी खटिया साफ कर देतीं, नहीं तो उसी गंदी खटिया पर कभी-कभी वह हफ्तों पड़ी रहती, और मक्खियां भिनभिनाती रहतीं। उन दिनों सहदेव बहू रोते हुए एक गीत गाती। उसका वह गीत उस समय गांव की औरतों के बीच काफी प्रचलित हो गया था। रामशरण बहू तो उस समय चौदह साल की लड़की थीं, लेकिन सहदेव बहू के गीत की पीड़ा ने उनके मन में भी दर्द पैदा कर दिया था। अब वह गीत रामशरण बहू को बराबर याद आने लगा था। जब-जब वह गीत उन्हें याद आता, उनकी आंखें बहने लगतीं। आंसू ढरककर उनके गालों पर बहते जाते :

'बाघिन, हमका जो तू खाइ लेतिउ, बिपतिया से छूटित हो।
बांझिन, तुमका जो हम खाइ लेबि, हमहू बांझिन होइब हो।

नागिनी, हमका जो तुम डसि लेतिउ, बिपति से हम छूटित हो।
बांझिन, तुमका जो हम डसि लेबि, हमहू बांझिनी होइब हो।
मइया, हमका जो तुम राखि लेतिउ, बिपति से हम छुटित हो।
बिटिया, तुमका जो हम राखि लेबि, हमहू बांझिनी होइब हो।
धरती, तुम ही सरन अब देहु, बांझिनी नाम छूटई हो।
बांझिनी, तोहका जो हम राखि लेबि, हमहूं होइबि बंजर हो।'

रामशरण बहू रोती-सुबकती रहती हैं। रात आधी से अधिक गुजर जाती है। बहुत सारे आंसू बहाने के बाद रामशरण बहू को कुछ शांति मिलती है। अब तो ये आंसू ही उनके बुढ़ापे का सहारा हैं। जब भी उनका मन दुःख, तकलीफ और संताप से भर जाता है, वे जी भरकर रो लेती हैं। रोने के बाद वे कुछ हल्कापन महसूस करती हैं। पीड़ा का अहसास कम हो जाता है। लेकिन इसके चलते उनकी आंखों पर बुरा असर पड़ा है। रोशनी जाती रही है। एक बार एक डाक्टर ने कहा था, 'आंसू कम बहाएं, आंखें खराब हो जाएंगी।' लेकिन वे क्या करें? आंखों को देखें या अन्तर की पीड़ा को?

रामशरण बहू उठ बैठती हैं। पीड़ा का वेग कम हो गया है। मन सहज हो चला है। वे स्वयं को समझाती हैं, इतना रोने-पीटने से क्या होगा? कोई नई बात थोड़े है। इस तरह की बातें तो बराबर होती ही रहती हैं। जो करम में लिखा है, वह भुगतना ही पड़ेगा। उससे छुटकारा कहां?

रामशरण बहू को अब कुछ खाने की इच्छा होती है। वे जानती हैं, रात के तीसरे पहर में खाना नहीं खाया जाता। लेकिन बच्चों और बूढ़ों को भूख बर्दाश्त नहीं होती। वे ख़टिया से उतरकर चल देती हैं। अन्धकार में टटोलते-टटोलते दिराखे के पास आती हैं। फिर दिराखे से माचिस लेकर ढिबरी जलाती हैं। ढिबरी का प्रकाश कमरे में फैल जाता है। अब वे अपने खाने के पास आ जाती हैं। रोटियां ठण्डी हो गई हैं और सूख गई हैं। सब्जी का स्वाद भी नष्ट हो गया है। फिर भी रामशरण बहू खाने लगती हैं।

खाना खाने के बाद उन्हें तम्बाकू पीने की तलब महसूस होती है। वे उपलों को तोड़कर आग सुलगाती हैं। उपले जल्द सुलगते नहीं। धुएं से कमरा

भर जाता है। धुएं के तीखेपन से उनकी आंखें गीली हो जाती हैं। फिर उनका हाथ एक जगह से जल जाता है। वे गुस्से में बड़बड़ाने लगती हैं, "हरामजादी दुखन की मां आज नहीं आई...और घरों से तो उसे अधिक ही देती हूं...फिर भी किसी-किसी दिन नागा ही कर देती है...बुढ़ापे में अपना शरीर अब चलता नहीं, लेकिन दाई-नौकरों का क्या भरोसा? धर्म, ईमान आज थोड़े रह गया है किसीके पास!" फिर उन्हें लगता है कि नहीं, दुखन की मां के साथ ऐसी बात नहीं है। वह तो उनके लिए जितना करती है, शायद अपना भी उतना नहीं करता। जरूर वह किसी खास कारण से कहीं रुक गई है। उसके बारे में उन्हें ऐसा नहीं सोचना चाहिए...।

रामशरण बहू उपलों के अंगारों को चिलम में डालती हैं। फिर गुड़गुड़ी पीने लगती हैं। तम्बाकू का धुआं भीतर जाता है। फिर बाहर आता है। चिर-परिचित गंध। चिर-परिचित स्वाद। मन और तन को राहत मिलती है। वे दीवार के सहारे उठंग रहती हैं। बूढ़ों के पास वर्तमान और भविष्य नहीं होता, सिर्फ अतीत होता है। अतीत को याद करके ही वे बुढ़ापे का बोझ कम करते हैं। उन्हें जहां कहीं भी एकांत मिलता है, अतीत में लौट जाते हैं। इनमें से कई लोगों का अतीत बहुत उज्ज्वल होता है जिसे याद करना आनन्ददायक साबित होता है। लेकिन रामशरण बहू का अतीत भी वर्तमान की तरह ही अवसादग्रस्त है।

जब दवा-दारू और पूजा-पाठ करके रामशरण बहू थक गईं, उन्हें बच्चा नहीं हुआ, तब वे ओझा-गुनियों के चक्कर में फंसने लगीं। रामशरण को ओझाई और झाड-फूंक में तनिक भी विश्वास नहीं था, लेकिन अपनी पत्नी के लिए उन्होंने नये सिरे से विश्वास पैदा किया। फिर गांव के नामी-गिरामी ओझाओं से लेकर इलाके के प्रसिद्ध ओझा उनके यहां आने लगे। रामशरण बहू पर ओझाई शुरू हो गई। कोई ओझा प्रेत का प्रकोप बताता तो कोई डाकिनी का। शराब की बोतलें गिराई जातीं। मुर्गे की बलि चढ़ाई जाती। डिहवार बाबा के नाम से मनौती मनाई जाती। खर्च और परेशानियों का एक नया सिलसिला। लेकिन फायदा कुछ नहीं।

रामशरण देर तक इस पाखण्ड को सह नहीं सके। उन्होंने अपने यहां ओझाओं का आना रोक दिया। लेकिन रामशरण बहू नहीं मानी। मरता क्या नहीं करता? वे घर से बाहर निकलने लगीं। इस क्रम में गांव तथा पड़ोस की कुछ औरतों से रामशरण बहू की दोस्ती हो गई, जो ब्रह्मस्थानों, देवासों और पीर के मजारों का चक्कर लगाती थीं। रामशरण बहू ने उन स्थानों पर हजारों की संख्या में औरतों को जुटते देखा। औरतें बाल खोले, अपने दोनों हाथ जमीन में टेके खूब जोर-जोर से माथा हिलातीं। सामने बैठे ओझा नीम के पत्ते से धीरे-धीरे उनके ऊपर वार करते। फिर सरसों और चावल उनके ऊपर छिड़कते। आवश्यकता पड़ने पर बाल पकड़कर कुछ पूछते। पीठ पर हाथ फेरते। और न जाने क्या-क्या क्रियाएं करते। रामशरण बहू के लिए यह दुनिया बिल्कुल नई थी। प्रारंभ में तो उन्हें अजीब लगता, लेकिन धीरे-धीरे वे इस दुनिया में प्रवेश करने लगीं। प्रारंभ में वे सिर्फ दिन में ही जातीं। बाद में रातों में भी जाने लगीं। अपने पति को उन्होंने समझा दिया। रामशरण मान गए। आखिर अब वे कोई बहुरिया तो थीं नहीं। उम्र काफी सरक गई थी। इसके साथ वे अकेले तो जाती नहीं थीं। गांव की और तीन-चार औरतें उनके साथ जाती थीं।

रामशरण बहू देखतीं, कोई बुढ़िया अपनी बेटी को लेकर आई है, तो कोई सास अपनी पतोह को। किसीके पति ने उसे छोड़ दिया है, तो किसीका बच्चा पैदा होता है और मर जाता है। किसीके साथ समस्या कुछ है, तो किसीके साथ कुछ। लेकिन अधिकांश औरतें औलाद की इच्छा लेकर ही जाती थीं। उन औरतों को देख रामशरण बहू के मन को तसल्ली मिलती कि वे सिर्फ अकेली ही बांझ नहीं हैं, दुनिया में उनकी तरह बहुत सारी बांझ औरतें हैं।

रामशरण बहू पातीं कि कुछ देवास बहुत छोटे होते। मुश्किल से सौपचास औरतें जुटतीं। लेकिन कुछ देवास इतने बड़े होते कि औरतों की कोई संख्या नहीं। वहां मेले का-सा दृश्य उपस्थित होता। हलवाई की दुकानें होतीं। होटल होते। औरतें चार-चार, पांच-पांच रातों तक वहां ठहरतीं। शाम घिरने से लेकर रात अधियाजाने तक औरतें ओझाओं के सामने झूमतीं, बदन ऐंठती। जब थककर चूर हो जाती तो ओझाओं की बांहों में गिर पड़तीं। ओझामुंह पर

पानी देकर होश में लाते। खूब जमकर ओझाई होती।

रामशरण बहू को यह समझ में नहीं आता कि औरतें इतना चीखती-चिल्लाती और कूदती-फांदती हुई अनाप-शनाप कैसे बकती हैं। क्या उनके ऊपर जिस भूत-प्रेत और डाकिनी का प्रकोप है, उसीके चलते ऐसा करती हैं, या जानबूझकर नखरा पसारती हैं? ओझाओं के अनुसार तो उनके ऊपर भी प्रेत और डाकिनी का प्रकोप है। लेकिन वे कभी इस तरह अनाप-शनाप बोलते हुए हाथ-पैर तो नहीं पीटतीं। हालांकि उन्हें इस रूप में लाने के लिए ओझाओं ने काफी प्रयास किया। नीम के पत्ते का वार, माथे के बाल पकड़ना, हुंकार भरकर डराना, तरह-तरह की बातें पूछना—लेकिन इसके बावजूद उन्होंने कभी कुछ नहीं बका। इसीलिए उन्हें लगता, ये सारी औरतें पाखंडी हैं। यहां पाखंड के सिवाय कुछ नहीं। इन स्थानों के प्रति उनके मन में घृणा के भाव पैदा होने लगते। लेकिन कुछ औरतों से यह सुनकर कि यहां आने के बाद अमुक-अमुक औरतों के बच्चे पैदा हुए, वे अपने मन की घृणा को जबरन श्रद्धा में बदल देतीं। इसके पीछे यह भावना होती कि दो-चार औरतें पाखंडी हो सकती हैं। इतनी ढेर सारी औरतें एकसाथ पाखंडी कैसे हो सकती हैं?

रामशरण बहू ने एक बार एक बड़े देवास में रात अधिया जाने के बाद घूमना शुरू किया। वह देवास गांव से काफी अलग एक जंगलनुमा बगीचे में था। वह बगीचा मीलों लंबा है। दूर-दूर से वहां औरतें आती हैं। भोजपुर जिले में उससे बड़ा देवास और दूसरा कोई नहीं। लेकिन उस देवास में आधी रात के बाद दस कदम आगे बढ़ते ही रामशरण बहू को जो कुछ नजर आने लगा, उसे देखकर एक क्षण के लिए तो उन्हें अपनी आंखों पर विश्वास ही नहीं हुआ। उन्हें यह देखकर आश्चर्य की सीमा नहीं रही कि शाम के वक्त भूत-प्रेत के प्रकोप से बदन तोड़ने वाली औरतें ओझाओं के साथ हमबिस्तर हैं। उनके साथ आलिंगनबद्ध हो सोई हैं। प्रत्यक्ष त्वचा-सम्पर्क-सुख का खुला और व्यापक दृश्य।

रामशरण बहू माथा पकड़कर बैठ गईं। एक क्षण के लिए उन्हें लगा कि भूचाल आ गया है। धरती घूम रही है। पाप, नरक, कुकर्म, पतन—धर्म-ग्रन्थों के शब्द मंडराने लगे। डरावनी-डरावनी व्याख्याएं मंडराने लगीं। फिर

उन्हें लगा, यहां आने वाली औरतें बदचलन हैं, बेहया हैं, वेश्या हैं, इनकी कोई इज्जत नहीं, कोई आबरू नहीं। मन ही मन उन्होंने यहां की निर्लज्ज और पतित औरतों को धिक्कारा। लेकिन फिर सोचने लगीं, एकसाथ इतनी औरतें इतना पतित क्यों हो गई हैं? क्या इनकी नीयत खराब है या इसके पीछे कुछ मजबूरियां हैं? फिर उन्हें लगने लगा, पुरुष तो वर्जनाहीन होते हैं, जब जिसके साथ इच्छा हुई, उसके साथ समागमरत हो गए। नारियां पर्दो के भीतर रहती हैं—घर-परिवार और सामाजिक बंदिशों से घिरी। पति की इच्छा पर ही उन्हें निर्भर रहना पड़ता है। पति नौकरी पर है। वहां वह अपनी काम-पिपासा तृप्त कर लेता है। लेकिन पत्नी को अपनी काम-पिपासा की तृप्ति के लिए उसका इन्तजार करना पड़ता है। पत्नी मर गई तो पुरुष पर कोई अकुंश नहीं, लेकिन पति मर गया तो पत्नी के ऊपर हजार अंकुश लग गए। रामशरण बहू को लगता है कि पुरुष-प्रधान इस समाज में शहर की पढ़ी-लिखी औरतों ने चाहे जो रास्ता अख्तियार किया हो, गांव की अनपढ़ औरतों ने तो देवासों के माध्यम से अपनी इस समस्या का समाधान ढूंढ़ लिया है। रामशरण बहू को स्पष्ट महसूस हुआ कि इस प्रकार के आडंबरपूर्ण देवास सिर्फ एक बहानामात्र हैं। ऐसे पाखंडपूर्ण स्थानों के माध्यम से केवल अतृप्त इच्छाओं की पूर्ति करने और उन्मुक्त जिन्दगी जीने की ख्वाहिश पूरी की जाती है।

रामशरण बहू इस विषय पर डूबकर सोचने लगीं। तब उन्हें लगा, सिर्फ यही कारण नहीं है। इसमें बांझ औरतें भी शामिल हैं। बांझ औरतों के साथ तो मजबूरी है—औलाद पाने की मजबूरी। अब रामशरण बहू को लगने लगा, इस काम-क्रीड़ा में अधिक संख्या बांझ औरतों की ही है। पता नहीं किस जनम का फल बांझ बनकर उन्हें भुगतना पड़ रहा है! इस कुकर्म के बाद तो और दुर्गति होगी। लेकिन तत्क्षण उन्हें खयाल आया, बांझ औरतों के साथ विकट परिस्थितियां हैं। पति ने दूसरी शादी करने की धमकी दी होगी। गांव ने बांझ के रूप में प्रचारित कर दिया होगा। तब मजबूरन इस बांझपन के खिलाफ उन्होंने यह कदम उठाया है। हो सकता है, इस रास्ते भी कुछ औरतों को सफलता मिली हो, तभी तो इतनी सारी औरतें एकसाथ इस रूप में नजर आ रही हैं!

रामशरण बहू को इसी समय सहदेव बहू का चेहरा याद आने लगा। फिर उन्होंने सोचा, चाहे जैसे भी हो, इस बांझपन से मुक्ति में ही कल्याण है। मुक्ति का मार्ग घृणित जरूर है, लेकिन बांझपन की असह्य पीड़ा के आगे उसका कोई अस्तित्व नहीं।

रामशरण बहू के सामने एक सवाल खड़ा हो गया, क्या उन्हें भी इस रूप में आना होगा? दवा-दारू, पूजा-पाठ, झाड़-फूंक सब कुछ कराकर उन्होंने देख लिया। कुछ नहीं हुआ। अब तो सिर्फ यही एक रास्ता बाकी है। इस रास्ते भी सफलता नहीं मिलेगी, ऐसी बात मन को समझाने की उन्होंने कोशिश की, लेकिन मन ने नकार दिया। जिस दवा-दारू, पूजा-पाठ और झाड़-फूंक के बारे में कोई जानकारी नहीं, उसके साथ आंख मूंदकर जुड़ी रही और जो सर्वविदित बात है, उससे मुकर जाना उचित तो नहीं। यह एक जानी हुई बात है कि बांझ औरतों को जब भी बच्चा हुआ है, मर्द के समागम से ही—चाहे वह अपना मर्द हो या पराया!

रामशरण बहू का अन्तर कांप गया। वे शुरू से ही लज्जाशील और मर्यादित नारी रही हैं। अपने पति के सिवाय कभी उन्होंने किसी और की कल्पना तक नहीं की है। वस्त्र के ऊपर भी पर-पुरुष की निगाहें उन्हें गड़ने लगती हैं। फिर एकदम बेपर्द होकर किसी पर-पुरुष के सामने अपने को पसार पाना उनके लिए एकदम असंभव होगा। वे ऐसा कभी नहीं कर पाएंगी। लेकिन हठात् इसी समय पुनः सहदेव बहू का चेहरा उनकी आंखों के सामने आ गया। उस चेहरे की भयावह वेदना ने उनके नकार को स्वीकार में बदल दिया। लेकिन एक मर्यादित स्वीकार। अगर यह सब करना ही हो तो अपने गांव या संपर्क के किसी पुरुष के साथ। तरीके और इज्जत से। इसीके लिए देवासों में इतनी दूर तक आना और फिर अधेड़ ओझाओं के साथ संभोगरत होना ठीक तो नहीं!

इस घटना के बाद रामशरण बहू का देवासों में आना-जाना कम हो गया। लेकिन अब तक गांव में उनके देवास आने-जाने का प्रचार खूब जोरशोर से हो चुका था। उस प्रचार के साथ लोगों ने उन्हें एक नया संबोधन दे दिया था—डायन। यह डायन शब्द बांझ से बढ़-चढ़कर था। 'बांझ' तो सिर्फ कथन में कष्ट पहुंचाता था, डायन के प्रति तो लोगों ने अपने व्यवहार में भेद-भाव

प्रदर्शित करना शुरू कर दिया था—बच्चों को उनके सामने से हटा लेना, सगुन के कार्यों में उनकी नजर बचा जाना, उनसे दूर ही रहना, पर्व-त्योहारों पर उन्हें निमंत्रित न करना, उनसे डरना, उन्हें मानव न समझ दानव समझना। अपमान, तिरस्कार और उपेक्षा का घुला-मिला रूप। रामशरण बहू को प्रारंभ में लगता था, बांझ होना ही सबसे पीड़ादायक स्थिति है। लेकिन डायन से संबोधित होने के बाद उन्हें लगने लगा, डायन होने से बढ़कर दुःख और कुछ नहीं। समाज में रहकर भी समाज से बहिष्कार की सजा। मानव होते हुए भी लोगों द्वारा दानव समझे जाने की पीड़क स्थिति। रामशरण बहू ईश्वर से प्रार्थना करतीं, चाहे जितनी दुर्गति करवानी हो, करवा लें, लेकिन डायन का संबोधन हटा लें। डायन बनकर जीना तो अत्यन्त कष्टकर है ही, मरने पर भी किसीके मुंह से सहानुभूति के दो शब्द नहीं निकलते। लोग कहते हैं—'मर गई तो अच्छा हुआ...डायन थी...जीती तो लोगों को कष्ट ही देती...!'

इन्हीं दिनों एक ऐसी घटना घटी जिसने रामशरण बहू के डायन होने की प्रामाणिकता पर मुहर लगा दी। हुआ यह कि जेठ की चिलचिलाती दोपहरी में एक अधेड़ उम्र का भूखा-प्यासा भिखमंगा कहीं से आया और रामशरण बहू के दरवाजे आकर रट लगाने लगा। रामशरण बहू स्वभाव से ही दयावान और धर्मात्मा थीं। वे भिखमंगों को अपने दरवाजे से कभी खाली हाथ नहीं लौटने देती थीं। उस भिखमंगे को भी उन्होंने आटा लाकर दिया कि कहीं पका-खा लेना। लेकिन उसने आटा लेने से इनकार कर खाने की मांग की। तब रामशरण बहू ने खाना लाकर उसे खिलाया। खाना खाने के बाद उस भिखमंगे ने जी भरकर रामशरण बहु को दुआएं दीं। फिर अपने बदन पर चिथड़े बने कमीज की ओर इशारा कर रामशरण बहू से एक पुराने कपड़े की मांग की। दयावश रामशरण बहू ने अपने पति की एक पुरानी कमीज लाकर उसे दे दी। चूंकि रामशरण बहू का घर गांव की मुख्य गली के किनारे है, इसीलिए गली से आते-जाते अनेक लोगों ने उस भिखमंगे को रामशरण बहु के दरवाजे पर खाते तथा कपड़ा लेते देखा। लेकिन ऐसा तो अकसर ही होता रहता था, इसीलिए रामशरण बहू ने कोई चिन्ता नहीं की बल्कि उस भिखमंगे को विदा कर कुछ देर में उसे जैसे भूल-सी गईं। लेकिन अचानक शाम को

सनसनी की तरह यह खबर पूरे गांव में फैल गई कि एक भिखमंगा गांव से बाहर आमगाछ के नीचे मरा पड़ा है। दोपहर में रामशरण बहू डायन ने उसे खिलाया और कपड़ा दिया था। रामशरण बहू डायन ने ऐसा बाण उस भिखमंगे को मारा कि दो-तीन घंटे भी न बीतने पाए और वह चल बसा। गांव के लोग भीड़ की शक्ल में उस आम-गाछ के नीचे जुटने लगे। वह भिखमंगा मरा पड़ा था। उसके बदन में लिपटी कमीज रामशरण की थी। गांव के आधे से अधिक लोग उस कमीज को पहचानते थे। फिर लोगों के बीच आपस में चेमेगोइयां और कानाफूंसी होने लगीं। बात को थोड़ा चटक बनाने के लिए कई लोगों ने किस्से गढ़ना प्रारंभ किया कि कैसे वे उस गली से आ रहे थे और रामशरण बहू हंस-हंसकर उस भिखमंगे को खिला रही थीं। वह भिखमंगा अभी कोई खास बूढ़ा भी नहीं हुआ था। एकदम तंदुरुस्त लगता था। अपना इष्ट बनाने के लिए रामशरण बहू ने उसे मार डाला।

कुछ देर तक तो रामशरण यह सब सुनते रहे। फिर उनका खून खौल उठा। वे लाठी लेकर गांव में निकल पड़े, "हिम्मत हो तो मेरे सामने डायन कहो...मार-मारकर हड्डी-पसली एक नहीं कर दी तो नाम रामशरण नहीं... पीछे शान बघारना बहादुरी नहीं कही जाती।"

रामशरण की आवाज से लोगों के बीच सन्नाटा छा गया। रामशरण के सामने उनकी पत्नी को डायन कहने की हिम्मत किसीको नहीं हुई। लेकिन पीठ-पीछे लोगों की गुफ्तगू चलती ही रही। गांव के लोगों के बीच यह धारणा पुख्ता हो गई कि यह रामशरण बहू का ही काम है। देवासों में जाकर वह पक्की डायन बन गई हैं।

गुड़गुड़ी की आग ठंडी पड़ जाती है। रामशरण बहू की आंखें झपकने लगती हैं। रात के तीन पहर गुजर चुके थे, उन्हें नींद नहीं आई थी। लेकिन अब इस चौथे पहर अचानक दुनियाभर की नींद उनकी आंखों में उमड़ आती है। वे गुड़गुड़ी एक ओर को रख पसर जाती हैं। फिर जल्द ही उनकी नाक से घरघराहट की आवाज आने लगती है। उनकी नाक से घरघराहट की यह आवाज उनके सो जाने की पक्की सूचना होती है।

रामशरण बहू बांझ से डायन बनीं। एक कष्ट के रहते दूसरे कष्ट के बीच आ घिरीं। लेकिन इसपर भी और नये कष्टों से उन्हें मुक्ति कहां! बांझ होने और डायन समझे जाने की पीड़क स्थिति से अभी वे गुजर ही रही थीं कि गांव के लोगों ने उनके पति को दूसरी शादी करने की सलाह दी, "रामशरण भाई, अब प्रतीक्षा करने की जरूरत नहीं है...इस औरत से अब कुछ होने वाला नहीं ...फटाफट दूसरी शादी कर लो...खानदान का नाम चलाने वाला भी तो कोई चाहिए...इतना धन-दौलत है तुमको...कौन 'हबेख' करेगा?"

रामशरण बहू को गांव के लोगों की यह सलाह अपने प्रति उनका षड्यंत्र मालूम हुआ। वे कांप उठीं। सहदेव बहू की कहानी उन्हें याद आने लगी। गांव ने उन्हें बांझ कहा। डायन कहा। लेकिन वे अन्दर से कमजोर नहीं हुई थीं। पति की छाया जो थी उनके ऊपर। पति ने उन्हें कभी बांझ और डायन नहीं समझा। लेकिन पति की दूसरी शादी की इस बात ने उन्हें अन्दर से तोड़ना शुरू कर दिया। हालांकि पति ने उनसे सीधे-सीधे दूसरी शादी की बात कभी नहीं की, लेकिन परोक्ष रूप से की जाने वाली पति की बातों से उनकी आन्तरिक इच्छा रामशरण बहु से छिपी न रह सकी। पति कहते, "अमुक-अमुक लोग निरबंसिया थे...लेकिन दूसरी शादी करने के बाद वंश वाले हो गए।"

पति का यह परोक्ष इशारा रामशरण बहू को तीर-सा लगता। तब तो इसका यही मतलब है कि पति भी उन्हें बांझ और डायन समझने लगे हैं? अब वह किनके सहारे जीएंगी? किनके संरक्षण में रहेंगी? किनके प्यार को पाकर मन का सारा कष्ट-संताप दूर करेंगी?

रामशरण बहू एकांत में घंटों विलाप करतीं। माथा पीटतीं। लेकिन सहज होकर सोचने पर उन्हें लगता कि पति का दोष ही क्या है? बंजर जमीन को छोड़कर ऊसर जमीन से जुड़ना मनुष्य की स्वाभाविक प्रवृत्ति है। लेकिन उनका क्या होगा? क्या वे सहदेव बहू की तरह जिएंगी? क्या उनका अंत सहदेव बहू की तरह होगा? नहीं... वे ऐसा कभी नहीं होने देंगी। और रामशरण बहू की आंखों के सामने देवास की रातों का दृश्य उभर जाता। अब यही एक रास्ता शेष बचा है उनके लिए!

रामशरण बहू का ध्यान यहीं से जगतनारायणसिंह की ओर जाने लगा। जगतनारायणसिंह का घर तो उनके बिल्कुल पास है ही, उनका दालान तो एकदम उनके दरवाजे के सामने है। रामशरण बहू ने दुलहन बनकर इस गांव में आने के बाद अपने पति के अतिरिक्त अगर किसी दूसरे पुरुष को पूरी तरह देखा था तो वह जगतनारायणसिंह थे। वे जब भी दरवाजे पर आतीं, अपने दालान में मवेशियों को चारा-पानी देते जगतनारायणसिंह उन्हें नजर आते—गोरा चेहरा, कड़ी-कड़ी मूंछें, चौड़ी छाती, कसी हुई देह। अखाड़े में कुश्तियां लड़ते थे। एक भैंस और दो गायें। दूध-दही की कोई कमी नहीं।

जगतनारायणसिंह रामशरण बहू को अपनी ओर ताकते देख जैसे निहाल-से हो जाते। पलटकर उन्हें ललचायी निगाहों से देखने लगते। लेकिन उनकी नजर अपने ऊपर पड़ते ही रामशरण बहू घूंघट निकाल लेतीं। दरवाजे से हट जातीं। लेकिन छिपकर उन्हें देखती रहतीं। जगतनारायणसिंह की नजरें देर तक उनकी बाट जोहती रहतीं।

जगतनारायणसिंह की शादी रामशरण बहू के आने से दो साल पहले हुई थी, लेकिन उनकी पत्नी को आए अभी एक वर्ष भी पूरा न हो पाया था कि वह पुत्रवती हो गई। उसके बाद फिर तो हर साल बच्चे होने लगे। सात लड़के और पांच लड़कियां। एक पूरी फौज। गांव के लोग मजाक करने लगे, "अब बन्द करो जगतनारायण...इस गांव की जनसंख्या इतनी जल्दी दुगुनी मत करो..."

रामशरण बहू जगतनारायणसिंह के बारे में नये सिरे से विचार करने लगीं। जगतनारायणसिंह की आंखों की भाषा वे समझती थीं। लेकिन कभी उसका उत्तर उन्होंने नहीं दिया। बराबर पतिव्रत-धर्म निभाती रहीं। लेकिन एक लम्बा समय बीत जाने के बाद उन्हें अफसोस होने लगा, क्यों वे एक झूठे आदर्श में बंधी रहीं? दरवाजे पर दस्तक दे रहे कड़वे यथार्थ से उन्होंने फायदा क्यों नहीं उठाया? अब उसी कड़वे यथार्थ को स्वीकार करने के लिए वे तैयार होने लगी थीं।

एक दिन जेठ की चिलचिलाती दोपहरी में रामशरण बहू अपन दरवाजे पर आ खड़ी हुई। उस दिन रामशरण घर पर नहीं थे। चकबन्दी आफिस गए

हुए थे। रामशरण बहू ने देखा, जगतनारायणसिंह अपने माल-मवेशियों को खिलाकर खाट पर लेटे थे और एक बीड़ी सुलगाकर पी रहे थे। रामशरण बहू एकटक जगतनारायणसिंह को देखने लगीं। प्रारंभ में तो जगतनारायणसिंह का ध्यान दूसरी ओर था, लेकिन जब उन्होंने रामशरण बहू को अपनी ओर ताकते पाया तो अपना पूरा ध्यान रामशरण बहू पर केन्द्रित कर वे उन्हें घूरने लगे। रामशरण बहू की उम्र काफी गुजर गई थी, लेकिन उनके ऊपर आई असाधारण जवानी अभी पूरी तरह नहीं गुजरी थी। उनके बदन के मांसल उभार और कसाव अब भी लोगों को अपनी ओर खींचने के लिए पर्याप्त थे।

जगतनारायणसिंह अपनी खाट से उठ बैठे। रामशरण बहू तो उन्हें देखकर घूंघट निकाल लेती थीं, माथा झुकाकर हट जाती थीं, लेकिन आज इस तरह क्यों देख रही हैं? जगतनारायणसिंह निर्निमेष दृष्टि से रामशरण बहू की ओर ताकने लगे। फिर उनकी अनुभवी आंखों को रामशरण बहू की आंखों की भाषा समझते देर नहीं लगी। वे उठ खड़े हुए और चल पड़े। मन में खुशी थी, लेकिन किसी कोने में संशय भी था। पांव तेजी से बढ़ नहीं रहे थे। लेकिन दूरी भी कोई खास नहीं थी। वे रामशरण बहू के पास आ गए। उन्होंने पाया कि आज पहली बार रामशरण बहू ने अपने और उनके बीच के संकोच के पर्दे को हटा दिया है।

जगतनारायणसिंह के अपने बिल्कुल करीब आ जाने के बाद भी रामशरण बहू वैसे ही खड़ी रहीं, उनकी ओर ताकती रहीं—संपूर्ण इच्छा, प्रेम और समर्पण की दृष्टि से। इस दृष्टि की पहचान भले ही किसी नपुंसक व्यक्ति को न हो पाए, लेकिन जगतनारायणसिंह जैसे मर्द से तो यह दृष्टि छिपाए भी नहीं छिपती। जगतनारायणसिंह ने अत्यन्त विनम्र शब्दों में पूछा, "आपने मुझे बुलाया क्या?"

रामशरण बहू ने 'हां' और 'ना' न कहकर यह कहा, "अन्दर आ जाइए, दरवाजे पर कोई देख लेगा तो क्या कहेगा?" यह कहकर रामशरण बहू हंस पड़ी। खिलखिलाहट की धीमी आवाज। बिजली जैसे दांतों की दूधिया चमक। रामशरण बहू की आंखों ने जगतनारायणसिंह को संकेत दिया था। हंसी ने अर्थ दिया। अब वे अन्दर आ गए। उनके अन्दर आने के बाद रामशरण बहू

ने दरवाजा बंद कर दिया। फिर वे जगतनारायणसिंह के सामने खड़ी हो गईं। जगतनारायणसिंह ने देखा, रामशरण बहू ने एक लंबे समय बाद खूब जमकर शृंगार किया था। इस उम्र में भी वे एकदम दुलहनों जैसी लगने लगी थीं। जगतनारायणसिंह ने इतने करीब से रामशरण बहू को पहले कभी नहीं देखा था। एक क्षण तक वे रामशरण बहू के नारी-सौन्दर्य का आकलन करते रहे।

जेठ की चिलचिलाती दोपहरी। बंद दरवाजे के भीतर रामशरण बहू और जगतनारायणसिंह। दोनों एक-दूसरे के आमने-सामने खड़े। एकदूसरे को देखते। लेकिन न कुछ जगतनारायण सिंह ही बोलते और न रामशरण बहू ही। नारियां चाहे लाख दुश्चरित्र हों, समागम के लिए पुरुष को शब्दों से निमंत्रित नहीं करतीं, बल्कि आंखों से ही बुलाती हैं। जो इन आंखों की भाषा नहीं समझते या समझकर मुकर जाते हैं, वे कापुरुष होते हैं। नारियों की नजर में उनका कोई महत्त्व नहीं होता।

जगतनारायणसिंह अब और देर तक अपने को रोक नहीं सके। आगे बढ़कर उन्होंने रामशरण बहू को बांहों में भर लिया। फिर सोने वाले कमरे में पहुंच बिस्तरे पर दोनों लुढ़क गए। इसके बाद एक-दूसरे के बाहुपास का अतिक्रमण कर न जाने कहां पहुंचने के लिए दोनों एक-दूसरे में एकाकार होते रहे।

इस घटना के बाद रामशरश बहू और जगतनारायणसिंह बराबर ही एक-दूसरे से मिलने लगे। जिस किसी दिन भी रामशरण घर से बाहर होते, उस दिन जगतनारायणसिंह और रामशरण बहू का एकांतिक मिलन जरूर होता। रामशरण बहू को पाने और उनके नारी-तन को भोगने की वर्षों की अपनी प्यास जगतनारायणसिंह बुझाने लगे थे और रामशरण बहू के मन में भी आशा की एक नई किरण फूटने लगी थी। जगतनारायणसिंह से सम्पर्क के बाद रामशरण बहू की पीड़ा बहुत कम हो गई थी। उन्हें लगने लगा था, अब जरूर कुछ होगा। जगतनारायणसिंह की पत्नी को लगातार बारह बच्चे हुए। अगर बच्चेदानी का आपरेशन नहीं करवाया जाता तो अभी उसका बच्चे जनना बन्द नहीं होता। जरूर जगतनारायणसिंह के चलते उनका भाग भी पलटेगा। उन्हें बीच मंझधार में डूबने से जगतनारायणसिंह बचा लेंगे... !

लेकिन वैसा कुछ भी नहीं हुआ, जैसा रामशरण बहू ने सोचा था। साल-पर-साल गुजर गए। वे वैसी-की-वैसी रहीं। उनकी कोख पत्थर ही बनी रही। कभी हरी-भरी नहीं हुई। अब रामशरण बहू को जगतनारायणसिंह से अपने संबंध को लेकर भी पछतावा होने लगा। जो नहीं करना चाहिए, वह उन्होंने किया। अपना धर्म बिगाड़ा। अपना लोक-परलोक बर्बाद किया। फिर भी...!

किसीके जोर-जोर से किवाड़ पीटने की वजह से रामशरण बहू की नींद उचट जाती है। वे पूछती हैं, "कौन है?"

बाहर से आवाज आती है, 'मैं हूं दुखन की मां।"

रामशरण बहू उठकर दरवाजा खोलती हैं। देखती हैं, अब तक दिन काफी बीत चुका है। वे देर तक सोती रही हैं। इससे पहले कि रामशरण बहू दुखन की मां से रात न आने का कारण पूछतीं, दुखन की मां स्वयं कह उठती है, "रात मेरी तबीयत बहुत खराब हो गई थी, नहीं तो जरूर आती...आपके बिना तो मेरा मन नहीं लगता...एक आप ही तो इस गांव में हैं जिनसे दुःख-तकलीफ कहकर मैं हल्का हो पाती हूं।"

रामशरण बहू देखती हैं, सचमुच दुखन की मां का चेहरा काफी उदास नजर आता है। उनका मन दुखन की मां के प्रति आर्द्र हो उठता है। वे कहती हैं, 'तुम्हारी तबीयत अभी ठीक नहीं लग रही है...तुम कमरे में आराम करो... मैं सब कर लूंगी...।"

रामशरण बहू की बात सुन दुखन की मां जवाब देती है, "अब मैं ठीक हूं मालकिन...अपने रहते भला आपको कुछ करने दूंगी।"

रामशरण बहू की बात सुन दुखन की मां का मन बाग-बाग हो गया है। वह गांव में कई घरों में काम करती है, लेकिन इतना स्नेह-प्यार उसे कहीं नहीं मिलता है। उनकी आत्मीय बातों से उसका उदास मन चंगा हो उठता है। फिर वह रात के जूठे बर्तनों को एक जगह इकट्ठा कर साफ करने बैठ जाती है। रोज की तरह बर्तन साफ करते हुए ही दुखन की मां गांव की सूचनाएं देने लगती है, "दूधनाथ चौधरी के लड़के की तबीयत रात से ज्यादा खराब हो गई है...

दूधनाथ की पत्नी आपका नाम ले-लेकर गाली बक रही है...कह रही है कि रामशरण बहू रात में मेरे चबूतरे आकर बैठी थी। उसीने मेरे बेटे को किया है..."

"रात को रामायण से लौटते वक्त थक गई थी। सुस्ताने के लिए दूधनाथ के चबूतरे पर बैठ गई। मैं क्या जानती थी कि वहां बैठने का इतना बड़ा अक्षरंग मेरे ऊपर लगेगा...!" रामशरण बहू दुःख प्रकट करते हुए सफाई देती हैं। इसपर दुखन की मां उन्हें समझाती है, "अकेले में कहीं मत बैठा कीजिए। आपके माथे बदनामी मढ़ दी गई है। किसी भी कारण से कुछ होगा तो आपको ही पकड़ा जाएगा। दूधनाथ की औरत कह रही थी कि मेरे बेटे को कुछ हो गया तो उस बुढ़िया को सही-सलामत नहीं छोड़ूंगी...उसकी दुर्गति बनाकर मानूंगी।"

"अब मेरी कौन-सी दुर्गति बाकी है कि वह बनाएगी! बांझ बनी। डायन कहलाई। पति मर गया। कोई देखने-सुनने वाला नहीं। इससे बढ़कर दुर्गति मेरी और क्या होगी?" रामशरण बहू का गला भर आता है। आंखें छलछला आती हैं। वे उठकर बिस्तर पर जा गिरती हैं। जिन व्यथाओं के कारण रात देर तक नींद नहीं आई थी, वे व्यथाएं पुनः उन्हें कचोटने लगती हैं। इससे पहले कि वे रोकर अपने मन को हल्का करतीं, दुखन की मां उनके पास आ जाती है। दुखन की मां जानती है, रामशरण बहू के मन की पीड़ा जब बहुत बढ़ जाती है, तभी वे आकर बिस्तरे पर गिरती हैं। दुखन की मां रामशरण बहू को समझाती है, "जो हुआ सो हुआ, अब चिंता मत कीजिए...अब से किसीके दरवाजे रात में मत बैठिएगा...आपको तो रामायण में भी नहीं जाना चाहिए था...जब शरीर चलता ही नहीं, तब फिर कहीं जाने से फायदा...चुपचाप घर पर पड़े रहिए और राम-राम भजते रहिए..."

दुखन की मां रामशरण बहू को उठाकर आंगन में ले आती है। फिर एक जगह मचिया पर उन्हें इत्मीनान से बैठा देती है। अब तक बर्तनों को साफ कर घर-आंगन बुहार चुकी है। अब चूल्हा जलाती है। फिर रोज की भांति आटा, गुड़ और घी का हलवा बनाने लगती है। रामशरण बहू को खाने-पीने की कोई तकलीफ नहीं। वैसे मरने से पहले पति ने केस-मुकदमे के चक्कर में

आधी जमीन बेच दी थी, लेकिन अब भी जो जमीन बची हुई है, वह रामशरण बहू के लिए पर्याप्त है। उन्हें खुद तो खेती करनी नहीं है, इसीलिए खेती करने वाले मजदूर-किसानों को उन्होंने अपने खेत दे दिए हैं। उनके खेत जोतने वाले पूरा-पूरा हिसाब हर साल चूकता तो नहीं करते, लेकिन वे जितना दे देते हैं, वह उनके लिए काफी होता है। उतने से वह मजे में अपना खर्च चला लेती हैं। उन अकेले का खर्च है ही कितना?

रामशरण बहू के मरने के बाद उनकी जमीन का हकदार कौन होगा, इसके लिए कई लोगों ने प्रयत्न किए। ठाकुरबारी के महंत ने काफी आरजू मिन्नत की, "ठाकुरबारी के नाम अपनी जमीन दान दे दीजिए...आपका परलोक बन जाएगा...आपके मरने के बाद आपकी जमीन की फसल ठाकरबारी में आएगी...ईश्वर का भोग लगेगा...साधु-संत प्रसाद पाएंगे...आपकी कीर्ति अमर रहेगी..."

गांव के अन्य लोगों ने भी उनकी जमीन हड़पने के लिए कई तरह की बातें कीं। कई तरह के प्रलोभन दिए। उनके मायके में उनका अपना कोई नहीं बचा है। वे मां-बाप की अकेली थीं। कोई सगा भाई-बहन नहीं। मां-बाप भी गुजर गए। अब मायके में दो चचेरे भाई बचे हैं। वे दोनों उनकी जमीन हथियाने के लिए उनके पास आए थे। उन दोनों ने खूब खन का रिश्ता जताकर ममता दर्शाई थी। लेकिन रामशरण बहू ने अपने बाल धूप में नहीं पकाए थे। उन्हें घर-परिवार और समाज का तीखा अनुभव हो चुका था। वे सबको देख चुकी थीं। समाज के बीच जिस तरह की अपमानित, लांछित और बदनाम जिन्दगी वे जी रही थीं, उसके खिलाफ आवाज उठाने के लिए कोई सामने नहीं आया था। पर जमीन लिखवाने के लालच से लोग आकर चापलूसी करने लगे थे। लेकिन उन्होंने किसीकी एक न सुनी। उन्होंने साफ कह दिया कि वे अपनी जमीन किसीको नहीं देंगी। उन्होंने सोच लिया है, जब समाज ने उन्हें शांति से नहीं रहने दिया है तब वह अपनी जमीन भी शांति से किसीको नहीं हड़पने देंगी। ऐसे ही छोड़कर मर जाएंगी। जमीन के लोभी लोग भले ही आपस में कटेंगे-मरेंगे। उन्होंने समाज से बदला नहीं लिया तो अब यह बदला उनकी जमीन ही लेगी!

दुखन की मां हलवा तैयार कर देती है। फिर रामशरण बहू के सामने हलवा परोसती है। रामशरण बहू हलवा खाने लगती हैं। जब से उनके दांत टूट गए हैं तब से सुबह के नाश्ते में वे हलवा ही लेती हैं। यह बनाने और खाने दोनों में आसान होता है। साथ ही स्वादिष्ट और शक्तिदायक भी होता है।

रामशरण बहू के हलवा खा चुकने के बाद दुखन की मां भी हलवा खाती है। दुखन की मां रामशरण बहू के यहां ही नाश्ता और खाना ग्रहण करती है। वह गांव के अन्य घरों में सिर्फ चौका-बर्तन का काम करती है, लेकिन रामशरण बहू के यहां तो वह नाश्ता और खाना भी पकाती है तथा रात को उन्हींके साथ सोती है। शायद इसीके एवज में उसे महीना देते हुए भी रामशरण बहू दोनों जून खाना खिलाती हैं।

नाश्ता करने के बाद दुखन की मां रोज की तरह रामशरण बहू को गुड़गुड़ी सुलगाकर देती है। रामशरण बहू गुड़गुड़ी पीने लगती हैं और दुखन की मां दिन का खाना बनाने लगती है—भात, दाल और सब्जी। दुखन की मां खाना बनाते हुए ही गांव की एक और सूचना रामशरण बहू को देती है, "कल रात गांव में फिर बाहर से नेता आए थे...वही जमीन के अन्दर छिपकर रहने वाले नेता...गरीब और छोटी जातियों की तकलीफ के खिलाफ लड़ने वाले... पच्छिमी टोले में खूब नारे लगे थे...बंदूकें छूटी थीं... ।"

रामशरण बहू दुखन की मां की यह सूचना ध्यान से सुनती हैं। उनके जेहन में अनेक तरह के विचार उठने लगते हैं। वे मचिया से उठते हुए कहती हैं, 'दुखन की मां, मैं सोने जा रही हूं...रात अच्छी तरह नींद नहीं आई थी... मुझे जगाना मत...नींद पूरी होने पर अपने-आप जाग जाऊंगी।"

इसपर दुखन की मां पूछती है, "आज स्नान नहीं कीजिएगा क्या?"

"नहीं, आज नहाने की इच्छा नहीं है।" कहकर रामशरण बहू घर में चली जाती हैं। फिर गुड़गुड़ी दिराखे पर रख खाट पर लेट जाती हैं। वे अपनी आंखें बन्द कर लेती हैं। चाहती हैं कि नींद आ जाए, लेकिन नींद उन्हें नहीं आती है। उनके कानों में तो दुखन की मां की यह दूसरी सूचना गूंजती रहती है। उनके गांव में यह लड़ाई पिछले कई सालों से छिड़ी है। इसी लड़ाई में

उनके पति चले गए। कितने लोगों की जानें गईं। कितने घर सूने हो गए। फिर भी यह लड़ाई खत्म नहीं हुई। ऊपर से शांति जरूर कायम हो गई है, लेकिन अन्दर-ही-अन्दर लोग खौल रहे हैं। गांव दो दलों में बंट गया है। दोनों दल एक-दूसरे के खून के प्यासे हैं। जब जिसे अनुकूल वक्त मिलता है, एक-दूसरे पर चढ़ाई कर देता है...।

रामशरण बहू को अच्छी तरह याद है, इस लड़ाई की शुरुआत मुरारीसिंह के चलते हुई थी। मुरारीसिंह इस गांव के सबसे बड़े गृहस्थ हैं। उनके लगभग सौ बीघे खेत हैं। इस गांव में सबसे आलीशान मकान उन्हींका है। उन्होंने इस गांव में आटा-चक्की लगवाने और सब्जीमंडी बनाने की योजना बनाई थी। इस योजना के लिए वे चमरटोली की जमीन दखलियाना चाहते थे। वे चाहते तो दूसरी जगह भी इस योजना को कार्य-रूप दे सकते थे। लेकिन चमरटोली सड़क के किनारे थी और आटा-चक्की तथा सब्जीमंडी का सड़क के किनारे होना व्यावसायिक दृष्टि से उन्हें नितांत आवश्यक लगता था। चमरटोली की जमीन अगर परती होती तो वे बिना किसीसे पूछे काम लगवा देते। पूरे गांव में उनका रोब व्यापता था। लेकिन चमरटोली की जमीन में चमारों की झोंपड़ियां थीं—कुल सोलह झोपड़ियां। उन्होंने चमारों से कहा, "यह जमीन मेरी है... मेरे पुरखों ने तुम्हारे पुरखों को यहां बसा दिया था...अब इस जमीन में मैं आटा-चक्की लगाना और सब्जीमंडी बनाना चाहता हूं...तुम लोग यह जमीन खाली कर दो ...तुम लोगों के रहने के लिए मैं दक्खिन भर पोखरे पर जमीन दे दूंगा...वहां तुम लोग अपनी झोंपड़ी बना लेना।"

अगर कोई एक चमार होता तो मुरारीसिंह की बात आसानी से मान जाता। उनसे विरोध मोल लेना मामूली बात नहीं। लेकिन पूरे सोलह घरों के चमार थे। औरत-मर्द और बाल-बच्चों को लेकर लगभग सवा सौ की संख्या में। उन सबोंने एकजुट होकर एकस्वर में कहा, "यह जमीन आपकी नहीं है, हमारी है। हम पुश्तों से यहां रहते आ रहे हैं।"

मुरारीसिंह के साथ 'हमारी' और 'तुम्हारी' को लेकर उन सबों की काफी तकरार हुई। फिर मुखिया और सरपंच के निर्देशन में बरगद के नीचे पंचायत बैठी। पंचों ने दोनों ओर से कागज प्रस्तुत करने का आदेश दिया। चमारों की

ओर से दो-तीन लोग ही कागज निकाल पाए, लेकिन मुरारीसिंह ने दुनिया भर का कागज सामने कर दिया। कागज के अनुसार पिछले सर्वे में चमरटोली की जमीन मुरारीसिंह के पिता के नाम पर थी। इसके बाद नये सर्वे में कुछ जमीन दो पढ़े-लिखे चमारों ने अपने नाम पर चढ़वा ली थी, शेष जमीन पुन: मुरारीसिंह के नाम पर ही आ चढ़ी थी। हालांकि इसके पीछे की भूमिका से गांव के सभी लोग परिचित थे। सर्वे करने के लिए गांव में आए सरकारी कर्मचारी मुरारीसिंह के यहां ही ठहरे थे और खूब मौज-मस्ती उड़ाई थी। लेकिन पंचों को इससे क्या मतलब? उन्हें तो कागज पर चढ़ी जमीन देखनी थी। कागज के अनुसार उन्होंने चमरटोली की जमीन का स्वामी मुरारीसिंह को साबित कर दिया।

पंचायत खत्म हो गई। पंचों का निर्णय मुरारीसिंह के पक्ष में हुआ। चमारों ने पंचायत में तो कुछ नहीं कहा, पंचों के सामने तो जैसे उनके मुंह सी दिए गए थे, लेकिन वहां से लौटने पर उन सबने आपस में मिलकर एक गुप्त बैठक की। उस बैठक में उन सबने यह तय किया कि यह जमीन नहीं छोड़ेंगे। बना-बसाया घर उजाड़कर तो मिट्टी में मिल जाएंगे। अगर कोई दूसरी बात होती तो समझौता कर लेते ; लेकिन यहां तो घर से बेघर किया जा रहा है, फिर समझौता कैसा?

इस निर्णय के बाद चमरटोली के पढ़े-लिखे चमारों ने बाहर दौड़ना प्रारंभ किया। बाहर में उन्हें यह पता चला कि जिस जमीन में वे वर्षों से रह रहे हैं, उस जमीन पर उन्हें पूरा अधिकार है। उस जमीन से कोई उन्हें बेदखल नहीं कर सकता है। फिर उन सबोंने आपस में चंदा उगाहकर मुरारीसिंह पर जोर-जबर्दस्ती के माध्यम से चमरटोली दखल करने का मुकदमा दायर कर दिया। सोचा, मुरारीसिंह पर पहले ही दायर किया गया उनका मुकदमा उनके पक्ष में ही होगा। अब उनकी दाल गलने न पाएगी।

इधर पंचायत के बाद मुरारीसिंह यह प्रतीक्षा करते रहे कि चमार अब शीघ्र ही वह जमीन खाली कर देंगे। लेकिन समय गुजरता जाता था और चमरटोली से जमीन छोड़ने की कोई भी आवाज नहीं आ रही थी। इससे पहले कि मुरारीसिंह चमारों को जमीन खाली करने के लिए आगाह करते, अदालत

का नोटिस उन्हें मिला। यह जानकर मुरारीसिंह को भारी आश्चर्य हुआ कि चमारों ने उनके ऊपर मुकदमा दायर कर दिया है। एक क्षण के लिए उन्हें यह समझ में ही नहीं आया कि यह सब कैसे हुआ। चमार तो शुरू से ही उनसे डरते थे। उनकी एक आवाज पर सिहर उठते थे। आखिर उनके पास इतना साहस कहां से आया कि वे संगठित होकर मुकदमा लड़ने की तैयारी कर बैठे? कुछ देर तक तो मुरारीसिंह उन सबोंके बारे में सोचते रहे। फिर उन सबोंकी अनुभवहीनता पर उन्हें हंसी आ गई। भला अदालत के माध्यम से वे विजयी हो पाएंगे? मुरारीसिंह को इस बात का पूरा विश्वास था कि सम्पत्ति के बल पर चाहे और कुछ खरीदा जा सकता है या नहीं, लेकिन यहां की अदालतों का न्याय आसानी से खरीदा जा सकता है। वे ऐसा कई बार कर चुके थे।

मुरारीसिंह ने चमरटोली की जमीन को लेकर अपने 'अखाडिया' वकील से भेंट की। उनके वकील तक जाने का बूता चमारों में कहां? उनके वकील की फीस की भारी राशि तो उनके जैसे लोग ही दे पाते हैं। लेकिन विजय भी उन्हें निश्चित हासिल होती है। उनके वकील तो मुकदमा समझने और फीस लेने के बाद ही विजय की घोषणा कर देते हैं। पूरी अदालत में उनके नाम की तूती बोलती है।

मुरारीसिंह के वकील ने मुकदमा समझ कार्य-नीति और रण-नीति दोनों तैयार कीं। कार्य-नीति के अन्तर्गत तो कागजों के माध्यम से मुरारीसिंह के वकील ने कार्य प्रारंभ किया, लेकिन रण-नीति के अन्तर्गत उन्होंने मुरारीसिंह को यह सुझाव दिया कि बाइफोर्स चमरटोली दखल कर लें।

मुरारीसिंह जानते थे, उनके वकील उन्हें यही सुझाव देंगे। वे अकसर कहते हैं, किसी भी मुकदमे की जीत के लिए पहले व्यावहारिक जीत जरूरी है। लाठी-कोर्ट के बाद ही कागज का कोर्ट है। वहां विजय-पताका फहरा दीजिए, यहां मैं सब संभाल लूंगा।

अपने वकील के इस सुझाव के बाद मुरारीसिंह ने इस शुभ कार्य में विलंब करना उचित नहीं समझा। उन्होंने अपने वकील के यहां से लौटने के तीसरे दिन बाद ही अपने आदमियों के साथ चमरटोली पर धावा बोल दिया। उन्होंने सोचा था कि एक-दो चमारों को पीटने, उनका सामान निकालकर फेंकने और

उनकी झोंपड़ी उजाड़ने के बाद शेष चमार डरकर स्वयं भाग चलेंगे, लेकिन वैसा नहीं हुआ। इस स्थिति का मुकाबला करने के लिए चमारों ने पहले से ही तैयारी कर रखी थी। सभी चमार अपने-अपने घरों से निकल मुरारीसिंह के लोगों के साथ भिड़ गए। मुरारीसिंह को यह देखकर भयंकर आश्चर्य हुआ कि कई चमारों के हाथों में बंदूकें थीं—बिना लाइसेंस छिपाकर रखी गई बंदूकें। मुरारीसिंह ने तो स्वप्न में भी यह नहीं सोचा था कि उनके गांव के पिद्दी चमार अंदर से इतने साहसी होंगे? खैर...। चढ़ाई कर देने के बाद पीठ दिखाकर, भागना मुरारीसिंह उचित नहीं समझते थे। उन्होंने अपने लोगों को ललकारा। उनके लोग आगे बढ़े। चमारों ने विरोध किया। परिणामतः दोनों ओर से मार-काट शुरू हो गई। चमार घरों में छिपकर वार करने लगे और मुरारीसिंह के लोग गलियों में। फलतः जहां मुरारीसिंह के चार आदमी घायल हुए, वहां सिर्फ दो चमारों को ही थोड़ी चोटें आईं। इसी बीच अचानक चमरटोली की ओर से निशाना साधकर किसीने गोली चलाई, जो सीधे मुरारीसिंह के बड़े लड़के की छाती में जा लगी। फिर वह वहीं धराशायी हो गया। उसके गिरते ही मुरारीसिंह के लोग भागने लगे। उनमें अधिकांश भाड़े के गुण्डे थे। मुरारीसिंह के खुद के लड़के को गोली का शिकार होते देख अब उनमें ठहरने की हिम्मत कहां थी?

दोपहर तक यह युद्ध समाप्त हो चुका था। लेकिन सारा गांव खौल उठा था। गांव में राजपूत, भूमिहार, कायस्थ और ब्राह्मण संपन्न और ऊंची जाति के लोगों में गिने जाते थे तथा कहार, चमार, रजवारा, डोम, दुसाध, कुम्हार, धोबी, नाई, बारी, बढ़ई, लोहार, आदि विपन्न तथा नीची जाति के लोगों में। अन्य जाति के लोग भरतपुर नामक इस गांव में नहीं थे। इस घटना के बाद गांव की बड़ी जाति के लोग आश्चर्य में पड़ गए। चमारों को ऐसी हिम्मत कैसे हुई? इतने घातक हथियार वे छिपाकर रखे हैं। पहले तो कभी विरोध तक नहीं करते थे। जरूर उन्हें बाहर की हवा लगी है। भरतपुर की बड़ी जाति के लोगों के मन में चमारों के खिलाफ आग सुलगने लगी। बड़ी जाति का हर आदमी भले ही मुंह से कुछ नहीं कह पा रहा था, लेकिन उसका अंतर खौलने लगा था। आज मुरारीसिंह के साथ यह बात हुई है तो कल उनके साथ भी

होगी। अब चमार उनके शासन में नहीं रहेंगे। हालांकि अंदर से यह बात सोचते हुए भी भरतपुर की बड़ी जाति के लोग तत्क्षण मुरारीसिंह के साथ नहीं हो पा रहे थे। 'दूसरे के झगड़े में क्यों पड़ूं' का उनका संस्कार अभी टूट नहीं पाया था।

इधर विपन्न और नीची जाति के लोग चमारों के इस साहस को देखकर उत्साहित हो उठे थे। वे भी चमारों की तरह ही उपेक्षित, शोषित और पीड़ित थे। चमारों द्वारा मुरारीसिंह के लड़के की हत्या से वे अंदर ही अंदर प्रसन्न थे। अब उनका मन भी अपने ऊपर किए जा रहे अत्याचार के खिलाफ आवाज उठाने को करने लगा था। वे भावनात्मक रूप से चमारों के साथ जुड़ने लगे थे। लेकिन अंदर से चमारों के प्रति सद्भाव पैदा होते हुए भी भरतपुर की छोटी जाति के लोग तत्काल चमारों के साथ नहीं हुए। यहां भी उनके संस्कार आड़े आ गए।

शाम तक घटनास्थल पर पुलिस आ गई। इस युद्ध की चर्चा सनसनी की तरह आसपास के गांवों से होते हुए कस्बे के पुलिस-थाना तक पहुंच गई थी। पुलिस ने घटना की छानबीन की। विभिन्न लोगों के बयान लिए। ऊपर वालों को यह बताने के लिए कि पुलिस पूरी तरह मुस्तैद है, सब कागजात तैयार कर लिए गए। इसके बाद थाना-प्रभारी ने पुलिस के पांच जवानों को उस गांव में एक हफ्ता रहने की ड्यूटी लगा दी। प्रारंभ में दो-तीन दिनों तक इस घटना की चर्चा भरतपुर और आसपास के गांवों में खूब गर्म रही, लेकिन कुछ ही समय बाद फिर ठंडी पड़ने लगी। एक पखवारा बीतते-बीतते तो सब कुछ शांत हो गया। बात आई-गई हो गई। लेकिन इस शांति के पीछे मुरारीसिंह की षड्यंत्रकारी भूमिका थी। मुरारीसिंह ने जानबूझकर कुछ क्षणों के लिए चुप्पी साध ली थी, ताकि गांव से पुलिस हट जाए, स्थिति पूर्ववत् हो जाए और वे आराम से बदला ले सकें। जिस दिन से उनका बेटा मरा था, उस दिन से वे सो नहीं पाए थे। उन्होंने सोच लिया था कि जब उनका बेटा ही चला गया तब धन-सम्पत्ति बचाकर ही क्या होगा? वे चमारों को भूनकर छोड़ेंगे।

इस बीच चमरटोली में बाहर के लोग आने लगे थे—छोटी जातियों और गरीब लोगों की तकलीफों के खिलाफ लड़ने वाले। चमरटोली में रोज रात को

बैठकें होने लगी थीं। बाहर से आने वाले लोग रात में ही आते और रात में ही चले जाते। उन्होंने चमारों के साथ संगठित होकर अन्याय का मुकाबला करने के लिए भरतपुर के सभी गरीब और छोटी जाति के लोगों को समझाया। सबों के मन में चमारों की इस घटना को लेकर एकजुट होने के भाव थे ही, बाहरी लोगों द्वारा समझाए जाने पर ये भाव और गहरा गए। बाहरी लोगों की बातों में जाने कैसी शक्ति थी कि भरतपुर के सभी गरीब और छोटी जाति के लोग एकसाथ हो गए।

इधर जब मुरारीसिंह को चमरटोली की इस तैयारी की सूचना मिली तो एक रात वे भी अपने वर्ग और अपनी बिरादरी के लोगों को इकट्ठा करने के लिए निकले। रात बारह बजे के आसपास उन्होंने गांव की बड़ी जाति के लोगों की एक गुप्त बैठक बुलाई। इससे पहले कि मुरारीसिंह अपना मंतव्य स्पष्ट करते, सभी लोग अपने-आप चमारों के खिलाफ आग उगलने लगे। चमरटोली में बाहर के लोगों के आने की सूचना सबों-को मिल चुकी थी। चमारों के बढ़ते हुए मन को सदा के लिए कुचल देने की योजना गोष्ठी में बनाई जाने लगी। रामशरण ने चिल्लाकर कहा, "जितनी जल्दी हो सके, चमरटोली के लोगों को सबक सिखा देना चाहिए...पुश्तों से जो बात इस गांव में नहीं हुई थी, वह बात अब संभव होने लगी है... डोम-चमार बराबरी करने लगे हैं...यह सब सहने की अपेक्षा तो मर जाना बेहतर है...।"

मुरारीसिंह ने कहा, "आप सब सिर्फ मेरी पीठ पर खड़े रहिए...मैं मिनटों में चमरटोली के लोगों की गरमी झाड़ दूंगा।"

गोष्ठी में संयुक्त रहने, मौका पड़ने पर संगठित होकर मुकाबला करने तथा एक-दूसरे की मदद करने की बात पक्की की गई। लगभग रात के दो बजे गोष्ठी समाप्त हुई। गोण्ठी समाप्त होने तक प्रायः सभी लोगों ने यह निर्णय ले लिया था कि इस गांव के चमारों तथा छोटी जाति के लोगों को बिगड़ने नहीं देंगे। सदियों से जैसे रहते आए हैं, वैसे ही उन्हें रहना है। अगर वे नहीं मानेंगे तो फिर उनका काम तमाम करना पड़ेगा, चाहे इसके लिए जो हो।

समय बीतता गया। मुरारीसिंह चमरटोली के खिलाफ अपनी षड्यंत्रकारी

योजना की तैयारी में लगे रहे। अपनी योजना को कार्यरूप देने के लिए मुरारीसिंह ने पानी की तरह पैसा बहाया। हालांकि उन्होंने जो कुछ भी किया, सब गुप्त रूप से ही। गुप्त रूप से काम करके ही वे अपनी योजना को मूर्त रूप देने की स्थिति में पहुंचे। फिर जैसाकि उन्होंने सोचा था, एक रात लगभग तीन सौ जवानों के साथ उन्होंने चमरटोली को घेर लिया। उनके लोगों के हाथ में घातक हथियार और किरासन के टीन थे। चमरटोली के चारों तरफ की झोंपड़ियों पर किरासन तेल छिड़ककर मुरारीसिंह के लोगों ने आग लगा दी तथा आग से बाहर निकलकर भागने वालों को भून देने के लिए हथियार लेकर तैनात हो गए।

जब चमरटोली में चारों तरफ से एक ही बार आग की ज्वाला धधकने लगी तब जान बचाने के लिए चमरटोली के औरत-मर्द और बच्चे इधर से उधर भागने लगे। कुछ तो गलियों में ही झुलसकर मर जाते। लेकिन कुछ चमरटोली से बाहर निकलकर गांव में भागना चाहते, पर वे सफल नहीं हो पाते। चमरटोली के बाहर गिरोह की शक्ल में खड़े मौत के दावेदार उन्हें इस भवसागर से पार उतार देते। फिर उनके नश्वर शरीर को आग की लपटों में फेंक देते।

चीख-पुकार की आवाजें और हल्ला-गुल्ला सुन भरतपुर की छोटी जाति के लोग सहायता के लिए घटनास्थल की ओर बढ़े, लेकिन मुरारीसिंह के वर्ग के लोगों ने उन्हें रोक दिया। वे अल्पसंख्यक डरकर रुक गए। लेकिन उनमें से कुछ लोग थाने की ओर दौड़ चले। अगर समय से थाना निकट आ गया होता तो शायद बहुत लोगों की जानें बच जातीं; लेकिन थाना के पास काफी विलम्ब से पहुंचे। अब तक लगभग आधे लोग जल चुके थे। शेष लोग जो चमरटोली के बीच स्थित पेड़ों पर चढ़ गए थे या कुएं में उतर गए थे, वे बचे रह गए थे।

सुबह होने पर चमरटोली का दृश्य अजीब भयावह लगने लगा था। पत्थर-दिल इंसान भी इसदृश्य को देखकर कांप जाते थे। मुरारीसिंह और उनके लोगों ने बदले की भावना से प्रेरित होकर यह कर तो दिया था, लेकिन इसे देखकर वे भी दहल उठे। उन्हें भय भी होने लगा था कि अब जरूर कुछ

होगा। इतने बड़े कांड को वे आसानी से नहीं पचा पाएंगे। फलतः अपने ऊपर आने वाले संकट से बचने के लिए इस कांड के कुछ मुख्य अभियुक्त गांव से दूर रिश्ते-नातेदारों के यहां छिपने के लिए भाग चले।

इस घटना की चर्चा बिजली की तरह आसपास के गांवों और शहरों को लांघते हुए सीधे राजधानी में पहुंची। फिर दोपहर ढलते-ढलते राजधानी से मंत्री, नेता, पत्रकार और फोटोग्राफर आ धमके। भरतपुर गांव की कच्ची सड़क पर, जिसपर सिर्फ बैलगाड़ियां ही चलती थीं, कारों, मोटरसाइकलों, स्कूटरों और तांगों का मेला लग गया। जली हुई चमरटोली का दृश्य देखने तथा नेताओं और मंत्रियों के दर्शन के लिए गांव और शहर के लोग भी उमड़ पड़े।

चमरटोली का मुआयना किया जाने लगा। चीखते-चिल्लाते लोगों के बयान लिए जाने लगे। जले हुए लोगों और जली हुई झोंपड़ियों की तस्वीरें खींची गईं। राहत के नाम पर कुछ कपड़े और रुपये बांटे गए। अधजले और छटपटाते लोगों को अस्पताल भेजा गया। फिर अत्याचारियों को दंड देने, इस घटना से क्षत-विक्षत हुए लोगों को नये घर बनाने के लिए आर्थिक सहयोग देने तथा अब से उनकी सुरक्षा करने का आश्वासन देकर सरकारी लोग लौट गए। पता नहीं इस घटना का प्रभाव खुद ही ऐसा था या सरकारी मेहमानों के आ जाने से यह घटना प्रभावपूर्ण बनी थी, कुछ भी कहा नहीं जा सकता। खैर...जैसे भी हुआ हो, इस घटना की चर्चा देश के स्तर पर शुरू हो गई थी। अखबारों के प्रथम पृष्ठ पर मोटी-मोटी सुर्खियों में यह समाचार छपने लगे थे—'भरतपुर-हत्याकांड...भरतपुर में भीषण नर-संहार...भरतपुर की जघन्य हत्या...' आदि। रेडियो से समाचार आते। पूरे देश में भरतपुर की चर्चा चल निकली थी। बिहार के एक कोने में दबे-छिपे गांव भरतपुर पर ऐसी रोशनी पड़ी थी कि वह तीर्थस्थल बन गया था। भरतपुर के दर्शन के लिए दूर-दूर से 'तीर्थयात्री' आने लगे थे।

प्रारम्भ में भरतपुर के शोषित-पीड़ित लोगों को लगा था कि अब उनके दिन फिरेंगे। जब दिल्ली की सरकार सीधे आकर उनके दरवाजे से लौटी है, तब वे जरूर अपनी पहली स्थिति से ऊपर उठेंगे। लेकिन चन्द दिनों बाद ही

उन्हें अपनी सोची हुई बातें गलत साबित हुईं। उन्होंने देखा कि भरतपुर-कांड को लेकर मंत्रिमंडल भंग किए जाने तथा पदासीन मंत्रियों के इस्तीफे की मांग की जाने लगी। फिर धीरे-धीरे भरतपुरकांड तो पुराने मंत्रियों को हटाने और नये मंत्रियों को पदासीन करने का एक मुद्दा भर रह गया। लगा, जैसे भरतपुर-कांड पर इसीके लिए रोशनी डाली गई थी। इसीके लिए उसे इतनी चर्चाओं के बीच लाया गया था।

रामशरण बहू गहरी नींद में सो चुकी हैं। दुखन की मां इस प्रतीक्षा में बैठी है कि रामशरण बहू जगेंगी। दुखन की मां ने अब तक खाना बनाकर रख दिया है। उसके अनुसार अब खाना खाने का वक्त भी बीता जा रहा है। लेकिन रामशरण बहू तो जैसे घोड़े बेचकर सोई हैं। समय का कोई खयाल नहीं। सोने से पहले उन्होंने दुखन की मां को यह चेतावनी दे दी थी कि मझे जगाना मत। मैं स्वयं जग जाऊंगी। लेकिन दुखन की मां को अब और प्रतीक्षा करते नहीं बनती है। उसे भूख जोरों की लग चुकी है। सुबह का खाया हलवा तो कभी का हजम हो चुका है। दुखन की मां की इच्छा होती है कि अपना खाना परोसकर खा ले। रामशरण बहू जब उठेगी तब खाएंगी। लेकिन ऐसा उसने कभी नहीं किया था। बराबर रामशरण बहू को खिलाने के बाद ही वह खाती थी। इसीलिए रामशरण बहू की खाट के पैताने जाकर वह उन्हें जगाने लगती है, "मालकिन, उठिए! बहुत वक्त हो गया...खाना ठंडा पड़ रहा है...।"

लेकिन रामशरण बहू खर्राटे भरती रहती हैं। अब दुखन की मां उनका पांव पकड़कर धीरे-धीरे हिलाती है। इस बार रामशरण बहू की आंखें खुल जाती हैं। वे आंखें मलते हुए उठ बैठती हैं, "दुखन की मां, बदन में बहुत सुस्ती मालूम पड़ रही है...उठने का मन नहीं कर रहा है...।"

दुखन की मां बताती है, "दिन काफी चढ़ चुका है...खाना ठंडा हो रहा है...खाना बनाकर देर से आपके जगने की राह देख रही हूं।"

"मुझे खाने की इच्छा नहीं दुखन की मां...तुम खा लो...मुझे जी भरकर सोने दो...मन बहुत भारी है...।" रामशरण बहू कहती हैं।

"नहीं मालकिन! ऐसा कैसे होगा कि मैं खा लूंगी और आप नहीं

खाएंगी... उठिए-उठिए...” और दुखन की मां रामशरण बहू को जबरन उठाकर आंगन में ले आती है। फिर हाथ-मुंह धुलाकर पीढ़ा-पानी लगाती है और खाना परोस उनके सामने रख देती है। रामशरण बहू खाने लगती हैं। शुरू में दाई-लौंडी के हाथ का बनाया खाना वे नहीं खाती थीं। बहुत 'नेम-धरम' से रहती थीं। नहा-धोकर अपना खाना स्वयं बनाती थीं। लेकिन जब से शरीर अवश हो गया है तब से दुखन की मां के हाथ का बनाया खाना खाने लगी हैं।

खाना खाने के बाद रामशरण बहू हाथ-मुंह धोती हैं। अब उन्हें गुड़गुड़ी पीने की तलब महसूस होने लगती है। दुखन की मां जानती है, रामशरण बहू नाश्ते और खाने के बाद नियम से गुड़गुड़ी पीती हैं। इसीलिए खाने और नाश्ते के वक्त वह पहले से ही गुड़गुड़ी का इंतजाम रखती है। सदा की भांति वह रामशरण बहू को गुडगुड़ी थमा देती है। रामशरण बहू गुड़गुड़ी हाथ में ले कमरे में चली जाती हैं। फिर अपने बिस्तरे पर आराम से बैठते हुए गुड़गुड़ी पीने लगती हैं। इधर दुखन की मां अपना खाना परोसकर खाने लगती है। वह देर से भूख को रोके हुए थी।

सूर्य रामशरण बहू के घर के ठीक ऊपर से गुजर रहा होता है। दुपहरिया तपने लगती है। चैत के महीने की तीखी धूप और गर्म हवा। पूरी दोपहरी कमरे में बंद रहना ही उचित जान पड़ता है। रामशरण बहू को तो चैत-वैशाख की धूप तनिक भी नहीं सुहाती। शुरू से ही पति ने उन्हें लाड़-प्यार में रखा था। अब उन्हें अफसोस होता है, अपने शरीर को उन्हें इतना नाजुक नहीं बनाना चाहिए था। उनकी उम्र की कई कामकाजी औरतें अपना चूल्हा-चौका स्वयं कर लेती हैं। लेकिन वे तो खटिया पकड़ती जा रही हैं।

रामशरण बहू दुखन की मां से पानी मांगती हैं। दुखन की मां अब तक खा चुकी होती है। वह गिलास में पानी लेकर आती है तथा रामशरण बहू को पिलाती है। फिर रामशरण की खाट के पास ही नीचे अपनी गुदड़ी बिछा सो रहती है। अब पूरी दोपहरी दुखन की मां यहीं सोएगी। फिर शाम होने पर गांव में दो-चार लोगों के यहां चौका-बर्तन करने चली जाएगी। चौका-बर्तन के बाद पुनः यहां लौट आएगी। इसके बाद खाना बनाने, रामशरण बहू को

खिलाने, अपने खाने तथा रामशरण बहू के साथ ही सो रहने की अपनी ड्यूटी निभाएगी।

दुखन की मां गुदड़ी पर लेटते ही रामशरण बहू से अपनी राम-कहानी सुनाने लगती है—अपने बेटे और पतोहू की करनी की कहानी। यह कहानी वह पहले भी कई बार उन्हें सुना चुकी है। दुखन की मां रामशरण बहू से अकसर दो तरह की बातें ही करती है—या तो वह गांव की नई-नई सूचनाएं उन्हें देती है, या अपने बेटे और पतोहू के नाम का रोना प्रारंभ कर देती है। रोज की भांति दुखन की मां अपनी पतोहू को श्राप देते हुए कहती है, "उस निगोड़ी की देह में कोढ़ फूट जाए...उसका सत्यानाश हो जाए...वह मुझे दाई के बराबर भी नहीं समझती...बेटा जनमाकर मैंने उसे दे दिया...उसी बेटे से राज कर रही है...लेकिन मुझको घर में रहने भी नहीं दिया...भगवान, तू उस 'कुलच्छनी' को उठा ले...मैं दुखन की दूसरी शादी कर दूंगी...उसकी देह में कीड़े पड़ें...वह तड़प-तड़प कर मरे...मुझको जितना दुःख वह दे रही है, हे भगवान, उतना ही दुःख तू उसको भी देना...मेरी तरह ही बुढ़ापे में उसका भी दिन दरवाजे-दरवाजे लौंड़कम (दाई का काम) करके ही कटे।"

फिर दुखन की मां रुलाई मिश्रित आवाज में कहने लगती है, "कितने दःख से बेटा जनमाया...कितने अरमान संजोकर उसे पाला-पोसा...लेकिन उसने आते ही बेटे को हथिया लिया...मैं तो जैसे कुछ हं ही नहीं...मुझसे कुछ मतलब ही नहीं...आज तक मैंने बेटा-पतोहू का कोई सुख नहीं जाना... मैं अभागिन हूं...मेरी किस्मत खोटी है...।" और दुखन की मां रोने लगती है। रामशरण बहू, दुखन की मां को चुप कराती हैं। सांत्वना देती हैं, "रोओ मत दुखन की मां, तुम्हें तो बेटा है...पतोहू है... कोई तुम्हें बांझ नहीं कहता ...डायन नहीं कहता...सास-पतोहू में तो झगड़ा होता ही रहता है। तुम अपने को अभागिन न कहो...तुम्हें तो सारा लगन भरा है...तुमसे लगनवती कौन है?"

रामशरण बहू की बात से दुखन की मां की रुलाई बन्द हो जाती है। लेकिन यह क्या? दुखन की मां को चुप कराने के बाद रामशरण बहु की अपनी पीड़ा खुद हरी हो जाती है। कहती हैं, "इस दुनिया में मुझसे अभागिन कौन

है दुखन की मां...मेरे आगे-पीछे कोई नहीं...कौन मेरी मिट्टी पार लगाएगा? मेरे मुख में कौन आग देगा? मैं पापिन हूं...पूर्वजन्म के अपने पापों का फल भोग रही हूं...मुझे तो जनमते ही मर जाना चाहिए था..." और रामशरण बहू फूट-फूटकर रोने लगती हैं।

अब दुखन की मां रामशरण बहू को चुप कराती है, "मालकिन, आपके पास धन-दौलत है। आपको तकलीफ नहीं होगी। एक की जगह पर चार दीजिएगा—करने वाले हजार मिलेंगे। वंश होना तो अपने हाथ की बात है नहीं, फिर उसके लिए क्या पछताना?"

इसी तरह दुखन की मां और रामशरण बहू दोनों एक-दूसरे से अपनी व्यथा कहतीं और एक-दूसरे को सांत्वना देती रहती हैं कि अचानक गली से नारे लगाते हुए लोग गुजरने लगते हैं, "हम गरीबों का राज बनाकर रहेंगे... इस गांव में अब जुल्म नहीं चलेगा...इस गांव पर हमारा शासन है...इस गांव में न कोई बड़ा है और न छोटा...न कोई ऊंच है और न नीच...इस गांव में भेद-भाव की नीति बरतने वालो, कान खोलकर सुन लो, हम ईंट का जवाब पत्थर से देना जानते हैं..."

रामशरण बहू ध्यान से नारों को सुनने लगती हैं, लेकिन दुखन की मां पर इन नारों का कोई खास प्रभाव नहीं पड़ता है। एक लंबे समय से वह इस तरह के नारे सुनती आ रही है। हर पन्द्रह दिन बाद एक बार इस तरह के नारे लगाए जाते हैं। दुखन की मां तो इन नारों से बेखबर ऊंघने लगती है; लेकिन रामशरण बहू गुड़गुड़ी एक ओर रख इन नारों के बारे में सोचने लगती हैं। उन्हें अपने पति की हत्या की याद आने लगती है।

चमरटोली की घटना के बाद गांव का रूप एकदम बदल गया था। चमरटोली के जो चमार बच गए थे, उन्हें बाहरी सहयोग पर्याप्त मात्रा में मिलने लगा था, फलतः बदले की भावना से प्रेरित हो वे सिंहों की तरह दहाड़ उठे थे। उन्होंने ढूंढ-ढूंढ़कर मुरारीसिंह के परिवार के एकएक सदस्य की हत्या की। उसके बाद तो गांव में हत्याओं का वह सिलसिला चला कि आसपास के गांवों के लोग भी दहल उठे। खेत-खलिहान से लौटते, घर में सोए-बैठे, गांव में घूमते, जिसे जहां दांव मिल गया, हत्या कर दी। चमरटोली के लोगों

के साथ भरतपुर के सभी गरीब और छोटी जाति वाले सीना तानकर सामने आ गए थे। उन्हें बाहर से हथियार तथा निर्देश मिलने लगे थे। रातों में दर्जनों की संख्या में उनके पक्षधर आ धमकते थे। इधर मुरारीसिंह के वर्ग के लोग जान हथेली पर लेकर गांव में उभरने वाली इस नई शक्ति को दबाने के लिए जूझ पड़े थे।

हालांकि चमरटोली की घटना के बाद से गांव में स्थायी तौर पर एक पुलिस चौकी का निर्माण कर दिया गया था। पुलिस के बारह जवान रहने लगे थे। लेकिन उससे इन हत्याओं की रफ्तार में कोई कमी नहीं आई थी। ऐसा कभी नहीं हुआ था कि किसीकी हत्या होने से पहले ही सूचना पाकर पुलिस उसे बचाने के लिए चली आई हो। होता तो यह था कि हत्या होने के बाद घटनास्थल पर पुलिस पहुंचती थी और अपना 'कोरम' पूरा करती थी।

लोगों ने घर से निकलना बंद कर दिया था। शाम होते ही किवाड़ बन्द कर दिए जाते थे। इस ओर के या उस ओर के लोग जब भी कहीं निकलते, हथियारों से लैस, गिरोहबंद होकर ही। गृहस्थी का काम छूटने लगा था। मौत का खूंखार पंजा गांव में हर जगह मंडराता नजर आता था। पूरा भरतपुर गांव एक बड़े श्मशान के रूप में तब्दील हो गया था। कब किसकी हत्या हो जाएगी, कुछ ठीक नहीं। लोगों की आंखों से नींद उड़ गई थी। ऐसा कोई-कोई ही दिन गुजरता था जिस दिन गांव से कोई लाश नहीं निकलती थी। दिन में पूरा सन्नाटा व्यापता रहता था। लोग कहां हैं, पता नहीं चलता। लेकिन रातों में लगता कि दुनिया भर के लोग इस गांव को घेरे खड़े हैं। बंदूकें छूटतीं। नारे सुनाई पड़ते। इस स्थिति से दहशत खा कई लोग गांव से शहर भाग चले थे।

ऐसे ही समय में एक दिन रामशरण घर के लिए कुछ आवश्यक सामान खरीदने बाजार गए थे। वे जब बाजार से लौट रहे थे, दिन के बारह बज रहे थे। उनके साथ और चार-पांच आदमी थे। भरतपुर गांव से बाजार की दूरी कोई खास नहीं थी। सिर्फ दो मील। वे लोग आधी से अधिक दूरी तय कर चुके थे। अब गांव एकदम करीब ही था। लेकिन अचानक रास्ते के किनारे की झाड़ियों

और गड्ढों से लगभग बीस-पच्चीस आदमी आए और रामशरण तथा उनके साथियों को घेर लिया। फिर नारे लगाते हुए उन सबोंने रामशरण की हत्या कर दी। उनके साथ के लोगों को छोड़ दिया।

जब रामशरण के साथ के लोग गांव लौटे और रामशरण बहू को यह सूचना दी तो वे पागलों की तरह रोती-चिल्लाती घर से निकलकर दौड़ पड़ीं। रास्ते में कई जगह साड़ी में उनके पैर फंस जाते। वे गिर पड़तीं। घटने छिल जाते। फिर भी उठकर दौड़ने लगतीं। वे गिरती-पड़ती घटनास्थल पर पहुंचीं। लेकिन अब तक हत्यारों ने उनके पति की लाश भी गायब कर दी थी। वे गांव में घूम-घूमकर हत्यारों को गालियां बकने लगीं तथा शाप देने लगीं। पति ही उनके लिए सब कुछ थे। उन्हींसे उनकी दुनिया थी। अब वे अकेले जीकर क्या करेंगी, इसीलिए वे चाहती थीं कि पति की तरह हत्यारे उन्हें भी मार दें। लेकिन उनपर किसीने वार नहीं किया। वे हफ्ते भर पागलों की तरह गालियां बकती फिरीं। फिर अंत में प्राणांत करने के लिए एक कुएं में कूद पड़ीं। लेकिन उन्हें कुएं में कूदते हुए गांव के कुछ बच्चों ने देख लिया था। कुहराम मच गया। भीड़ लग गई। इसके बाद जगतनारायणसिंह ने तेजी से कुएं में प्रवेश कर उन्हें निकाला। उनके घर ला उन्हें सुलाया। लगातार दो-तीन दिनों तक उन्हें नये सिरे से जिन्दगी जीने के लिए समझाया। अगर कोई दूसरा होता तो रामशरण बहू नहीं मानतीं, लेकिन जगतनारायणसिंह की बात उनसे टालते न बनी। गमगीन स्थिति में ही सही, वे जिन्दगी जीने लगीं। आत्महत्या की बात उन्होंने परे ढकेल दी। जगतनारायणसिंह का पूरा संरक्षण अब उन्हें मिलने लगा था। जब भी जिस चीज की जरूरत होती, जगतनारायणसिंह हाजिर हो जाते। रामशरण से बढ़-चढ़कर उनकी देखभाल जगतनारायणसिंह ने शुरू कर दी थी।

लेकिन गांव की स्थिति तत्काल नहीं बदली। रामशरण की हत्या के बाद लगातार दो-तीन सालों तक खूब हत्याएं होती रहा। कभी इस ओर के लोग मारे जाते तो कभी उस ओर के। चुन-चुनकर गांव के सभी सूरमा मार दिए गए। फिर समय बीतने के साथ-साथ धीरे-धीरे शांति लौटने लगी—हत्याओं

के बाद की शांति और समझौता! इस शांति और समझौते के बीच गांव ने एक नई स्थिति ग्रहण कर ली थी। अब गांव पर मुरारीसिंह के वर्ग के लोगों का शासन नहीं, चमार और उनके वर्ग के लोगों का शासन चलने लगा था। मीटिंग करके मजदूरी तय की जाती। जो रेट निर्धारित कर दिया जाता, उसे सबको मानना पड़ता। मजदूरों के साथ पहले की तरह मनमानी और ज्यादती करने का सिलसिला खत्म हो गया था। गांव के बनिहार, चरवाह और मजदूर सम्मानित जिन्दगी जीने लगे थे। पहले की तरह उन्हें अकारण गाली दे देने और अपमानित करने का माहौल खत्म हो गया था। आगे चलकर भरतपुर के पिछड़े लोगों ने अपने आसपास के अन्य गांवों में भी यह आग लगानी शुरू कर दी थी। फिर कई गांवों में भरतपुर-कांड की पुनरावृत्ति शुरू हो गई थी। पिछड़े वर्ग के लोगों ने भरतपुर गांव को अपना मुख्य अड्डा बना लिया था। यहां वे लड़ाई जीत चुके थे। अब यहीं से पूरी तैयारी के साथ दूसरे गांवों पर हमला बोलते। इस गांव के मुरारीसिंह के लोग फिर अपनी पहली स्थिति में न लौटें, इसके लिए हर पन्द्रहवें दिन यहां नारे लगाए जाते और उन्हें चेतावनी दी जाती।

दुखन की मां सो गई है। लेकिन इस बार रामशरण बहू की आंखों में नींद नहीं आ पाई है। सुबह नाश्ता करने के बाद वे देर तक सोई थीं। उस वक्त उन्हें लगा था कि अभी वे और सोएंगी। नींद पूरी नहीं हुई है। लेकिन खाना खाने के बाद वे चाहती रह गईं, नींद नहीं आई।

रामशरण बहू देखती हैं, दोपहरी गुजर गई है। शाम हो चली है। रोज दुखन की मां जगा जाती थी। उसे और दो-चार घरों में काम करने होते हैं। लेकिन आज तो एकदम निश्चिन्त होकर सोई है। रामशरण बहू दुखन की मां को जगाती हैं, "दुखन की मां, उठो! शाम हो गई है। काम पर नहीं जाओगी क्या?"

दुखन की मां उठती है। फिर यह देखकर कि शाम हो चली है, वह तेजी से भागती है। अगर रामशरण बहू उसे नहीं जगातीं तो वह और देर तक सोई ही रहती। उसका मन रामशरण बहू के प्रति कृतज्ञ हो उठता है। वह समझ

नहीं पाती है कि आखिर रामशरण बहू के साथ उसका ऐसा कौन-सा रिश्ता है कि अपना दुःख वह उनको सुनाकर हल्का हो जाती है और वे अपना दुःख उसे सुनाकर हल्का हो जाती हैं? वे देर से सोई रहती हैं तो वह उन्हें जगाती है और वह देर से सोने लगती है तो वे उसे जगाती हैं।

दुखन की मां के चले जाने के बाद रामशरण बहू अकेले बच जाती हैं। अकेलेपन से रामशरण बहू का मन हमेशा तो नहीं घबराता, लेकिन कभी-कभी घबराने लगता है। रामशरण बहू उठकर आंगन में आती हैं। उन्हें यह समझ नहीं आता है कि दुखन की मां के आने तक वह कहां जाएं और कौन-सा काम करें। गांव में तो वे किसीके घर जा नहीं सकती हैं। उन्हें पूछता ही कौन है? उल्टे किसीके घर जाने पर कोई-न-कोई लांछन ही उनके माथे मढ़ दिया जाता है। इसीलिए वे चुपचाप अपने दरवाजे आकर बैठ रहती हैं। लेकिन बराबर की तरह अपने दरवाजे पर आकर उनके बैठते ही गली में खेलते बच्चों को उनकी माताएं बुला लेती हैं। इसके बाद सामने के घरों की खिड़कियां और दरवाजे, जो देर से खुले थे, बन्द होने लगते हैं। फिर यह खबर सनसनी की तरह गली में इस छोर से उस छोर तक फैल जाती है कि रामशरण बहू डायन अपने दरवाजे बैठी है।

रामशरण बहू का मन कसैला हो उठता है। वे दरवाजे से उठकर पुनः अन्दर आ जाती हैं। लेकिन अन्दर भी आज उनका मन नहीं लगता है। पिछले कई बार की तरह आज फिर उनका मन एकाकीपन के खिलाफ विद्रोह कर उठता है। फिर वे बहुत बेचैन हो उठती हैं। कभी घर में जाती हैं तो कभी आंगन में आती हैं। इन्हीं बेचैन क्षणों में शिव-मंदिर चलने की बात उनके मस्तिष्क में उठती है। वे सोचती हैं, अच्छा रहेगा। शंकर भगवान के दर्शन भी हो जाएंगे और उनका मन भी बहल जाएगा। तब तक दुखन की मां भी लौट आएगी।

रामशरण बहू लकुटी उठाकर चल देती हैं। दरवाजे से बाहर आकर ताला लगाती हैं। फिर लकूटी टेकते हुए आगे बढ़ जाती हैं। वे जिस गली से होकर जा रही हैं, उस गली में जगह-जगह बच्चे खेल रहे हैं। लेकिन उनपर नजर पड़ते ही बच्चे चिल्लाते हुए भागने लगते हैं, "डायन आ गई!

डायन आ गई!"

गली सुनसान हो जाती है। रामशरण बहू के होंठ गुस्से में बुदबुदा उठते हैं। उन्हें खयाल भी नहीं रह पाता है और वे देर तक बुदबुदाती रहती हैं। लेकिन उनकी बुदबुदाहट देखकर तो आसपास के घरों की औरतें छाती पीटने लगती हैं, "रामशरण बहू डायन बुदबुदा रही है...जरूर किसीपर बाण छोड़ रही है...इस विपत्ति को मौत भी नहीं आती...सारे गांव को परेशान कर रखा है।"

रामशरण बहु शिव-मंदिर तक पहुंच जाती हैं। लेकिन वहां शाम की आरती के लिए पहले ही से कई लड़कियां इकट्ठी हैं। वे सब रामशरण बहू को देखते ही इधर-उधर छिपने लगती हैं। सिर्फ मंदिर का पुजारी रामशरण बहू के सामने रह जाता है।

रामशरण बहू मंदिर में प्रवेश कर भगवान के दर्शन करती हैं। फिर अपना माथा उनके चरणों में टेक आंसू बहाते हुए विनती करती हैं, "हे प्रभो! अब और नहीं सहा जाता...जितनी जल्दी हो सके, यहां से उठा लो...यह जनम तो अकारथ ही चला गया...।"

मंदिर से रामशरण बहू के लौटने तक शाम गहराने लगती है। वे तेजी से कदम बढ़ाने लगती हैं। लेकिन गली के एक मोड़ पर आपस में बतिया रही कुछ औरतों की बातें सुन उनके कदम रुक जाते हैं। वह सुनने लगती हैं। एक औरत कहती है, "दूधनाथ चौधरी के लड़के की तबीयत बहुत खराब है। उन लोगों का कहना है कि रामशरण बहू ने किया है। एक रात दूधनाथ चौधरी के दरवाजे पर 'टोटरम' करते हुए रामशरण बहू पकड़ी गई थी...।"

इससे पहले कि कोई दूसरी औरत कुछ और कहती, वे आगे बढ़ जाती हैं, लेकिन अब उनके कदम मन-मन भर के बोझिल हो जाते हैं। वे चाहकर भी तेज चल नहीं पातीं। सुबह दुखन की मां ने भी यही सूचना दी थी। गांव की औरतें भी यही बतिया रही हैं। जरूर पूरे गांव में इस बात की चर्चा चल गई है। पता नहीं, दूधनाथ चौधरी के लड़के को क्या हुआ है? उन्होंने तो कभी उसे भर नजर देखा तक नहीं है। राम जानें, वह बचेगा या मरेगा? लेकिन वह अगर मर गया तो फिर उनका क्या होगा? क्या दूधनाथ चौधरी उन्हें सही-सलामत छोड़

देंगे? पति की छाया उनके ऊपर है नहीं और अब जगतनारायणसिंह भी तो नहीं रहे। रामशरण बहू का कोई रक्षक इस गांव में नहीं बचा है। वे भगवान को दोष देने लगती हैं। भगवान ने उनके साथ अनर्थ किया है—अन्याय किया है। पति को तो उनसे छीन ही लिया था, जगतनारायणसिंह को भी उनसे अलग कर दिया। अगर आज जगतनारायणसिंह होते तो दूधनाथ चौधरी या अन्य किसीसे भी इस तरह वे अकारण नहीं डरतीं, लेकिन अब तो मामूली-सी अफवाह पर भी डर जाती हैं। पता नहीं, कब लोग क्या कर बैठे?

रामशरण बहू अपने दरवाजे पहुंच दरवाजा खोलती हैं। फिर अन्दर घुस जाती हैं। शाम गहरा गई है। अंधकार घिर गया है। लेकिन आज ढिबरी जलाने की इच्छा भी रामशरण बहू को नहीं होती है। सोचती हैं, कमरे में प्रकाश फैलाकर क्या करेंगी? जिन्दगी में तो अंधेरा गहराता ही जा रहा है। काश, जिन्दगी के इस अंधेरे के बीच कोई ढिबरी जलाता!

रामशरण बहू टटोलते-टटोलते अपने बिस्तरे पर जा चढ़ती हैं। फिर सीधे लेट जाती हैं। चलकर आने के बाद हर बार की तरह वे इस बार भी कुछ हांफने लगती हैं। थकान महसूस होने लगती है। लेकिन उनका ध्यान अपने वर्तमान पर नहीं होता है। वे तो जगतनारायणसिंह की याद में खो चुकी होती हैं।

कुएं से रामशरण बहू को निकालने के बाद जगतनारायणसिंह अपना पूरा स्नेह-प्यार उन्हें देने लगे थे। रामशरण थे तो जगतनारायणसिंह लुकछिपकर ही रामशरण बहू के पास जाते थे, लेकिन अब तो बराबर आने-जाने लगे थे। रुकावट नाम की कोई चीज नहीं रह गई थी उनके लिए।

पति की मृत्यु के बाद प्रारंभ में कुछ दिनों के लिए रामशरण बहू की जिन्दगी जैसे एकदम टूट-बिखर-सी गई थी। वे बिल्कुल उदास-उदास और उखड़ी-उखड़ी-सी नजर आती थीं। लेकिन जल्द ही जगतनारायणसिंह ने उनकी टी-बिखरी जिन्दगी को संजो-संवारकर पुनः एक साफ-सुथरा आयाम दे दिया था। वे जीने लगी थीं। किसीकी चाह उनके मन में पुनः पैदा हो गई थी। किसीकी प्रेम-डोरी में वे पुनः बंधती जा रही थीं।

जगतनारायणसिंह ने रामशरण बहू की घर-गृहस्थी की सारी जिम्मेवारी

अपने ऊपर ले ली थी। इसके साथ ही समय पर उनके खेतों की मालगुजारी चुकाने, खेत जोतने वालों से फसल वसूलने, बाजार से उनके घर के लिए आवश्यक चीजें खरीदने, बीमारी आदि पर उन्हें दवा कराने, पर्व-त्योहार पर उनके लिए कपड़े बनवाने तथा वे सभी काम, जो रामशरण करते थे, जगतनारायणसिंह करने लगे थे। साथ ही वे बराबर रामशरण बहू की नजरों के सामने ही रहते थे। अगर कभी रामशरण बहू का मन मलिन हो जाता या उनका चेहरा उदास पड़ जाता या वे अपने अंधकारपूर्ण भविष्य के बारे में सोचने लगतीं तो जगतनारायणसिंह तत्क्षण उनके पास पहुंच इधर-उधर की बातों से उनका मन बहलाते तथा किस्से-कहानियों के माध्यम से उनका ध्यान दूसरी ओर कर उन्हें सहज रूप में लाते। रामशरण बहू उदास हों और जगतनारायणसिंह चुपचाप देखते रहें, यह तो होने ही वाला नहीं था।

जगतनारायणसिंह अकसर अपने दालान पर ही सोते थे—अपने मालमवेशियों के पास। अपने घर के अन्दर तो वे तभी सोने जाते थे जब पत्नी से सहवास की इच्छा होती थी। लेकिन उस इच्छा को भी वे एक लंबे समय से दमित कर चुके थे। बाल-बच्चे सयाने हो गए थे। बहुएं आ गई थीं। अब उन्हें पत्नी के पास जाते हुए शर्म महसूस होती थी। रात को खाना खाने के बाद वे सीधे दालान पर आ जाते थे। लेकिन रामशरण के मरने के बाद उन्हें लगने लगा था कि रामशरण बहू रात को अकेले में डरेंगी, इसीलिए उन्होंने अपनी दिनचर्या ऐसी बना ली थी कि रात का पहला पहर गुजर जाने के बाद वे नियमतः रामशरण बहू के घर चले जाते। रामशरण बहू तो जैसे उनकी राह देख रही होतीं। उनके आ जाने के बाद वे आदर से उन्हें अन्दर ले आतीं। फिर वे एक-दूसरे से अपनी कहते-सुनते तथा प्रेम से सो रहते। रात के अंतिम पहर जगतनारायणसिंह वहां से उठकर पुनः अपने दालान पर चले जाते। रामशरण बहू के साथ उनका सोना किसीको पता न चले, इसके लिए वे पूरी सावधानी बरत रहे थे।

बीतते समय के साथ रामशरण बहू और जगतनारायणसिंह के संबंध उत्तरोत्तर घनिष्ठ होते जा रहे थे। रामशरण बहू ने बहुत पहले एक बार यह सोचा था कि जगतनारायणसिंह से संबंध कर उन्होंने ठीक नहीं किया। वे

मां नहीं बनीं, उल्टे पर-पुरुष से सम्पर्क का दोष उन्हें लग गया। लेकिन अब उन्हें महसूस होता कि उस समय उन्होंने गलत सोचा था। जगतनारायणसिंह मात्र शरीर : लोभी नहीं, बल्कि तन, मन और धन से उनके साथ हैं। वे उनकी ही नींद सोते हैं और उनकी ही नींद जागते हैं। पति से भी अधिक खयाल रखते हैं। सच तो यह है कि कई अर्थों में वे पति से भी बढ़-चढ़कर साबित होते हैं। शायद इसीलिए रामशरण बहू ने अपने मन के अन्दर कहीं बहुत गहरे में जगतनारायणसिंह को उतार लिया था। इधर जगतनारायणसिंह भी रामशरण बहू को दिलोजान से चाहने लगे थे। उन्हें लगने लगा था कि रामशरण बहू उनकी जिन्दगी में आकर वह कमी पूरी की है, जिसकी पूर्ति पहले कभी नहीं हुई थी। वैसे दुनिया को दिखाने के लिए पत्नी, बच्चे थे। लेकिन अब उन्हें लगने लगा था कि पत्नी क्या होती है, कैसी होती है, मर्द के जीवन में उसकी कितनी बड़ी भूमिका होती है। रामशरण बहू के साथ के संबंध ने उन्हें एक नई अनुभूति प्रदान की थी। फिर पुरानी व्याख्याएं और पुराने मान-मूल्य उनके सामने ढहने लगे थे। तत्पश्चात् इस प्रौढ़ अवस्था में एक रात ईश्वर की मूर्ति के सामने रामशरण बहू और जगतनारायणसिंह ने एक-दूसरे को नये धर्म-पति और नई धर्म-पत्नी के रूप में स्वीकार किया तथा जिन्दगी के अंतिम क्षणों तक एक-दूसरे का साथ निभाने का संकल्प लिया। फिर किशोरवय और जवानी के भावुक और रोमानी प्रेम-संबंधों से ऊपर सहयोगी, सहभोक्ता और सहयात्री बन जीने लगे। हालांकि उन दोनों ने इस बात की पूरी कोशिश की कि उनके इस संबंध को गांव में गलत संबंध का नाम न दिया जाए। लेकिन इस तरह के संबंधों की जो परिणति होती है, वही परिणति इसकी भी हुई। उनके संबंध को भी कई तरह के नाम देकर गांव में प्रचारित किया जाने लगा। लोग खूब चटखारे ले-लेकर बातें करने लगे। तरह-तरह की कहानियां गढ़ी जाने लगीं। खूब मिर्च-मसाला मिलाकर उनके संबंध को चटक रूप दे दिया गया। लेकिन रामशरण बहू ने इसकी तनिक भी परवाह नहीं की। उन्होंने सोचा कि लोग गाल बजाकर क्या कर लेंगे? वक्त आने पर तो वे स्वयं बता देंगी कि जगतनारायणसिंह को उन्होंने पति-रूप में वरण किया है।

जगतनारायणसिंह भी इस अफवाह से विचलित नहीं हुए। वे जानते थे कि रामशरण बहू के साथ उनका जो सम्बन्ध है, वह अफवाहों से टूटने वाला नहीं है। उसकी बुनियाद बहुत गहरे में है। इसीलिए जगतनारायणसिंह गांव के लोगों की टीका-टिप्पणि को अनसुनी करते रहे। लेकिन जब उनकी खुद की पत्नी और बच्चों ने आवाज उठाई तो वे एकदम बिगड़ पड़े। उन्होंने परिवार के लोगों को ऐसी कसकर डांट पिलाई कि वे चुप लगा गए। फिर बाद में अपने घर वालों को उन्होंने समझाते हुए यह चेतावनी दी कि रामशरण बहू को वे असहाय जानकर ही उनकी मदद करते हैं। रामशरण बहू बांझ हैं। विधवा हैं। अकेली हैं। उनका कोई नहीं है। मानवता के नाते वे उनकी सहायता करते हैं। अगर इसके बीच उनके घर के लोग आड़े आएंगे तो वे उनकी अच्छी तरह खबर लेंगे। वे कोई दूध पीते बच्चे नहीं हैं। अपनी आधी से अधिक जिन्दगी वे गुजार चुके हैं। अच्छा-बुरा वे सब समझते हैं।

जगतनारायणसिंह ने अपने घर के लोगों को तो चुप करा दिया। घर में उनके व्यक्तित्व का लोहा सभी मानते थे। उनके निर्णय के खिलाफ कुछ करने की शक्ति किसीमें नहीं थी। लेकिन गांव के लोग चुप नहीं हुए। जगतनारायणसिंह की इच्छा होने लगी कि गांव में भी अफवाह उड़ाने वालों से जाकर टकराएं, लेकिन रामशरण बहू ने उन्हें मना कर दिया। रामशरण बहू ने कहा कि अफवाहों के प्रति वे एकदम तटस्थता की नीति अपनाए रहें। अपने-आप अफवाहें खत्म हो जाएंगी। टकराने से तो अफवाहों को लम्बी जिन्दगी मिल जाती है। बहुत सारी चीजों की शक्ति उनसे दूर हटकर ही कम की जाती है, सटकर नहीं। नर-नारी संबंधों की अफवाहें इसी कोटि में आती हैं।

जगतनारायणसिंह ने रामशरण बहू की बात मानकर तटस्थता की नीति अपनाई। फिर यह देखकर कि समय के साथ अफवाहें कम होती जा रही हैं, जगतनारायणसिंह को रामशरण बहू की दूरदर्शिता पर श्रद्धा होने लगी। जगतनारायणसिंह ने देखा कि दो-तीन साल के भीतर ही ये अफवाहें बिल्कुल खत्म हो गईं। यहां जगतनारायणसिंह को यह महसूस हुआ कि नई बातें ही चर्चाओं का विषय होती हैं। पुरानी पड़ जाने पर

उनमें कोई आकर्षण नहीं रहता। वे सत्य का एक हिस्सा बन जाती हैं। फिर उनपर विवाद नहीं होते। लोग शंकाओं से ऊपर उठकर उसकी अर्थवत्ता को स्वीकार करने लग जाते हैं। रामशरण बहू कितनी समझदार और अनुभवी हैं! कितने बड़े मसले का समाधान चुटकी बजाकर उन्होंने खोज लिया! रामशरण बहू पर जगतनारायणसिंह को नाज होने लगा। पिछले दिनों उन्होंने रामशरण बहू में कई विशेषताएं पाई थीं। यहां उनकी एक और विशेषता का उन्हें पता चला।

जगतनारायणसिंह अब यह सोचने लगे थे कि गांव के लोग रामशरण बहू जैसी नारी को डायन किस आधार पर समझते हैं? वे यह देख रहे थे कि गांव में आए-दिन यह खबर उठती रहती थी कि रामशरण बहू ने अमुक की भैंस को कुछ किया है, कि रामशरण बहू ने अमुक की पतोहू को नजर लगा दी है, कि रामशरण बहू ने अमुक के लड़के को नजर पर चढ़ा लिया है, आदि। हालांकि ये खबरें दबी जुबान ही उठतीं और गुप्त ढंग से ही चलतीं, लेकिन रामशरण बहू तक पहुंच ही जातीं। फिर वे दुःखी होकर आंसू बहाने लगतीं। लेकिन जगतनारायणसिंह उन्हें रोने नहीं देते। चुप कराते और कहते कि अगर किसीमें साहस हो तो तुम्हारे सामने आकर डायन कहे। अगर उसकी जीभ नहीं खींच लूं तो मेरा नाम जगतनारायणसिंह नहीं।

रामशरण बहू को जगतनारायणसिंह की इस बात से काफी बल मिलता। वे चुप हो जातीं। अपने ऊपर लगाए जाने वाले डायन के संबोधन को अनसुना कर देतीं। लोग उन्हें डायन कहकर क्या करेंगे? पीठ-पीछे जो इच्छा हो, लोग कहते रहें। सामने तो किसीमें डायन कहने की हिम्मत नहीं है।

उसी समय एक घटना घटी। उस घटना ने रामशरण बहू के साथ जगतनारायणसिंह की गहरी सम्बद्धता को स्पष्ट कर दिया। असल में हुआ यह कि प्रमोदसिंह की गाय एक शाम रस्सी तोड़ गांव में निकल गई। फिर इधर-उधर घूमते हुए वह रामशरण बहू के दरवाजे जा पहुंची। रामशरण बहू ने अपने दरवाजे मिट्टी का एक छोटा-सा नांद गाड़ रखी थी, जिसमें वे बासी और जूठे अनाज रखती थीं जिसे गांव के कुत्ते या लावारिस पशु जब कभी

आकर खा जाया करते थे। प्रमोदसिंह की गाय भी उस दिन वह अनाज खाने लगी। रामशरण बहू ने तो उसे देखा भी नहीं। वे तो घर के अंदर किसी काम में लगी थीं। लेकिन गली से गुजरते हुए गांव के अनेक लोगों ने देखा। कुछ समय बाद प्रमोदसिंह भी वहां आ धमके। गाय को पकड़ने के लिए वे पीछे से आ रहे थे। फिर गाय को पकड़कर वे उसे अपने दरवाजे ले गए। लेकिन उस दिन उनकी गाय ने तनिक भी दूध नहीं दिया। अपने थन के पास वह किसीको बैठने ही नहीं देती। उसे देखकर कुछ लोग कहते कि इसे थनइल (थन में घाव) हो गया है। लेकिन कुछ लोग कहते कि रामशरण बहू ने कर दिया है। जब लगातार तीन दिनों तक प्रमोदसिंह की गाय की ऐसी ही हालत रही, तब वे रामशरण बहू का नाम ले-लेकर उन्हें गाली देने लगे तथा गाय को ठीक करने के लिए धमकाने लगे। वे सोच रहे थे कि अब तो रामशरण हैं नहीं। वे जैसे चाहेंगे, रामशरण बहू के साथ पेश आएंगे। कोई डर नहीं। लेकिन उन्हें यह देखकर काफी आश्चर्य हुआ कि जगतनारायणसिंह आंखें लाल किए, कंधे पर लाठी लेकर उनके सामने आ खड़े हुए, "प्रमोद, रामशरण बहू को असहाय मत समझो। अब तक उनको तुमने जो कह दिया सो कह दिया, अब अगर उनके खिलाफ कुछ कहोगे तो मुझसे बुरा कोई नहीं होगा...या तो तुम्हीं रहोगे या मैं!"

प्रमोदसिंह ने भी जवाब दिया, "बीच में तुम मत पड़ो जगतनारायण... दूसरे का झगड़ा मोल न लो...मैं तुमको तो कुछ कह नहीं रहा हूं।"

"रामशरण बहू को मुझसे अलग न समझो...रामशरण की मृत्यु के बाद उनकी सारी जिम्मेवारी मेरे ऊपर है।"

"तो तुम जानबूझकर झगड़ा करोगे?"

"जरूर। अगर रामशरण बहू को तुम कुछ कहोगे तो मैं चुप नहीं रहूंगा।"

"लेकिन उसने मेरी गाय को कुछ किया है, यह सारा गांव जानता है।"

"झूठी बात है...लेकिन अगर तुम्हें संदेह भी है तो इसमें दोष उनका नहीं, तुम्हारा ही है। वे तुम्हारे दरवाजे तो गई नहीं थीं। तुम्हारी गाय स्वयं

उनके दरवाजे गई थी। तुमने अपनी गाय को क्यों उनके दरवाजे जाने दिया? बांधकर रखते।"

प्रमोदसिंह और जगतनारायणसिंह के बीच इसी तरह बात बढ़ते-बढ़ते हल्ला-गुल्ला और गाली-गलौज के रूप में तब्दील हो गई। गांव के अनेक लोग जुट आए। जगतनारायणसिंह एकदम क्रोध में आ गए थे। लोग उन्हें जानते थे, वे चुप हैं तो चुप हैं, लेकिन जब क्रोध में आ जाएं तो फिर मरने-मारने की कोई चिन्ता नहीं। उनका हिंसक रूप देख प्रमोदसिंह डर गए। फिर वे चुप लगा गए। उसके बाद रामशरण बहू का नाम लेकर उनको गालियां बकना उन्होंने बंद कर दिया। हालांकि दबी जबान बातें चलती रहीं। इस बीच उनकी गाय की दवाई और ओझाई दोनों हुईं। उनकी गाय ठीक हुई। कुछ लोगों ने दवाई का प्रभाव बताया, कुछ लोगों ने ओझाई का। लेकिन उस घटना के बाद सामने आकर रामशरण बहू को फिर किसीने डायन नहीं कहा। लोगों को पता लग गया कि रामशरण बहू की पीठ पर एक और रामशरण तैयार हैं।

उन दिनों गांव की स्थिति शांत और सहज हो गई थी। काफी मारकाट और हत्या के बाद भरतपुर गांव बदलकर अब इस रूप में आ गया था कि गांव के शोषित, पीड़ित, उपेक्षित और दमित वर्ग के लोगों को न सिर्फ बराबरी का दर्जा ही मिला था, बल्कि गांव के शासन की बागडोर भी उनके हाथों में ही आ गई थी। अब उनकी मर्जी से ही कुछ होता था। पहले की तरह उन्हें सताए जाने और भूखों मारने की बात खत्म हो गई थी। लेकिन इसके अतिरिक्त अन्य मामलों में गांव पूर्ववत् ही था। रूढ़िया, अंधविश्वास और आडंबर पहले ही की तरह बने रहे थे। हां, हत्या की घटनाएं अब बंद हो गई थीं। अब गांव में शासन चला रहे इस नये वर्ग द्वारा हर पंद्रह दिन बाद नारे लगाए जाते, सभाओं का आयोजन कर भाषण दिए जाते, नाटक खेले जाते। और इन सबके माध्यम से यह बात बताई जाती कि अमीरों के शोषण और अत्याचार के खिलाफ गरीब वर्ग को संगठित होकर लड़ना है।

जगतनारायणसिंह की असामयिक मृत्यु उनके दुर्भाग्य के चलते हुई या इस तरह के एक नाटक के चलते, कुछ ठीक-ठीक नहीं कहा जा सकता।

लेकिन रामशरण बहू को लगता कि जगतनारायणसिंह अगर नाटक देखने नहीं गए होते तो इस तरह उनकी अकाल मृत्यु नहीं होती।

दरअसल, हुआ यह था कि मई दिवस के अवसर पर गांव से बाहर बगीचे में एक नाटक का आयोजन किया गया था। नाटक में काम करने के लिए शहर से भी कई कलाकार आए थे। कुछ लड़कियां भी आई थीं। नाटक की तैयारी पिछले कई महीनों से की गई थी। भरतपुर तथा आसपास के गांवों में इस नाटक का खूब प्रचार था। लोग भारी संख्या में जुटे थे।

जगतनारायणसिंह को नाटक और नौटंकियों से बेहद प्रेम था। भिखारी ठाकुर का 'बिदेसिया' नाटक देखने के लिए तो वे पांच कोस तक की पैदल-यात्रा कर देते थे। अपने गांव में होने वाले नाटकों और नौटंकियों को न देख पाना उनके लिए असंभव ही था। वे मुरेठा बांधकर बीड़ी पीते हुए अगली पंक्ति में बैठकर नाटक देखते थे।

उस दिन भी जगतनारायणसिंह नाटक प्रारंभ होने से पहले ही अपनी जगह पर बैठे थे। रामशरण बहू से सदा की भांति कहकर आए थे कि आधी रात के बाद ही लौटेंगे। इससे पहले नाटक खत्म नहीं होगा। जगतनारायणसिंह ने रामशरण बहू को यह भी समझा दिया था कि वे इतनी देर तक जागकर उनकी प्रतीक्षा नहीं करेंगी। सो रहेंगी। वे आने पर दरवाजे की कुंडी खटखटाकर उन्हें जगा लेंगे।

लेकिन उस दिन नाटक आधी रात तक नहीं हो सका। अभी नाटक को शुरू हुए एक घंटा भी नहीं बीतने पाया था कि दर्शकों के बीच से किसीने पिस्तौल चला दी थी। मंच पर जमींदार की क्रूर भूमिका निभाने वाला एक पात्र घायल हो गया था। फिर तो कुहराम मच गया। कुछ लोग भाग चले। कुछ लोग एक-दूसरे से जूझ पड़े। बंदूकें छूटने लगीं। एक क्षण के लिए तो जगतनारायणसिंह के होश उड़ गए। फिर वह भीड़ से निकलकर सरपट भागे। वे अपने गांव की ओर न भागकर दूसरी ओर भाग चले, क्योंकि उनके गांव की ओर से ही बंदूकों की आवाजें आ रही थीं।

जगतनारायणसिंह भागते-भागते उत्तरपट्टी के पोखरे के पास चले आए। पोखरे के पश्चिमी किनारे पर कुछ जंगलनुमा झाड़ियां थीं। एक झाड़ी में वे

जाकर दुबक गए। यह जगह उन्हें सुरक्षित जान पड़ी। घटनास्थल से वे काफी दूर आ गए थे। लेकिन लोगों की शोरगुल और बंदूक की आवाजें यहां भी उन्हें साफ़ सुनाई पड़ रही थीं।

रात अंधेरी थी। पुरवा हवा चल रही थी। धीरे-धीरे हल्ला-गुल्ला की आवाजें कम होती जा रही थीं। जगतनारायणसिंह सोच रहे थे कि वातावरण और शांत हो जाए तब वे अपने गांव की ओर लौटें। उन्हें लगने लगा था कि यह लड़ाई इलाके के लोगों ने छेड़ी है—मुरारीसिंह के वर्ग और बिरादरी के लोगों ने। भरतपुर के उनके लोगों में तो चमरटोली और उसके पक्षधरों से टकराने की हिम्मत ही कहां बची है? इस गांव पर तो वे शासन करने लगे हैं। काफी समय तक तो उनके खिलाफ इलाके से भी कोई आवाज नहीं उठी थी। लेकिन अब इलाके के मुरारीसिंह के पक्षधर संगठित होकर उनपर हमला बोलने लगे हैं। उन्हें डर है कि भरतपुर के बाद अन्य गांवों पर भी वे कब्जा न कर लें।

जगतनारायणसिंह को इस हमले से मन-ही-मन खुशी होने लगी। वे खुद भी मुरारीसिंह के वर्ग और बिरादरी के ही हैं। डरकर समझौता कर लिया है उन लोगों ने, लेकिन मन के अंदर जल रही बदले की आग अभी बूझी नहीं है। वे वक्त की प्रतीक्षा में हैं। चमरटोली के लोग और उनके बाहर के साथी जब भी कमजोर पड़ेंगे, वे बिना दबोचे मानेंगे नहीं। अब तो बात सिर्फ शक्ति और सामर्थ्य की है। जिसका पलड़ा भारी होगा, उसका शासन गांव पर चलेगा।

जगतनारायणसिंह यह सब सोच ही रहे थे कि अचानक उनके बायें पैर के तलवे में कांटा चुभने जैसी टीस हुई। उन्होंने पलटकर देखा। लेकिन उधर देखते ही भय के मारे उनका हृदय जोर-जोर से धड़कने लगा। एक काला नाग फन फैलाए उनके पास फुंफकार रहा था। उसने जबर्दस्त वार किया था उनके ऊपर। खून की बूंदें टपकने लगी थीं। जगत नारायणसिंह से अब एक क्षण भी वहां रुका नहीं गया। एक बड़े संकट के बीच घिर जाने के बाद पहले का संकट जैसे छोटा पड़ जाता है, वैसे ही जगतनारायणसिंह मार-काट की घटना को भूल गए तथा अपने गांव की ओर भाग चले। बंदूकों से लैस लोग कहां खड़े हैं तथा कहां एक-दूसरे पर वार कर रहे हैं, इसकी ओर जगतनारायणसिंह का

ध्यान नहीं रहा। वे तो गिरते-पड़ते और चीखते-चिल्लाते अपने गांव की ओर भागे जा रहे थे। सांप के जहर का असर उनके ऊपर होने लगा था।

जगतनारायणसिंह के गांव में पहुंचने के बाद उनकी पत्नी और बालबच्चों ने उन्हें घेर लिया। टोला-पड़ोस के लोग भी जुट गए। यह सूचना पा रामशरण बहू भी आ गईं। फिर भाग-दौड़ प्रारंभ हो गई। तरह-तरह के उपचार होने लगे। कोई दौड़कर गांव के वैद्यजी को बुला लाया तो कोई मंत्र पढ़कर सांप के विष उतारने वाले गुनियों को। झाड़-फूंक और ग्रामीण उपचार में जगतनारायणसिंह के लड़कों ने कोई कमी नहीं होने दी; लेकिन फायदा कुछ नहीं हुआ। जगतनारायणसिंह के ऊपर सांप के विष का असर बढ़ता ही जा रहा था। फिर वे बेहोश हो गए। उनके मुंह से झाग आने लगा। उनका शरीर नीला पड़ने लगा।

जगतनारायणसिंह की यह हालत देख रामशरण बहू के अंतर में हाहाकार मचने लगा। उन्हें अब सारी दुनिया अंधकारपूर्ण लगने लगी थी। उन्होंने दीवार के सहारे मुश्किल से अपने को संभाल रखा था। उन्हें लगता था कि जगतनारायणसिंह की देह पर वे अब गिरी कि तब गिरी!

जगतनारायणसिंह के लड़के और मुहल्ले वाले हारकर शांत पड़ गए थे। अब वे चुपचाप जगतनारायणसिंह को मौत के मुंह में जाते हुए देखने लगे थे। लेकिन रामशरण बहू नहीं चाहती थीं कि जगतनारायणसिंह को ठीक करने के रास्तों और उपायों के प्रति एक क्षण के लिए भी तटस्थ हुआ जाए। उन्हें लगता कि शायद कुछ और इंतजाम करने के बाद वे ठीक हो जाएंगे, इसीलिए उन्होंने कहा कि हाथ-पर-हाथ रखकर बैठा न जाए, बल्कि कस्बे के अस्पताल में ले जाया जाए।

रामशरण बहू की बात उनके लड़कों को जंची। इस रास्ते भी कई लोग ठीक हो गए थे। लेकिन रुपयों का संकट आ खड़ा हुआ। कम-से-कम तीन-चार सौ रुपयों की जरूरत महसूस हुई। कस्बे के अस्पताल वाले रोगी को कभी-कभी बड़े अस्पताल भेज देते हैं। फिर तो हर जगह सिर्फ रुपये ही रुपये। दुर्भाग्य से जगतनारायणसिंह के यहां उस दिन सिर्फ पचास रुपये थे। अनाज बेचकर और रुपये इकट्ठे किए जा सकें, इसके लिए अब समय भी तो

नहीं था। लेकिन रामशरण बहू ने रुपयों की वजह से पांच मिनट के लिए भी विलंब नहीं होने दिया। तत्काल पांच सौ रुपये लाकर उन्होंने जगतनारायणसिंह के लड़कों को दे दिए।

अब जगतनारायण सिंह के लड़कों ने एक खाट पर अपने पिता का सुलाया और खाट कन्धे पर ले दौड़ते हुए कस्बे के अस्पताल की ओर चल पड़े। लेकिन वहां पहुंचने पर उनकी हालत देख कस्बे के अस्पताल ने उन्हें बड़े अस्पताल (सदर अस्पताल, आरा) भेज दिया। वे बड़े अस्पताल पहुंचे। लेकिन वहां के डाक्टरों ने जगतनारायणसिंह को देखते ही उन्हें मृत घोषित कर दिया। शायद कस्बे से बड़े अस्पताल की यात्रा में ही वे गुजर चुके थे। अब उनके लड़कों का सारा उत्साह और परिश्रम एकाएक ठंडा पड़ गया। वे रोते-पीटते गांव वापस लौटे। उन्हें बस इसी बात का संतोष था कि अपने पिता को बचाने के लिए उन्होंने कोई भी प्रयास छोड़ नहीं रखा है।

उसके बाद समय गुजरता गया। जगतनारायणसिंह की मृत्यु का प्रभाव उनके परिवार के लोगों पर से धीरे-धीरे कम होने लगा। वे पूर्ववत् सहज होने लगे। लेकिन एक लम्बे समय बाद भी रामशरण बहू सहज नहीं हुईं। गांव के लोगों के सामने अपने पति की मृत्यु की तरह गला फाड़कर रोने-चिल्लाने और पागलों की तरह माथा पीटने की क्रिया तो रामशरण बहू ने नहीं की, लेकिन उनके अन्तर की वेदना इन बाहरी क्रियाओं से हजार गुना अधिक थी। वे अपने पति की मृत्यु से भी अधिक क्षतविक्षत, पीड़ित और आहत हो गई थीं। उन्हें लगने लगा था कि जगतनारायणसिंह के साथ ही उनका सब कुछ चला गया। अब कुछ भी नहीं बचा है उनके पास। कोई भी नहीं रह गया है उनका अपना।

दुखन की मां अन्य घरों का काम कर रामशरण बहू के यहां लौट आती है। अब तक अन्धकार गहरा चुका होता है। शाम की सीमा-रेखा को पार कर रात सरक रही होती है। दुखन की मां को किवाड़ पीटने की जरूरत नहीं पड़ती। दरवाजा खुला है। वह जानती है, रामशरण बहू ने उसीके लिए दरवाजा खुला छोड़ रखा है। कभी-कभी तो वे दरवाजा बंद कर देती हैं,

लेकिन कभी-कभी उसीके लिए खुला छोड़ रखती हैं। दुखन की मां अन्दर घुस जाती है, लेकिन अन्दर चारों तरफ घोर अन्धकार है। कहीं कोई रोशनी नहीं। दुखन की मां समझ नहीं पाती है कि रामशरण बहू अन्दर हैं या नहीं। अगर होतीं तो अब तक उन्होंने ढिबरी जरूर जलाई होती। शायद कहीं चली गई हैं। वह पुकारती है, "मालकिन...मालकिन... !"

अब रामशरण बहू की तंद्रा भंग होती है। वे जवाब देती हैं, "अन्दर हूं, आ जाओ।"

दुखन की मां आश्चर्य प्रकट करते हुए पूछती है, "आप अंधेरे में क्यों बैठी हैं? अब तक आपने रोशनी क्यों नहीं की? क्या तबीयत ठीक नहीं है?"

रामशरण बहू वेदनायुक्त शब्दों में कहती हैं, "ठीक ही हूं...ढिबरी जलाने की इच्छा नहीं हुई...अब तो मुझे अंधेरे और उजाले के बीच कोई फर्क ही नजर नहीं आता...सच पूछो तो रोशनी अब कष्ट देती है—दुःख का साथी तो अंधेरा ही है... ।"

रामशरण बहू की इन बातों को सुन दुखन की मां को आभास हो जाता है कि जरूर कुछ बात हुई है। वह पूछती है, "किसीने कुछ कहा है क्या?"

रामशरण बहू उसी लहजे में जवाब देती हैं, "लोगों ने बाकी क्या छोड़ रखा है कहने के लिए?"

दुखन की मां दिराखे के पास पहुंच जाती है। फिर दियासलाई ले ढिबरी जलाती है। ढिबरी की रोशनी कमरे में फैल जाती है। दुखन की मां देखती है, रामशरण बहू का चेहरा उदास और चिंताओं से ग्रस्त है। उससे रहा नहीं जाता है। वह एक बार फिर पूछती है, "तबीयत तो ठीक है न? किसीसे कुछ कहा-सुनी हुई क्या?"

रामशरण बहू कोई जवाब नहीं देती हैं। वे समझ नहीं पाती हैं कि क्या कहें। लेकिन दुखन की मां की नजरें जवाब पाने के लिए रामशरण बहू के चेहरे पर ही टिकी होती हैं। एक क्षण तक रामशरण बहू दुखन की मां की नजरों की चुभन सहती रहती हैं, फिर एक दीर्घ निःश्वास छोड़ते हुए कहती

हैं, "दुखन की मां, मुझे एक गिलास पानी पिलाओ और गुड़गुड़ी चढ़ाकर दे दो...।"

दुखन की मां रामशरण बहू को पानी लाकर पिलाती है। फिर गुड़गुड़ी चढ़ाकर उन्हें थमा देती है। इसके बाद अपना और रामशरण बहू का खाना बनाने के लिए चूल्हा जलाने लगती है। अन्य दिनों की अपेक्षा आज उसे विलंब हो गया है, इसीलिए वह तेजी से रसोई के काम में जुट जाती है।

रामशरण बहू भी अब कमरे से निकल आंगन में आती हैं। फिर एक जगह बैठ गुड़गुड़ी पीने लगती हैं। मुंह से तो वे कुछ नहीं कहती हैं; लेकिन दुखन की मां के आ जाने के बाद उनके तड़पते-छटपटाते मन को बहुत राहत मिलती है। लगता है, जैसे बीच मंझधार में उन डूबते हुए के लिए दुखन की मां सहारा बन गई है।

दुखन की मां चूंकि गांव से लौटकर आई है, इसीलिए हमेशा की तरह रसोई का काम करते हुए ही सूचनात्मक बातों का सिलसिला प्रारम्भ करती है, "मालकिन, अब से आप कभी किसीके दरवाजे मत जाइएगा। दूधनाथ चौधरी की औरत ने पूरे गांव में यह बात फैला दी है कि उसके लड़के को आपने ही कुछ किया है...मैं जहां-जहां काम करने गई, सबके यहां यही चर्चा..."

रामशरण बहू के होंठ तो जैसे सी दिए गए हों। वह कुछ नहीं कहती हैं। माथा उठाकर चुपचाप दुखन की मां की ओर ताकने लगती हैं। दुखन की मां रामशरण बहू के चेहरे पर उभर आई कातरता और वेदना के भावों को देख द्रवित हो उठती है। फिर चुप लगा जाती है। अब उससे कुछ भी कहते नहीं बनता है। उसे समझ में नहीं आता है कि वह रामशरण बहू के लिए क्या करे। कुछ भी तो उसके वश की बात नहीं।

इधर रामशरण बहू के अन्तर में शंकाओं और चिंताओं के तूफान उठने लगते हैं। सुबह भी दुखन की मां ने यही सूचना दी थी। शाम को शिव-मंदिर से वे लौट रही थीं तो गांव की औरतों के बीच इसी बात का जिक्र चल रहा था। अब रात में भी दुखन की मां गांव से पुनः यही चर्चा लेकर आई है। रामशरण बहू को लगता है कि ज़रूर कुछ खास बात है। आम घटनाओं की

तरह मात्र उन्हें डायन कहकर ही इस बार छोड़ नहीं दिया जाएगा। जरूर कुछ होगा। और रामशरण बहू का हृदय कांपने लगता है। वे मन-ही-मन कहती हैं, हे ईश्वर, अब और कौन-सी दुर्गति दिखाओगे? अब तो कोई रक्षक भी नहीं। न पति ही और न जगतनारायण सिंह ही। अब सिर्फ तुम्हारा ही आसरा है।

रामशरण बहू एक दुःखद निःश्वास छोड़ते हुए आंगन की दीवार के सहारे माथा टिका देती हैं। उनकी आंखों में आंसू आ जाते हैं।

दुखन की मां रामशरण बहू की इस स्थिति को लक्षित कर लेती है। फिर कहती है, "किसीके कहने से क्या होगा? अपने घर चाहे लोग लाख ऊलजलूल बकते रहें, लेकिन किसकी मजाल जो पास आए!"

रामशरण बहू जानती हैं, दुखन की मां उन्हें सांत्वना दे रही है। लेकिन सचाई इसके बिल्कुल विपरीत है। उनके पास आने में अब किसीको क्या डर? वे सोचती हैं कि अगर दूधनाथ चौधरी आकर कह बैठें कि तूने मेरे बेटे को कुछ किया है, चल उसे ठीक कर, नहीं तो तेरा गला दबा दूंगा, तो वे क्या कहेंगी? कौन उनकी रक्षा करेगा?

रामशरण बहू घुटनों पर माथा टिका चिंताओं में डूब जाती हैं। दुखन की मां को रामशरण बहू की इस हालत पर बहुत तरस आता है। उसे लगता है, दोष उसीका है। उसे गांव में चल रही बातों की जानकारी रामशरण बहू को नहीं देनी चाहिए थी। लेकिन फिर उसे लगता है, यह भी तो उचित नहीं होता। लोग रामशरण बहू के खिलाफ बतियाएं और वह सुनकर महटिया जाए, यह तो उसके प्रति छल ही है। वह उनका नमक खाती है। आजीवन सरियत देगी। उनके बारे में कहीं भी कुछ सुनेगी तो जरूर बताएगी...। उसका वश चलता तो रामशरण बहू को डायन कहनेवालियों के मुंह तोड़ देती। लेकिन वह विवश-लाचार है। रामशरण बहू के प्रति सिर्फ अपनी सद्भावना ही व्यक्त कर सकती है, उसे व्यावहारिक रूप नहीं दे सकती।

दुखन की मां को यह समझ में नहीं आता है कि रामशरण बहू को लोग डायन किस आधार पर कहते हैं। वह तो एक लम्बे समय से उनके साथ रहती आ रही है। उनका सोना-जागना-बैठना, खाना-पीना, चलना-फिरना कुछ

भी तो उससे छिपा नहीं है। लेकिन उनको जोग-टोना करते तथा तंत्र-मंत्र साधते हुए दुखन की मां ने कभी नहीं देखा है। दुखन की मां को तो लगता है कि इन चीजों के बारे में रामशरण बहू को कोई भी जानकारी नहीं, लेकिन गांव में अफवाह उड़ती रहती है कि रामशरण बहू रात को श्मशानों में जाती हैं, कि गड़े मुर्दे उखाड़ वे उससे बातें करती हैं, कि पीपल के पेड़ पर चढ़कर उसे हांकती हैं, कि नंगी होकर खप्पड़ लेकर नाचती हैं, आदि। कुछ बातें तो इससे भी आगे बढ़कर प्रचारित की जाती हैं कि अमुक-अमुक लोगों ने रामशरण बहू को खप्पर लेकर श्मशान में नाचते और मुर्दों का मांस खाते देखा है, कि रात में एक दिन रामशरण बहू जा रही थीं तो फलां काका ने अपने दालान से उन्हें देखा था कि फलां काका ने जब उन्हें टोका तब वे आदमी से जानवर बन गईं, आदि।

दुखन की मां ने कई जगह इन बातों का विरोध किया है। लेकिन लोग यह कहकर उसका मुंह बंद कर देते हैं कि तू तो दोनों जून उनके यहां खाती है, तू उनकी शिकायत थोड़े करेगी।

दुखन की मां सोचती है कि अगर गांव के लोग उसकी तरह ही रामशरण बहू के करीब होते तो कभी इस तरह की बातें नहीं करते। दुखन की मां को यहां इस बात का अनुभव प्राप्त हुआ है कि किसी भी बात की सचाई उसके करीब रहकर ही जानी जा सकती है, उससे दूर रहकर नहीं।

दुखन की मां के मन में अब यह विश्वास पुख्ता हो गया है कि रामशरण बहू को गांव के लोग डायन सिर्फ इसीलिए समझते हैं कि वह बांझ और विधवा है। लेकिन यह गांव के लोगों की कितनी गलत धारणा है! बांझ और विधवा न होना अपने वश की बात तो है नहीं। यह तो प्रकृति का प्रकोप है। इसके आगे मनुष्य का कोई जोर नहीं। गांव और समाज के लोगों को तो मानवता के नाते यह चाहिए कि प्रकृति के प्रकोप से पीड़ित लोगों को सहानुभूति दें, आदर दें, ताकि वे अपनी नियति पर पछतावा न खा सकें। लेकिन गांव और समाज के लोग प्रकृति के प्रकोप से त्रस्त लोगों को तो उल्टे और अधिक पीड़ा और सजा देने लगते हैं। समाज के लोगों का यह घोर निंदनीय और क्रूर कर्म है। इसीलिए तो दुखन की मां

इस समाज के नाम पर कई बार थूक चुकी है, जिसके निर्णय उसे अकसर विवेकसम्मत नहीं लगते।

रामशरण बहू और दुखन की मां एक-दूसरे के करीब ही बैठी हैं, लेकिन देर से चुप हैं। अपनी-अपनी दुनिया में खोई हैं। रामशरण बहू तो पत्थर की मूर्ति की तरह घुटनों पर माथा रखकर जड़वत् बैठी हैं। लेकिन दुखन की मां रसोई के कामों को भी निपटाती रही है। वह अब तक खाना तैयार कर चुकी होती है। अब मौन को भंग करते हुए रामशरण बहू से कहती है, "मालकिन, खाना तैयार हो गया...परोसती हूं...खा लीजिए।"

रामशरण बहू कहती हैं, "खाने की एकदम इच्छा नहीं...तू खा ले। मैं आज नहीं खाऊंगी।"

दुखन की मां रामशरण बहू को समझाती है, "आपका चौथापन चल रहा है...देह कमजोर होती जा रही है...अभी से अगर खाना छोड़ दीजिएगा तब तो खटिया से भी नहीं उठ पाइएगा।"

रामशरण बहू कहती हैं, "खैर, जो हो; लेकिन मुझसे आज एक कौर भी नहीं खाया जाएगा...तबीयत ठीक नहीं। तू जिद न कर दुखन की मां!"

लेकिन दुखन की मां नहीं मानती है। खाना परोस उनके सामने रख देती है। फिर कहती है, "खाकर तो देखिए। खाया क्यों नहीं जाएगा! बहुत अच्छी खिचड़ी बनाई है। आज शनिवार है। शनिवार को खिचड़ी खाने से ग्रह टलते हैं।"

दुखन की मां खिचड़ी से ग्रह टलने की बात कह तो देती है, लेकिन उसे लगता है, यह झूठी बात है। वह एक लम्बे समय से हर शनिवार को खिचड़ी खाती आ रही है। रामशरण बहू को भी खिलाती है। लेकिन न तो उसके ऊपर से ही ग्रह टलते हैं और न रामशरण बहू के ऊपर से ही। उसे लगता है, रामशरण बहू को डायन समझे जाने की लोगों की झूठी धारणा की तरह ही यह भी एक झूठी धारणा है। इसके पीछे भी कोई सत्य नहीं।

दुखन की मां देखती है, रामशरण बहू ने खिचड़ी खाना प्रारम्भ कर दिया है; लेकिन इच्छा से नहीं, अनिच्छा से। दुखन की मां जानती है कि रामशरण बहू उसकी जिद के चलते खा रही हैं। जानती हैं कि वे नहीं खाएंगी तो वह

भी भूखी रह जाएगी। लकिन तीन-चार कौर से अधिक रामशरण बहू खा नहीं पाती हैं। थाली एक ओर खिसकाकर कहती हैं, "तुम्हारा मन रख दिया दुखन की मां...लेकिन अब और खाने को कहोगी तो फिर सारा खाया बाहर हो जाएगा...जब भीतर से इच्छा नहीं तब फिर बाहर से ठूंसने से क्या फायदा?"

रामशरण बहू अब कमरे में चल देती हैं और दुखन की मां स्वयं खाना खाने बैठ जाती है। खाना खाने के बाद दुखन की मां चीजों को ढांप देती है। चौका साफ करती है। फिर गुड़गुड़ी सुलगा रामशरण बहू के पास आ जाती है। रोज की भांति रामशरण बहू ने गुड़गुड़ी की मांग तो उससे नहीं की थी, लेकिन दुखन की मां के लिए तो यह नियम बन गया था।

रामशरण बहू गुड़गुड़ी ले पीने लगती हैं और दुखन की मां पास ही अपना गुदड़ा बिछा लेट जाती है। गुदड़े पर लेटने के बाद दुखन की मां इत्मीनान की सांस लेती है। उसे शांति महसूस होने लगती है। इधर रामशरण बहू भी तंबाकू के धुएं से सहज होने लगती हैं। उनके अन्दर अपने ऊपर थोपे गए इस नये आरोप को लेकर जिज्ञासाएं उठने लगती हैं। फिर वह दुखन की मां से पूछती हैं, "दुखन की मां, मैंने तो दूधनाथ चौधरी के लड़के को कभी देखा भी नहीं है, तुमने तो उसे जरूर देखा होगा...कितना बड़ा है? क्या उम्र होगी उसकी?"

"अभी तो वह एकदम बच्चा है मालकिन...यही कोई चार-पांच साल का होगा।"

"तू जानती है, उसे क्या हुआ है?"

"अरे मालकिन, उसे पीलिया हो गया है। उसका सारा बदन पीला पड़ गया है। आप जिस दिन उसके दरवाजे बैठी थीं, उससे काफी पहले से वह बीमार है। आपके बैठ जाने से तो दोष आपके ऊपर मढ़ने के लिए उन लोगों को एक बहाना मिल गया है।"

"उसकी दवा नहीं कराई लोगों ने?"

"कराई थी...कस्बे के डाक्टर से दिखाया था। शायद कोई फायदा नहीं हुआ...असल में उन लोगों ने तो जमकर दवाई भी नहीं कराई। ओझाई

के चक्कर में ही पड़े रहे। ओझाओं ने ही दूधनाथ चौधरी के घर वालों को समझाया है कि यह कोई रोग-बीमारी नहीं, डायन का प्रकोप है। ओझाओं ने भी आपका नाम लिया है...मालकिन, मुझे यह समझ में नहीं आता कि ओझाई में लोग जितना खर्च करते हैं, उतना दवाई में क्यों नहीं करते? ओझाई पर लोगों को जितना विश्वास रहता है, उतना दवाई पर क्यों नहीं होता?"

रामशरण बहू को समझ में नहीं आता है कि दुखन की मां को वे क्या जवाब दें। ओझाई पर विश्वास करने वालों को अज्ञान और मूर्ख कैसे कहें? यह तो छोट मुंह बड़ी बात हो जाएगी। वे और दुखन की मां ज्ञानी हैं और अधिकांश लोग अज्ञानी, यह वे कैसे कहें? कैसे साबित करें? इसीलिए इस सवाल का जवाब न दे वे दुखन की मां से पूछती हैं, "इस समय दूधनाथ के लड़के की हालत कैसी है?"

"आज तो उसकी हालत बहुत खराब हो गई थी। लोगों को नहीं लग रहा था कि वह बचेगा। फिर किसीके कहने पर दूधनाथ चौधरी शहर के बड़े अस्पताल में उसे ले गए हैं। देखिए, क्या होता है!"

अब एक क्षण के लिए रामशरण बहू चुप हो जाती हैं, फिर पूछती हैं, "मेरे बारे में और क्या-क्या बातें हो रही थीं?"

"दूधनाथ की औरत आपको धमकियां दे रही है। मैं जहां-जहां काम करने गई, वहां-वहां औरतों ने मुझे बताया कि दूधनाथ चौधरी की औरत कह रही है कि अगर मेरे बेटे को कुछ हुआ तो मैं रामशरण बहू को चैन से नहीं रहने दूंगी।"

अब रामशरण बहू चुप लगा जाती हैं। दुखन की मां भी मौन साध लेती है। लेकिन दुखन की मां काफी समय तक जगी रहकर यह प्रतीक्षा करती रहती है कि शायद मालकिन कुछ और पूछें। लेकिन मालकिन अब कुछ भी नहीं पूछती हैं। कोई भी सवाल अब उनके पास शेष नहीं बचता है। फलस्वरूप थकी-मांदी दुखन की मां सो जाती है।

रात गहराती जा रही है। दुखन की मां नींद में सो चुकी है, लेकिन रामशरण बहू की आंखों से तो नींद जैसे उड़-सी गई है। दुखन की मां के

सो चुकने के बाद उन्होंने ढिबरी बुझा दी है। कमरे में घोर अन्धकार छा गया है। कोई भी चीज दिखाई नहीं पड़ रही है—न दीवारें, न छत। सिर्फ अन्धकार ही अन्धकार। लेकिन उनकी पलकें बंद नहीं हो पा रही हैं। वे अन्धकार को घूरती रहती हैं तथा उनकी आंखों के सामने दूधनाथ चौधरी की पत्नी की धमकी मंडराती रहती है। रामशरण बहू जानती हैं, दूधनाथ चौधरी का परिवार इस गांव के चन्द शक्तिशाली परिवारों में से एक है। उनके यहां कई लाठीधारी जवान हैं। चमरटोली की लड़ाई में देर तक टिकने वाला उनका ही परिवार था। शेष लोग जल्द ही हार मान गए थे। हालांकि उसके बाद अब गांव की स्थिति बहुत बदल गई है। अब दूधनाथ चौधरी के परिवार का रोब-दाब पहले की तरह नहीं रह गया है। लेकिन रामशरण बहू को लेकर इससे कोई फर्क पड़ने वाला नहीं। रामशरण बहू के लिए तो उनका परिवार अब भी बाघ है। वे पराजित हुए हैं अपने से एक बड़ी शक्ति के सामने। रामशरण बहू के साथ तो वे जब जैसा चाहें, सलूक कर सकते हैं।

रामशरण बहू सोचती हैं कि उस दिन उन्हें रामायण सुनने नहीं जाना चाहिए था। अगर वे रामायण सुनने नहीं जातीं तो यह नई समस्या उनके माथे नहीं आती। आखिर अब रामायण सुनकर वे क्या करेंगी? उनकी पूरी जिन्दगी तो पीड़ाओं और संकटों से घिरी रही है। अब इस चौथेपन में कौन-सा सुख उन्हें नसीब हो जाएगा! जहां तक परलोक बनाने की बात है, यह अब उन्हें नहीं जंचती। उन्हें लगता है, बहुत सारी बातों पर लोगों ने झूठ-मूठ का विश्वास टिकाए रखा है। वे तो यह जानतीं भी नहीं कि डायन कैसी होती है? कि उसके अन्दर कैसी शक्ति रहती है? कि वह लोगों को कैसे क्या करती है? कि वह यह गुण कहां से सीखती है? वे डायन के बारे में बिल्कुल अनभिज्ञ हैं। लेकिन सारा गांव उन्हें डायन समझता है। लाख सफाई देने पर भी कोई नहीं मानता। लेकिन सचाई इसके बिल्कुल विपरीत है।

रामशरण बहू को लगता है कि उनको डायन समझे जाने की तरह ही परलोक आदि की बातों के ऊपर भी लोगों ने आंख मूंदकर विश्वास कर

लिया है। सचाई को तो किसीने जाना नहीं है। मरने के बाद आदमी पूरी तरह से यहीं समाप्त हो जाता है या परलोक में जाता है, इसे किसीने देखा तो नहीं है।

रामशरण बहू के अन्दर गांव द्वारा उन्हें जबरन डायन समझे जाने के खिलाफ ऐसी प्रतिक्रिया होती है कि अब उन तमाम बातों के ऊपर से उनका विश्वास उठता जाता है जिसे प्रत्यक्ष घटित होते हुए वे नहीं देख पाती हैं। लेकिन इसके बावजूद भी वे रामायण, कीर्तन और देवी-देवताओं की पूजा से विमुख नहीं हो पाती हैं। जब उनके मन को तीखी चोट पहुंचती है, कोई गहरा सदमा लगता है, तब उनका आस्तिक विश्वास इसी तरह डगमगा जाता है। लेकिन फिर बाद में वे उसी लकीर की फकीर बन जाती हैं। दरअसल, सचाई तो यह है कि अपने संस्कारों से वे पूरी तरह बरी नहीं हो पाती हैं।

रामशरण बहू विचार करने लगती हैं कि रामायण से लौटते हुए वे दूधनाथ चौधरी के चबूतरे पर क्यों बैठीं। उन्हें नहीं बैठना चाहिए था। अगर वे सीधे घर आ गई होतीं तो आज इतना बड़ा दोष भी उनके माथे नहीं मढ़ा जाता।

रामशरण बहू को अपनी गिरती हुई उम्र और छिन्न पड़ती शक्ति पर खीझ होने लगती है। क्यों वे थोड़ा चलने पर ही थक जाती हैं? उस दिन भी थक जाने के कारण ही सुस्ताने के लिए दूधनाथ चौधरी के चबूतरे पर जा बैठी थीं। लेकिन वहां उन्हें नहीं बैठना चाहिए था। किसी दूसरे के दालान पर जाकर बैठतीं तब भी तो यही समस्या उठ खड़ी होती। तब गली में ही कहीं बैठ रहतीं। लेकिन गली में भी तो लोग उन्हें बैठे देख कोई आरोप लगा ही देते। रामशरण बहू को लगता है, वे लाख प्रयत्न करें, उनकी जान छूटने वाली नहीं। जब विधाता ने उन्हें बांझ और विधवा होने की सजा दे दी है, तब फिर गांव के लोग मुरौवत क्यों करें?

रात अधिया चली है। रोज की अपेक्षा आज ज्यादा उमस है। रामशरण बहू के चेहरे पर पसीने की बूंदें चुहचुहा आई हैं। दुखन की मां का भी गर्मी से बुरा हाल है। प्रारंभ में तो वह निश्चल पड़ी सोती रही थी; लेकिन बाद में आंह-ऊंह करती हुई करवटें बदलने लगती है। फिर उठकर बैठ जाती है। कहती है,

"मालकिन...सो गईं क्या?"

रामशरण बहू जवाब देती हैं, "नहीं...।"

दुखन की मां कहती है, 'बड़ी गर्मी है मालकिन...इसमें आदमी क्या सोएगा..अब तो आंगन में सोना चाहिए। अब घर में बर्दाश्त नहीं होता...।"

इसके बाद एक क्षण चुप रहकर दुखन की मां कुछ सोचने लगती है। फिर कहती है, "मालकिन, चलिए आंगन में सोया जाए, यहां तो अब नींद नहीं आएगी...उठिए, मैं आपकी खाट निकाल देती हूं...मैं भी वहीं नीचे अपना बिछावन लगा लूंगी।"

रामशरण बहू को दुखन की मां का यह सुझाव पसंद आता है। लेकिन इससे पहले कि वे खाट से नीचे उतरतीं, दुखन की मां ढिबरी जला देती है तथा अपना बिछावन उठा आंगन में रख आती है। अब रामशरण बहू भी खाट से नीचे उतर गई होती हैं। दुखन की मां उनका बिछावन हटाती है। फिर खाट आंगन में निकालती है। इसके बाद पहले उनका बिछावन ठीक करती है, फिर अपना। फिर उन्हें लिटाकर स्वयं लेट जाती है।

आंगन में घर की अपेक्षा उमस महसूस नहीं होती। यहां का वातावरण ठंडा है। खुले आकाश के नीचे सोना आनन्ददायक लगता है। लगता है, जैसे टिमटिमाते तारों की शीतलता नीचे तक पहुंच रही हो।

दुखन की मां कहती है, "मालकिन, जान पड़ता है, आप सो नहीं पाईं। क्या अब तक आप जगी ही थीं?"

"नींद नहीं आ रही है दुखन की मां!"

रामशरण बहू जवाब देती हैं। इसपर दुखन की मां सोचने लगती है, उन्हें क्यों नींद नहीं आ रही है? फिर एक क्षण सोचने के बाद उसे इस रहस्य का अंदाजा हो जाता है। वह कहती है, "दूधनाथ चौधरी की पत्नी की बात को लेकर आप चिंतित मत होइएगा मालकिन...वे आपका कुछ नहीं बिगाड़ सकती हैं...अपने घर गाली बक रही हैं, बकने दीजिए...उनकी यह हिम्मत नहीं कि आपके सामने आकर कुछ कहें... आप चुपचाप अपने घर में पड़ी रहिए...वे चौधरी हैं तो आप भी चौधरी हैं...उनसे किसी भी मायने में आप कम नहीं हैं।"

रामशरण बहू को दुखन की मां की बात से कुछ संतोष मिलता है। उन्हें लगता है, इस गांव में एक दुखन की मां ही तो है जो उन्हें सही समझती है, जो उनके प्रति सद्भाव रखती है। वह उन्हें ढाढस देने के लिए ही ऐसी बात कहती है, अन्यथा दूधनाथ चौधरी की पत्नी और उनमें आसमान और जमीन का फर्क है। एक राई है तो दूसरा पर्वत। वे दुखन की मां को समझाते हुए कहती हैं, "दूधनाथ चौधरी की पत्नी की बराबरी में मुझे न समझो दुखन की मां! मैं तो उसके पसंघे में भी नहीं हूं...वह तो सुहागिन, औलाद वाली है और मैं बांझ, विधवा हूं।"

"बांझ और विधवा समझकर अपने मन को छोटा न करें। मैं भी तो आप ही की तरह विधवा हूं। बांझ नहीं हूं। एक बेटा हो गया है। लेकिन उससे मुझे क्या सुख? आप ही की तरह तो अकेली रहती हूं...पर आपकी तरह दिन-रात घुलती नहीं।" दुखन की मां पुनः रामशरण बहू का हौसला बुलंद करने की कोशिश करती है, लेकिन अनुभवी रामशरण बहू फिर उसे धराशायी कर देती हैं, "दुखन की मां, हर परिवार में झगड़ा होता रहता है। बाप-बेटे में, भाई-भाई में, सास-पतोहू में, लेकिन क्या मजाल कि दूसरे लोग कुछ कह दें! तुम अपने बेटे से अलग रहकर कमा-खा रही हो...लेकिन उसकी छत्र-छाया तो है तुम्हारे ऊपर। वह तुमसे अलग जरूर है, लेकिन गांव का कोई आदमी तुम्हें कुछ कह दे तब देखो, वह कैसे लाठी लेकर आ जाता है...!"

रामशरण बहू की इस बात से दुखन की मां का मातृत्व जाग उठता है। वह कहती है, "ठीक ही कह रही हैं मालकिन, अपना खून तो वक्त पर काम आ ही जाता है...अभी परसाल की ही तो बात है, तेतरी की मां ने मेरे ऊपर गेहूं चुराने का आरोप लगा दिया था। वह जानती थी, मैं बेसहारा हूं...दुखन से अलग हो गई हूं। लेकिन जब दुखन के कान में यह बात पड़ी तो वह काम से दौड़ा हुआ आया और तेतरी की मां को खूब खरी-खोटी सुनाई। तेतरी का बाप बीच में आ पड़ा तो उसे भी झकझोर दिया। अगर टोला-पड़ोस के लोगों ने जुटकर बीच-बचाव नहीं किया होता तो वह मारपीट करके ही लौटता।...उस दिन के बाद फिर तेतरी की मां ने कभी दुबारा मुझपर चोरी का आरोप नहीं लगाया।

हालांकि दुखन के कहने पर उसी दिन से तेतरी की मां से मैंने अपना संपर्क भी खत्म कर दिया।"

दुखन की मां वात्सल्य प्रेम में आकर कहने को तो कह देती है, लेकिन उसे लगता है, इस बात से रामशरण बहू की पीड़ा और बढ़ेगी। यह कहकर तो उसने उनकी दुखती रग को छू दिया। जरूर इस बात से उनके अन्दर का जख्म हरा हो गया होगा। उसे मन-ही-मन अफसोस होने लगता है। इस तरह की परिस्थिति के प्रतिकूल बात उसे नहीं कहनी चाहिए। जो कमी उन्हें खल रही है, इस बात से तो और बढ़ेगी ही।

दुखन की मां एक क्षण तक चुप होकर रामशरण बहू के ऊपर अपनी इस बात की प्रतिक्रिया जानना चाहती है। वह देखती है, रामशरण बहू बिल्कुल खामोश हो गई हैं। उनके चेहरे पर बेबसी के भाव उभर आए हैं तथा श्वास-प्रश्वास की गति वेदना से बोझिल हो गई है। दुखन की मां रामशरण बहू को इस स्थिति से उबारने के लिए तत्काल बातों का विषय बदल देती है, "मालकिन! अपना बेटा, चाहे पति हो या न हो...गांव के लोग तो हैं...गांव के सभी लोग एक ही जैसे नहीं हैं...आपको कोई ऊंचनीच बोलने लगे और सारा गांव चुपचाप देखता रहे, यह नहीं होगा। पुरबारी पट्टी के कुछ लड़कों की बातचीत मैंने सुनी है...वे सब कोलेज में पढ़ने वाले लड़के हैं। कहते हैं कि डायन और भूत-प्रेत का प्रचार बखेड़ा है...यह सब बिल्कुल झूठी बातें हैं...मूर्ख लोग ही इसपर विश्वास टिकाए रहते हैं...।"

इसपर रामशरण बहू कहती हैं, "तो वे सब सामने क्यों नहीं आते हैं? रोज ही तो मुझे डायन कहा जाता है। दूधनाथ चौधरी की पत्नी मेरे खिलाफ तरह-तरह की अफवाह उड़ा रही है...फिर इसका विरोध वे लोग क्यों नहीं कर रहे हैं?"

दुखन की मां तत्क्षण जवाब देती है, "सब होगा मालकिन...वक्त आने पर सब होगा। चमरटोली की लड़ाई कुछ लोगों की ही लड़ाई थी, लेकिन उसमें पूरा गांव गुंथ गया...आप अपने को एकदम अकेला न समझें...।"

दुखन की मां इस बार रामशरण बहू को पछाड़ देती है। उसे मन-ही-

मन खुशी होती है, बहुत ही अच्छा संदर्भ पेश किया उसने। वह देखती है, रामशरण बहू के चेहरे के भाव बदलने लगे हैं। वे अब पूरी तरह चित हो गई हैं। दुखन की मां के चेहरे पर विजय की एक मुस्कान खिल जाती है।

रात का चौथा पहर गुजर रहा है। दुखन की मां और रामशरण बहू शांत होकर अब सोने का उपक्रम करने लगती हैं। लेकिन दुखन की मां के साथ ऐसा होता है कि एक बार जब उसकी नींद उचट जाती है तब फिर लाख प्रयत्न करने के बाद भी दुबारा नहीं आती।

दुखन की मां देखती है, रामशरण बहू की पलकें झपकने लगी हैं। सारी रात मन के बोझ से वे सो नहीं पाई थीं। अब इस चौथे पहर कुछ हल्कापन महसूस कर सोने लगी हैं। दुखन की मां ने यह देखा है कि चिंतित, परेशान और व्यथित लोग अकसर रात के चौथे पहर में ही सोते हैं। तीन पहर तो तूफानी सोच के दायरे में ही चक्कर काटते रहते हैं।

दुखन की मां रामशरण बहू के बारे में सोचने लगती है। ऊंची जाति, पक्की ईंटों का मकान और पर्याप्त धन-सम्पत्ति होते हुए भी रामशरण बहू का जीवन कितना दुःखी, निराश और पीड़ित है! अपनी बातों से रामशरण बहू की पीड़ा कम करने की कोशिश वह बराबर करती रहती है; लेकिन जानती है, जिन स्थितियों के बीच वे घिरी हैं, उससे वे कभी उबर नहीं पाएंगी। उनका अन्त उन्हींके बीच होगा।

दुखन की मां को याद है, एक बार रामशरण बहू को गोद लेने की बात उसने समझाई थी। समीप के गांव के मुंशीजी का उदाहरण भी दिया था। फिर गांव के लोगों ने भी उन्हें यह सलाह दी थी। इसके बाद संयोगवश एक दिन गांव में किसी दूर शहर के अनाथालय के बच्चे चन्दा मांगने आए थे। उनमें से एक लड़का रामशरण बहू को पसन्द आ गया था। गांव के लोगों को भी वह खूब जंचा था। वह बहुत सुन्दर और भोला-भाला लड़का था। उसकी उम्र लगभग आठ-नौ साल की थी। रामशरण बहू ने उस लड़के को रख लिया। फिर उस लड़के पर वे अपनी जान छिड़कने लगीं। उसका लालन-पालन खूब दुलार-प्यार से करने लगीं। गांव के स्कूल में उसका नाम लिखवा दिया। उस लड़के को किसी भी बात की कोई तकलीफ न हो, इसके प्रति वे पूरी तरह

मुस्तैद रहने लगीं। उस लड़के को पाकर वे अपने को धन्य समझने लगी थीं। गांव के लड़कों के बीच खेलता हुआ वह लड़का उन्हें राजकुमारों की तरह लगता। उस लड़के को पाने के बाद उनके अन्तर की पीड़ा कम हो गई थी। उन्हें लगने लगा था, अब उनके लिए भी अपना कहने को कोई हो गया। अब उनकी मिट्टी पार लगाने, बुढ़ापे में उनका साथ देने तथा उनकी जायदाद को संभालने वाला मिल गया।

दुखन की मां को सारी बातें याद हैं, उन दिनों वे बराबर ही उससे कहतीं कि मैं अपने बेटे को इंजीनियर बनाऊंगी। रामशरण बहू के मायके में कोई इंजीनियर था जिसके परिवार को राई से पर्वत बनते हुए उन्होंने देखा था, इसीलिए अपने गोद लिए बेटे को वे इंजीनियर बनाने के प्रति कृतसंकल्प थीं। लेकिन यहां भी उनके भाग्य ने साथ नहीं दिया। उस लड़के से भी धोखा खा गईं। उनके सारे मंसूबों और सारी आशाओं पर पानी फेरकर एक रात वह लड़का बक्से में संचित करके रखे गए उनके रुपयों और गाड़कर रखे गए जेवरों को लेकर भाग गया। उस लड़के को वे अपने प्राणों से भी बढ़कर समझती थीं। इसीलिए प्रारम्भ में तो उन्हें विश्वास ही नहीं हुआ। फिर जब विश्वास हुआ तब भी उन्हें लगा कि वह लड़का लौटकर जरूर उनके पास आएगा। उस लड़के को उन्होंने इतना प्यार किया था कि उनसे अलग हटकर उसके रहने की बात उन्हें अविश्वसनीय लगती। लेकिन वे प्रतीक्षा करते-करते थक गईं, वह नहीं आया। फिर इस घटना की रामशरण बहू के ऊपर अजीब प्रतिक्रिया हुई। वे महीनों तक एकदम गुमसुम बनी रहीं। सिर्फ टकटकी लगाए शून्य आकाश की ओर ताकती रहतीं। न कहीं आना-जाना, न कुछ बोलना-चालना। दुखन की मां द्वारा दस बात पूछे जाने पर किसी एक बात का जवाब देना। इसी बीच आकाश की ओर ताकते हुए ही कभी-कभी फूट-फूटकर रो पड़ना। एकदम पागलों जैसी स्थिति हो चली थी उनकी। उन दिनों उनको देखने पर यह सहज ही प्रतीत हो जाता कि वे विक्षिप्तावस्था की ओर जा रही हैं। लेकिन संयोग अच्छा था, वे पागल नहीं हुईं। धीरे-धीरे ठीक हो गईं। उसके बाद जब पुनः किसी बच्चे को गोद लेने की बात उनसे कही जाती तो वे एकदम नकार देतीं। हालांकि लोग उन्हें समझाते कि किसी

बिल्कुल नवजात शिशु को वे गोद लें। वह उन्हें छोड़कर नहीं भागेगा। लेकिन वे कहती, "पराया खून कभी अपना नहीं हो सकता...भले ही वह न भागे उन्हें अपना ही समझता रहे, दुनिया की नजर में भी वह उनका बेटा बन जाए, लेकिन क्या अपने अन्तर से वह उसे अपना बेटा मान सकेंगी...अपने अन्तर की पीड़ा कम कर सकेंगी गोद लेकर बाहरी अभाव की पूर्ति की जा सकती है, भीतरी अभाव की पूर्ति नहीं...।"

दुखन की मां देखती है, अब पौ फटने ही वाली है। वह पाती है, रामशरण बहू गहरी नींद सो चुकी हैं। वह उन्हें जगाती नहीं है। सोचती है, रात-भर की जगी हैं, सोने दे, नींद पूरी हो जाने पर स्वयं जगेंगी।

दुखन की मां अब तेजी से काम पर चल देती है। उसे शाम की तरह ही इस वक्त भी तीन-चार घरों में चौका-बर्तन का काम करना है। फिर लगभग आठ बजे के आस-पास वह यहां लौटेगी। इसके बाद रोज की तरह अपना तथा रामशरण बहू का खाना बनाने में जुट जाएगी।

समय बीतता जाता है। रामशरण बहू को इधर-उधर से तथा दुखन की मां के माध्यम से गांव की सारी सूचनाएं मिलती रहती हैं। दूधनाथ चौधरी का लड़का शहर के बड़े अस्पताल में पांच दिन रहने के बाद गांव लौट आया है। उसकी हालत में कोई सुधार नहीं हुआ है। डाक्टरों के अनुसार, उसकी बीमारी काफी बढ़ चुकी है। उसके इलाज में असाधारण विलंब हुआ है। डाक्टरों ने कहा है कि पीलिया की बीमारी जल्दी नहीं जाती। उसमें महीनों लग जाते हैं। रोगी का चलना-फिरना बंद कर उसे बिस्तरे पर पूरी तरह आराम दिया जाए तथा संयम-नियम का पालन करते हुए दवाओं का सेवन कराया जाए। डाक्टरों ने इस बात की ओर भी दूधनाथ चौधरी का ध्यान आकृष्ट किया है कि आपका लड़का जिस स्थिति में पहुंच गया है, उस स्थिति में सिर्फ ईश्वर ही उसे बचा सकते हैं, डाक्टरों का कोई वश नहीं...।

दूधनाथ चौधरी के लड़के के शहर से लौटने और उससे सम्बन्धित बातों की जानकारी प्राप्त करने के बाद गांव के ओझाओं ने मूंछों पर ताव देते हुए यह कहा है कि हम लोग तो कह ही रहे थे कि दवाई से कुछ होने वाला नहीं।

अगर कोई बीमारी होती तब न दवाई से फायदा होता, लेकिन इसपर तो डायन का प्रकोप है।

ओझाओं को मन-ही-मन बहुत खुशी हुई है। वे तो ऐसे ही अवसर की प्रतीक्षा में थे। उनके लिए यह वक्त बहुत ही अनुकूल और उपयोगी है। प्रारंभ में दूधनाथ चौधरी के परिवार के जिन लोगों ने उनकी बात पर विश्वास नहीं किया था, अब उनका भी निर्णय डगमगाने लगता है। इस स्थिति से पूरा-पूरा फायदा उठाने के लिए ओझाओं ने कई तरह के मनगढ़ंत किस्सों का प्रचार करना शुरू कर दिया है कि रामशरण बहू एक लंबे समय से इस लड़के पर घात लगाए बैठी थीं, कि जिस दिन यह लड़का पैदा हुआ, उसी दिन रामशरण बहू ने अपना पहला बाण इसपर छोड़ा था, कि जब यह लड़का तीन साल का था तो गली में एक दिन इसे खेलते पाकर रामशरण बहू ने एक जड़ी इसे सुंघाई थी, कि रातों में कई बार मंत्र के सहारे इस लड़के को वे अपने पास बुला चुकी हैं, आदि।

दूधनाथ चौधरी के लड़के को लेकर प्रारंभ में छिटफुट चर्चाएं ही थीं; लेकिन अब गांव के इस छोर से उस छोर तक चर्चाएं चलने लगती हैं। पूरे गांव में सनसनी की तरह यह खबर फैल गई है कि दूधनाथ चौधरी का लड़का मरनासन्न है। डाक्टरों ने जवाब दे दिया है। ओझाओं के अनुसार, रामशरण बहू ने उसे कुछ किया है। दूधनाथ चौधरी रामशरण बहू पर बहुत खफा हैं। इस बार वे रामशरण बहू को छोड़ेंगे नहीं, आदि।

चूंकि रामशरण बहू एक लंबे समय से इस गांव में रहती आ रही हैं, इसीलिए उन्हें यह सब पता है कि इस गांव में कहां कैसी बातें होती हैं। उनके बारे में भी जो बातें होती हैं, वह भी उनसे नहीं छिपतीं। अपनी पूरी उम्र इस गांव में गुजार देने के बाद अब वे गांव के जर्रे-जर्रे से परिचित हो गई हैं।

गांव के प्रमुख स्थानों और बैठकों पर बातें चालू हैं। बरगद के नीचे श्यामजीसिंह, रामजी चौधरी, शिवपूजन महतो और धनराज यादव बातें कर रहे हैं। ये सभी बूढ़े हैं। इनकी गिनती इस गांव के अच्छे गृहस्थों में होती है; लेकिन बुढ़ापा आ जाने की वजह से ये अब खेती-गृहस्थी के कामों में स्वयं नहीं खट पाते। इनके बाल-बच्चों ने खेती-बारी का काम संभाल लिया

है। ये तो अब बरगद के नीचे बैठकर सिर्फ गप्पें लड़ाते रहते हैं। शायद इसी बहाने अपना बुढ़ापा गुजारते हैं। इनमें से शिवपूजन महतो का दालान तो बरगद से सटा ही है, शेष लोगों के घर भी बरगद के पास ही हैं। और गांवों में स्थित बरगदों की चाहे जैसी स्थिति रही हो, इस गांव के बरगद के नीचे तो सिर्फ बुड्ढों की बैठकें होती हैं। इससे पहले भी बुड्ढों की एक मंडली इस बरगद के नीचे बैठती थी। उनके गुजर जाने के बाद अब ये नये बुड्ढे इस बरगद के नीचे बैठने लगे हैं। कभी-कभी तो गांव के दूसरे मुहल्लों के बुड्ढे भी यहां गप्प लड़ाने आ जाते हैं, इसीलिए इस स्थान को गांव के लोग 'बरगद के नीचे' कम, 'बुड्ढों का अड्डा' ज्यादा कहते हैं। चमरटोली की लड़ाई और बाद के दिनों में जब गांव की सारी बैठकें सूनी हो गई थीं, तब भी यहां बराबर ही दो-चार बुड्ढे नजर आ जाते थे। दरअसल, जिसके पांव खुद ही श्मशान की ओर बढ़ रहे हों, उन्हें मरने-कटने से क्या डर? वे निश्चिंत होकर यहां पूर्ववत् ही बैठते थे। और ताज्जुब यह है कि कभी कोई उनके ऊपर वार नहीं करता था। हालांकि गांव में पैदा होने वाली उस नई स्थिति के खिलाफ ही वे मंत्रणा करते थे। वह घटना आज शांत पड़ गई है, लेकिन गांव की स्थिति को उसने पूरी तरह परिवर्तित कर दिया है। बरगद के नीचे बैठने वाले एक खास वर्ग के ये बुड्ढे बाहरी दबाव के चलते अब उस परिवर्तन का विरोध तो नहीं कर रहे हैं, लेकिन मन से उसे स्वीकार भी नहीं पा रहे हैं। उनको लगता है, जो कुछ भी हुआ है, सब गलत हुआ है। भठयुग की यह पहचान है। ऊंच-नीच का भेद मिट रहा है...घोर अनर्थ, अत्याचार और पापों का युग आ गया।

दूधनाथ चौधरी के लड़के को लेकर धनराज यादव कहते हैं, "रामशरण बहू को तो मैं शुरू से ही देखता आ रहा हूं...अब तो उसने अपना प्रकोप कम कर दिया है, नहीं तो उसकी गली से गुजरते हुए भी डर लगता था...।" धनराज यादव शायद अभी और कुछ कहते, लेकिन उनकी बात बीच में ही काटकर श्यामजीसिंह बोलने लगते हैं, "धनराज भाई, मैं अभी पिछले साल की बात बता रहा हूं।...रामशरण बहू एक दिन कहीं जा रही थीं। रास्ते में ठेगुआ का कुत्ता उन्हें देखकर भूंकने लगा। उन्होंने एक-दो बार

डांट लगाई। लेकिन वह नहीं माना। तब उन्होंने आंखें तरेरकर उसकी ओर ताकते हुए अपने आंचल के छोर से कुछ खोलकर उसके ऊपर फेंकना शुरू किया। मैंने तो अपनी आंखों से देखा नहीं, लेकिन जिन लोगों ने देखा है, वे कहते हैं कि वह कुत्ता वहीं गिरकर छटपटाने लगा। उसके बाद वह हफ्ते-भर भी नहीं जी सका। मुंह से खून फेंकते-फेंकते मर गया।...मेरी तो इतनी लंबी उम्र हो गई, लेकिन रामशरण बहू की तरह पक्की डायन मैंने और कहीं नहीं देखी... ।"

अब शिवपूजन महतो, जो चुपचाप सुन रहे थे, बोल उठते हैं, "मैं तो भाई, डायन, भूत नहीं मानता। रामशरण बहू से मेरा कई बार आमना-सामना हुआ है, लेकिन मुझपर तो कभी उनका कोई असर नहीं पड़ा... मैं तो कहता हूं कि जो डायन है, वह अपना बाण मुझपर चलाए, लेकिन किसीने कभी अपना प्रभाव मुझे नहीं दिखाया... ।"

इसपर रामजी चौधरी कहते हैं, "शिवपूजन, अगर तुम किसी डायन के पल्ले पड़ गए होते तो तुम्हारी सारी हेकड़ी निकल गई होती...खैर मनाओ, किसी डायन की कुपित दृष्टि तुम्हारे ऊपर नहीं पड़ी।" फिर रामजी चौधरी बात को शिवपूजन महतो से अलग कर रामशरण बहू पर केन्द्रित करते हुए कहते हैं, "रामशरण बहू को दूधनाथ चौधरी के लड़के पर वार नहीं करना चाहिए था। दूधनाथ के भाइयों के तो बहुत लड़के हैं, लेकिन दूधनाथ के यही एक लड़का है। रामशरण बहू को अब इस चौथेपन में यह सब छोड़ देना चाहिए। जिन्दगी भर तो उन्होंने शिकार किया ही।"

इसी तरह दूधनाथ चौधरी के लड़के और रामशरण बहू को लेकर बरगद के नीचे बातें चल रही होती हैं। बरगद के नीचे के बैठकबाजों के बीच शिवपूजन महतो की तरह के लोग एकाध ही होते हैं, जो अलग ढंग से कुछ सोचते हैं। शेष लोगों के विचार तो एक-दूसरे से गुंथे होते हैं। तनिक भी भिन्नता नहीं। बरगद के बैठकबाजों के मन में रामशरण बहू के डायन होने के प्रति पक्का विश्वास है। उनके अनुसार, रामशरण बहू वास्तव में डायन हैं और उन्होंने दूधनाथ चौधरी के लड़के को ग्रसा है।

बरगद के बाद गांव की दूसरी बैठक हरि दादा का दालान है। हरि दादा

तो बहुत पहले गुजर गए। अब उनके परिवार के लोग हैं। लेकिन दालान अभी भी उनके नाम से ही संबोधित होता है। संपन्नता की दृष्टि से मुरारीसिंह के बाद गांव में हरि दादा के परिवार का ही दूसरा नंबर है। हरि दादा का दालान गांव का सबसे लंबा दालान है। हरि दादा ने यह सोचकर इतना लंबा दालान बनवाया था कि उनके घर के लड़के-लड़कियों की शादी में बारात कहीं और न ठहरकर उनके दालान में ही ठहर सके। अपने दालान को तैयार करने में हरि दादा ने पूरा खर्च किया था। उस खर्च से दो-तीन मकान बनवाए जा सकते थे। लेकिन हरि दादा को तो गांव के लोगों को यह दिखाना था कि उनके अन्दर इतनी सामर्थ्य है कि अपने दरवाजे सौ-दो-सौ की संख्या में आनेवाली बारात को भी वे अपने यहां ठहरा लेंगे। लेकिन जहां हरि दादा के अपने इस्तेमाल के लिए उस दालान का प्रयोग दो-तीन बार हुआ, वहां गांव के लोगों के लिए आए दिन होने लगा। गांव में आने वाली अधिकांश बारातें हरि दादा के दालान में ही ठहरतीं। हालांकि इसके लिए लोगों को हरि दादा की अनुमति लेनी पड़ती। उस वक्त हरि दादा का सीना गर्व से फूल जाता जब लोग अपने यहां आई बारात को उनके दालान में ठहराने की अनुमति मांगने आते। हरि दादा के बाद भी यह परंपरा आज तक कायम है। लेकिन बारात तो रोज नहीं आती है। लगन के दिनों में और खास-खास लोगों के यहां ही बारात आती है। शेष दिनों में तो दालान खाली ही रहता है। अतः लोगों ने उसे बैठक बना दिया है। गांव की सबसे बड़ी इस बैठक में प्रायः विभिन्न पेशे और विभिन्न उम्र के लोग उपस्थित रहते हैं। लेकिन बहुलता तीस वर्ष से साठ वर्ष के भीतर वाले लोगों की ही रहती है। खेती-गृहस्थी के कामों में लगे लोग छुट्टी पा यहां अपनी एकरसता दूर करने, मन बहलाने या गप्पें लड़ाने आ जाते हैं। शहर की नौकरी से अवकाश ले गांव में आए अधिकांश लोग यहां स्वतः आ जाते हैं, क्योंकि यहां एकसाथ कई लोगों से मिलना-जुलना हो जाता है। गांव में सभी लोगों के अपने दालान नहीं हैं, फलतः ऐसे अनेक लोग सुबह-शाम खाना और नाश्ता के बाद आराम के लिए यहां विराजमान रहते हैं।

हरि दादा के दालान पर गांव की सामयिक घटनाओं की चर्चा खूब

जमकर होती है। जितने मुंह, उतनी ही बातें। कभी-कभी किसी बात को लेकर विवाद उठ खड़ा होता है, तो कभी हल्ला-गुल्ला। चमरटोली की लड़ाई के वक्त मुरारीसिंह के लोगों की बैठकें अकसर इसी दालान में होती थीं। बाद में इसी दालान में कई लोग मारे गए। इस दालान की दीवारों में जगह-जगह गोलियों के निशान हैं। बीच के दिनों में तो कुछ दिनों के लिए यह दालान एकदम सूना पड़ गया था। कोई यहां नजर नहीं आता। किन्तु स्थिति शांत होने पर अब पुनः लोग यहां आकर बैठने लगे हैं। लेकिन अब उनकी बैठक की पहले वाली निर्भीकता खत्म हो गई है। जहां पहले यहां के बैठकबाज रस ले-लेकर यह बतियाते कि कैसे अपने बनिहार को उन्होंने पीटा, अपने चरवाह को मार-पीटकर गांव से भगा दिया, मजदूरी का रेट बढ़ाने के लिए कहने वाले एक मजदूर का एक पैर तोड़ दिया, गली से उनके गुजरने पर खटिया से न उठने वाले एक चमार की उन्होंने खटिया उलट दी; लेकिन वहीं अब वे ऐसी बातें भूलकर भी अपनी जुबान पर नहीं लाते हैं। पिछले दिनों जो कुछ हुआ, उसने उन्हें दहशत से भर दिया है। फलतः भयवश वे अपनी पहली स्थिति से अलग हो गए हैं। लेकिन रामशरण बहू के मामले में बातचीत करते हुए उन्हें तनिक भी घबराहट नहीं होती है। उन्हें लगता है कि यह मामला तो बिलकुल निरामिष है। इसपर बातचीत करना कतई खतरनाक नहीं।

हरि दादा के दालान पर रामशरण बहू को लेकर तरह-तरह की बातें शुरू हो गई हैं। एक लम्बे समय बाद हरि दादा के दालान के बैठकबाजों को एक ऐसा विषय मिला है, जिसपर उन्मुक्त होकर वे बोलने लगे हैं। पिछले काफी दिनों से उनकी ज़ुबान पर लटकते आ रहे ताले आज खुल गए हैं, फलतः पहले की तरह बेहिचक वे अपनी बात कहने लगे हैं।

इस बैठक के एक आदमी का कहना है कि रामशरण बहू पक्की डायन है कि वह जिसे अपनी नजर पर चढ़ा लेती है, उसे शीघ्र ही खा जाती है। लेकिन एक-दूसरे आदमी का कहना है कि नहीं, वह अभी सफल डायन नहीं हुई है। अगर सफल डायन होती तो एक शिकार में इतना समय नहीं लगाती। इसके बाद एक तीसरा आदमी गांव में प्रचलित रामशरण बहू के विभिन्न कारनामों को उजागर करने लगता है। फिर एक आदमी डायन और ओझाओं के बारे

में अपने संस्मरण सुनाने लगता है। इसी बीच एक आदमी अपना अविश्वास प्रकट करता है। लेकिन तत्क्षण उस आदमी को तीन-चार आदमी समझाने लगते हैं। इलाके के डायन-ओझाओं के करिश्मों तथा देवासों की कहानियों का जिक्र शुरू हो जाता है। अविश्वास प्रकट करने वाला वह आदमी अनेक लोगों के सामने हार मान जाता है। उसे यह मानने के लिए विवश होना पड़ता है कि यह सब सच है। इतने लोग झूठ कैसे बोलेंगे? कुछ और लोग, जिनके मन में अविश्वास की बात होती है, वे भी अब चुप रहते हैं। शायद हार मान गए हैं या शायद बहस में पड़ना नहीं चाहते हैं। एक आदमी का कहना है कि दोष सिर्फ रामशरण बहू का ही नहीं होगा, दूधनाथ चौधरी का भी होगा। डायन ऐसे ही किसीको नहीं ग्रसती है। जरूर उन दोनों में पहले से कोई बात चली आ रही होगी। इसके बाद एक दूसरा आदमी कहता है कि दूधनाथ चौधरी को उसी वक्त रामशरण बहू को पकड़ लेना चाहिए था, जिस वक्त वह टोटरम करने उनके दरवाजे गई थी।

इसी तरह लोग चटवारे ले-लेकर बातें कर रहे होते हैं। फिर लोग यह सम्भावना प्रकट करने लगते हैं कि अपने बेटे के कुछ हो जाने पर दूधनाथ चौधरी जरूर रामशरण बहू से बदला लेंगे। दूधनाथ चौधरी इन दिनों बराबर ही रामशरण बहू को धमका रहे हैं, दूधनाथ की पत्नी उन्हें तरह-तरह की गालियां दे रही है। फिर लोग यह सुझाव देने लगते हैं कि डायनो का माथा मुंडाकर उन्हें गदहे पर बैठाकर गांव में घुमाना चाहिए। उनकी आंखें फोड़ देनी चाहिए। उनके हाथ-पांव काट लेने चाहिए। उन्हें जमीन के अन्दर जिन्दा गाड़ देना चाहिए, आदि।

इस बैठक में अनेक लोग अनेक तरह की बातें कहते हैं; लेकिन कुछ लोग चुपचाप सुन रहे हैं और मजा ले रहे हैं। उनकी इच्छा है कि जल्दी ही कुछ घटित हो और वे तमाशा देखें। जगतनारायणसिंह का बड़ा लड़का बोधा, जिसकी उम्र तीस-पैंतीस के करीब होगी, देर से बैठक के बीच बैठा चुपचाप सुन रहा था, अब बोल उठता है, "मैं देर से सुन रहा हूं, इस गांव में रामशरण बहू से बड़ी-बड़ी डायन हैं, लेकिन कोई उनका नाम नहीं लेता। रामशरण बहू बांझ हैं और विधवा होकर बेसहारा हो गई हैं तो लोगों के मुंह से बड़ी-बड़ी

बातें निकलने लगी हैं।"

इसपर एक आदमी व्यंग्य कसता है, "बेचारे को बाप की रखैल पर तरस आ रहा है।" अब बोधा अपने को रोक नहीं पाता है। चिल्ला पड़ता है, "मुंह संभालकर बात करो, नहीं तो जबान खींच लूंगा।"

वह आदमी भी तैश में आ जाता है। कहता है, "अपनी अकड़ मुझको क्या दिखा रहे हो? दूधनाथ चौधरी को दिखाना, तब मरद समझूंगा।"

बोधा गुस्से में गरजता है, "देखता हूं, कौन रामशरण बहू के पास जाता है...इस गांव में एक असहाय और अकेली औरत को लोग बेइज्जत करेंगे ...नहीं, यह कभी नहीं होगा।"

बोधा और उस आदमी के साथ बात बढ़ते-बढ़ते गाली-गलौज के रास्ते हाथा-पाई तक पहुंच जाती है। फिर कुछ लोग बोधा को पकड़ लेते हैं और कुछ लोग उस आदमी को। माहौल गर्म हो जाता है। एक अरसे के बाद इस बैठक का माहौल इस तरह गर्म होता है। लोगों को चमरटोली की लड़ाई से पहले की अपनी यह बैठक याद आ जाती है। इसी तरह खूब गरमा-गरम चर्चाएं हुआ करती थीं। चमरटोली की लड़ाई ने तो जैसे उनकी पहले की रुचि ही उनसे छीन ली थी।

तौल-तौलकर और सोच-विचारकर कोई भी बात मुंह से निकालनी पड़ती थी, क्योंकि हर वक्त यह भय बना रहता था कि कहीं धड़ से गर्दन अलग न हो जाए। लेकिन रामशरण बहू के इस मामले में वे पहले की तरह सोचने-विचारने के लिए अपने-आपको स्वतंत्र महसूस करने लगते हैं। वे जानते हैं कि एक बोधा नाराज है तो वह व्यक्तिगत कारणों से प्रेरित होकर ही। अगर रामशरण बहू के स्थान पर किसी और का नाम रहता तो बोधा भी नाराज नहीं होता।

हरि दादा के दालान के बाद गांव की तीसरी बैठक पुस्तकालय की कोठरी है। गांव के पढ़े-लिखे लोगों ने चंदा उगाहकर पुस्तकालय का निर्माण किया है। हालांकि इस पुस्तकालय की स्थापना में गांव के प्रथम ग्रेजुएट विनोदलाल की महत्त्वपूर्ण भूमिका रही है। उन्होंने न सिर्फ गांव के पढ़े-लिखे लोगों का ध्यान ही इस ओर आकृष्ट किया है, बल्कि अपनी गोशाला की एक कोठरी भी पुस्तकालय के लिए सौंप दी है।

पुस्तकालय की कोठरी में सुबह आठ बजे से लेकर रात नौ बजे तक गांव के युवकों की भीड़ लगी रहती है। स्कूल और कालेज में पढ़ने वाले युवक तथा पढ़ाई-लिखाई समाप्त कर बेरोजगारी का दर्द झेलने वाले युवक ही यहां अधिक जुटते हैं। लेकिन यहां आकर युवक पुस्तकें पढ़ने और उनपर विचार-विमर्श करने में अपना समय नहीं गुजारते हैं। वे कभी-कभी ही पुस्तकें लेते और उनपर चर्चा करते हैं। शेष समय तो यहां बैठकर ताश खेलने और गप्प लड़ाने में ही बिताते हैं। किसीके दालान पर और अभिभावकों के सामने गांव के लड़कों के लिए यह सब असंभव था, लेकिन पुस्तकालय की कोठरी ने इसे संभव बना दिया है। गांव के युवक एक जगह मिल सकें, इसके लिए पुस्तकालय की कोठरी एक जबरदस्त माध्यम बन गई है। इसीलिए यह पुस्तकालय कम, गांव के शिक्षित युवकों की बैठक ज्यादा हो गई है।

इस बैठक में स्कूल-कालेज की बातों, फिल्मी सूचनाओं और सामयिक घटनाओं की चर्चाओं के साथ गांव की लड़कियों को फंसाने की योजनाएं भी बनाई जाती हैं। यहां के युवक ग्रुपों में बंटे होते हैं। कुछ लोग क़ोठरी के उस कोने में जाकर बैठ जाते हैं, तो कुछ लोग इस कोने में, तो कुछ लोग बीच में। कभी-कभार किसी बात को लेकर युवकों में गाली-गलौज और मारपीट भी हो जाती है। तब यह कोठरी बंद कर दी जाती है। लेकिन शीघ्र ही युवक विनोदलाल से आग्रह कर इसे पुनः खुलवाते हैं और पूर्ववत् बैठने लग जाते हैं।

चमरटोली की लड़ाई और उसके बाद के दिनों में इस कोठरी के बाहर इस तरह ताला लटकता नजर आता था कि लगता, यह कोठरी अब कभी खुलेगी ही नहीं। उस वक्त गांव में भी स्कूल-कालेज के लड़के बहुत कम नजर आते। दरअसल, बहुत सारे लड़कों को उनकी माताओं ने गांव की बदली हुई स्थिति से डरकर उन्हें गांव से अलग रिश्तों में भेज दिया था। कुछ लड़के शहर जाकर रहने लगे थे। बाद में जब स्थिति शांत हुई तब लड़के लौटने लगे। पुस्तकालय की कोठरी का ताला भी खुल गया। उसके बाद से उस कोठरी में लड़के पुनः बैठने लगे।

रामशरण बहू और दूधनाथ चौधरी के प्रसंग को लेकर जब इस कोठरी

में बात चलती है तो इस कोठरी के युवकों की प्रतिक्रिया बरगद और हरि दादा के दालान की प्रतिक्रिया से बिल्कुल भिन्न होती है। इने-गिने दो-तीन युवकों को छोड़कर, जो बरगद और हरि दादा के दालान की बातों के अन्धसमर्थक होते हैं, शेष सभी युवक इसका विरोध करते हैं। युवकों के अनुसार यह एक सामाजिक रूढ़ि है। इस रूढ़ि के चलते अकारण ही रामशरण बहू को बदनाम किया जा रहा है। यहां के युवकों को भूत-प्रेत और डायन-ओझा की बातों में तनिक भी विश्वास नहीं। यहां के युवक कहते हैं कि अगर डायनों में मंत्र के द्वारा किसीको खत्म करने की क्षमता ही होती तो फिर सरकार अपने व्यापक उद्देश्य के लिए उनका इस्तेमाल क्यों नहीं करती? सीमाओं पर लड़ने के लिए सेना क्यों भेजती? क्यों नहीं गांव-गांव से चुनकर डायनों को ही भेज देती, जो दूर से ही दुश्मनों का सफाया करती रहती?

पुस्तकालय की कोठरी के युवक आपस में बातचीत करते हुए यह कहते हैं कि आज जब मनुष्य चंद्रलोक की यात्रा पर जा रहा है, विज्ञान द्वारा जीवन की तमाम सुविधाएं मुहैया की जा रही हैं, वहां इस तरह की बातों पर विश्वास करना मूर्खता और पिछड़ेपन का ही परिचायक है। यहां के युवकों को यह लगता है कि उनके गांव के अशिक्षित और अंधविश्वासी लोगों ने ही इस तरह की धारणाओं को जिलाए रखा है। यहां के युवकों के अनुसार, जनजीवन में व्याप्त इस तरह के ढोंग, पाखंड-आडंबर और अंधविश्वास का पर्दाफाश होना चाहिए। जीवन के स्वाभाविक विकास में इनकी भूमिका अवरोधक की होती है।

लेकिन रामशरण बहू को यह समझ में नहीं आता है कि पुस्तकालय की कोठरी में बैठने वाले युवक जब इस तरह के विचार रखते हैं, तब वे उसे व्यावहारिक रूप क्यों नहीं दे पाते हैं! रामशरण बहू ने तो कई बार पाया है कि किसी गली से उनके गुजरते हुए पुस्तकालय की कोठरी में बैठने वाले युवक भी उनकी आंखों से ओझल होने के लिए इधर-उधर छिपने लगते हैं। उस वक्त रामशरण बहू को अजीब लगता है। उनके सामने यह सवाल खड़ा हो जाता है कि जो युवक अपनी बैठक में इतनी मर्दानगी बघारते हैं, सामने पड़ने पर क्यों भीगी बिल्ली बन जाते हैं? फिर काफी सोचने-विचारने

पर रामशरण बहू को इस सवाल का उत्तर भी मिल जाता है। उन्हें लगता है, स्कूल-कालेज में पढ़ने और गांव की हवा से बाहर रहने के कारण ही ये युवक इन आग्रहों से विचारों के स्तर पर मुक्त हो गए हैं। लेकिन सक्रिय जीवन के स्तर पर वे इसीलिए मुक्त नहीं हो पा रहे हैं कि उनके संस्कार आड़े आ जाते हैं। अपने संस्कारों से वे पूरी तरह मुक्त नहीं हो पाते हैं। जब भी सक्रिय जीवन के स्तर पर इन धारणाओं के विरोध में कुछ करने की सोचते हैं कि संस्कारगत शंकाएं उन्हें मथने लगती हैं—कहीं यह सच न हो? कहीं इसका अंजाम बुरा न हो जाए? इसीलिए ये युवक सिर्फ कहकर ही रह जाते हैं, कुछ कर नहीं पाते।

पुस्तकालय की कोठरी के बाद गांव की चौथी बैठक पाठशाला के कमरे में लगती है। गांव से बाहर बच्चों के पढ़ने के लिए पाठशाला का निर्माण किया गया है। पाठशाला में सिर्फ दो कमरे हैं और एक बरामदा। उसकी हालत ऐसी है कि एक कमरे में तो गुरुजी ने अपने मवेशियों का भूसा रख दिया है और दूसरे कमरे को तो कमरा कहना कमरों का उपहास उड़ाना होता है। उसका छप्पर उजड़ चुका है, दीवारें नूनी लगने की वजह से झड़ रही हैं तथा खिड़कियां और दरवाजे कभी के गायब हो चुके हैं। बच्चे या तो इसी कमरे में बैठकर पढ़ते हैं या बरामदे में। लेकिन थोड़ी-सी धूप बढ़ जाने और हल्की-सी आंधी-पानी आ जाने पर भी गुरुजी को पाठशाला बंद करने का बहाना मिल जाता है।

पाठशाला की बैठक का कोई एक निश्चित समय नहीं होता है। बच्चों की पढ़ाई के अनुसार ही उसका समय निर्धारित होता रहता है। गर्मियों के दिनों में जब पढ़ाई सुबह के समय होती है तब यहां दोपहर को बैठक लगती है, बाकी दिनों में शाम चार बजे के बाद। यहां की बैठक के सदस्य गांव के चरवाहे और उनकी तरह के ही लोग होते हैं। गांव के वे लड़के, जो पढ़-लिख नहीं सके या जिन्हें पढ़ने-लिखने के बाद नौकरी नहीं मिल सकी, खेती-गृहस्थी में जुट गए। वे अपनी गाय-भैंसों को चराने जब गांव से बाहर निकलते हैं तो खेतों में अपने पशुओं को छोड़ स्वयं पाठशाला की इसी उजड़ी कोठरी में आ बैठते हैं। फिर छिपकर गांजा पीने, जुआ खेलने, यौनाचार करने और

गप्प लड़ाने आदि का सिलसिला शुरू हो जाता है। यहां के बैठकबाजों की दुनिया अपनी अतृप्त इच्छाओं की पूर्ति और अपने मवेशियों की चर्चा के बीच ही सीमित होती है। लेकिन कभी-कभी जब किसी बात की चर्चा गांव में जोर-शोर से चल रही होती है तब यहां भी उसपर विचार-विमर्श किया जाने लगता है।

चमरटोली की लड़ाई के वक्त गांव की अन्य बैठकों की तरह यह बैठक भी खत्म हो गई थी। रातों में बाहर से आने वाले क्रांतिकारी पाठशाला की इसी कोठरी में ठहरते थे। उन दिनों यहां बच्चे भी पढ़ने नहीं आते थे। अनिश्चित काल के लिए पाठशाला बंद कर दी गई थी। चरवाहे भी मवेशियों को लेकर बाहर नहीं निकलते थे। दरवाजे पर ही मवेशियों को खिला दिया जाता था। बाद में जब उपद्रव और हिंसात्मक घटनाओं का क्रम बंद हुआ तब मवेशी पुन: बाहर निकलने लगे। तब यहां की बैठक पुनः लगने लगी।

पहले इस बैठक में प्रायः गांव की सभी जातियों के लड़के आते थे; लेकिन चमरटोली की लड़ाई के बाद जातिगत भावनाओं से प्रेरित होकर गांव की तथाकथित छोटी जाति के लड़के अब दूसरी जगह बैठने लगे हैं। पोखरे के किनारे वर्षों से खाली पड़ी 'मौनिया साधु की कुटिया' को उन्होंने अपनी बैठक बना लिया है। मौनिया साधु जब तक जिन्दा थे, तब तक उस कुटिया का अपना एक अलग महत्त्व था। लेकिन उनकी मृत्यु के बाद वह कुटिया एकदम लावारिस हो गई है। गांव में ऐसी चर्चा है कि रातों में उस कुटिया में कभी चोर चोरी का माल बांटते हैं तो कभी कोई औरत-मर्द गांव से छिपकर अपनी शारीरिक प्यास बुझाने उसमें जाते हैं। लेकिन दिन में तो चरवाहे ही उस कुटिया में नजर आते हैं। उस कुटिया के चरवाहों की बैठक भी कमोबेश पाठशाला की बैठक की तरह ही होती है—विचार और कार्य दोनों स्तरों पर समानता लिए हुए।

इधर गर्मी के मौसम की वजह से पाठशाला की बैठक दोपहर को लगने लगी है। बच्चे पढ़कर सुबह ही लौट जाते हैं। फिर चरवाहे आ जुटते हैं। इसके बाद बातें शुरू हो जाती हैं।

रामशरण बहू और दुधनाथ चौधरी के लड़के की चर्चा छिड़ने पर इस

बैठक का एक चरवाहा, जिसका घर दूधनाथ चौधरी के पास ही है, बहुत ही रहस्यपूर्ण शब्दों में विस्तार के साथ यह सुनाने लगता है कि कैसे इन दिनों दूधनाथ चौधरी के यहां ओझाओं का जमघट लगा रहता है। इलाके के एक से एक नामी ओझा आए हैं। कुछ ओझा ध्यान में डूबकर यह बता रहे हैं कि रामशरण बहू ने कब और कैसे इस लड़के को अपनी चपेट में लिया। रामशरण बहू इस लड़के को मारने के लिए इस समय क्या-क्या जोग-जप कर रही हैं, उस सबका आंखों-देखा हाल कुछ ओझा बता रहे हैं। दूधनाथ चौधरी के लड़के की हालत दिन-ब-दिन खराब होती जा रही है। दूधनाथ चौधरी कह रहे हैं कि इस बार वे रामशरण बहू को छोड़ेंगे नहीं। उसकी ऐसी दुर्गति करेंगे कि फिर वह सदा के लिए यह काम छोड़ देगी...।

दूधनाथ चौधरी के पास के चरवाहे की बात ध्यान से सुनने के बाद पाठशाला की बैठक के प्रायः सभी चरवाहे रामशरण बहू को डायन मानकर अपनी प्रतिक्रिया व्यक्त करने लगते हैं। उनमें से कुछ बुढ़ापे के चलते रामशरण बहू के डरावने हुए चेहरे का वर्णन करने लगते हैं। फिर गांव के बड़े-बुजुर्गों द्वारा सुनाए गए डायन और ओझाओं के किस्से कहने-सुनने लगते हैं। इसके बाद उनमें से एक चरवाहा यह भेद की बात बताता है कि डायन की नजर पड़ जाने पर जमीन में थूक देने और उस थूक को अपने पैर से मिटा देने के बाद डायन की नजर नहीं लगती। इसी तरह वे देर तक बातचीत करते रहते हैं।

पाठशाला के कमरे के बाद गांव की पांचवीं बैठक केतुसिंह के बगीचे में लगती है। केतुसिंह उस गांव के मुरारीसिंह और हरि दादा की तरह ही एक अमीर किसान हैं। उनका बगीचा गांव के बिल्कुल पास है। उनके बगीचे में आम, अमरूद और महुआ के पेड़ हैं। केतुसिंह के खेत उनके बगीचे से ही शुरू हो जाते हैं। अपने खेतों की सिंचाई के लिए केतुसिह ने अपने बगीचे में बोरिंग लगवाई है। अब उनके खेत सूखे की चपेट में नहीं आते। अपने खेत पटाने के बाद भाड़े पर औरों का खेत भी पटाते हैं। इस तरह बोरिंग से वे दोहरा फायदा उठाते हैं।

पेड़ों की छांव में, बोरिंग के नीचे केतुसिंह और उनके लोगों की बैठक बराबर ही लगी रहती है। केतुसिंह के खेतों में काम करने वाले बनिहार और

मजदूर यहीं आकर सुस्ताते हैं। आसपास के खेतों में काम करने वाले मजदूर भी ठंडक-पानी के लिए यहीं पहुंचते हैं। इधर के खेतों में काम करने वाले मजदूरों की पत्नियां उनका खाना लेकर यहीं जुटती हैं। इसके साथ गर्मी के दिनों में गांव के भीतर की उमस से ऊबकर कई लोग यहां आ जाते हैं। इस तरह यहां की बैठक सदाबहार चलती रहती है। यहां की बैठक में खेत-खलिहान और गांव की सामयिक बातों की चर्चा होती है। साथ ही रामायण के किसी-न-किसी प्रसंग पर जिक्र जरूर छिड़ जाता है। असल में केतुसिंह के पिता रामाधारसिंह इस गांव के मशहूर रामायणी हैं। वे इलाके में भी रामायण-पूजा और रामायण-सम्मेलनों में भाग लेने जाते हैं। इस गांव में बरगद के नीचे श्रीमन् नारायणजी या अन्य किसी कथावाचक के आगमन पर रामायण-पाठ की व्यवस्था वे ही करवाते हैं। यहां अपने बोरिंग पर भी उपस्थित लोगों के बीच रामायण की कोई चौपाई फेंक उसपर चर्चा प्रारंभ कर देते हैं। कई बार उनकी यह रामायण-चर्चा वहां उपस्थित लोगों को उबाऊ प्रतीत होती है। लेकिन वे कुछ कहते नहीं। दम साधे चुपचाप सुनते रहते हैं। सोचते हैं, रामायण के खिलाफ बोलने पर पाप लगेगा। भगवान की चर्चा में विघ्न उपस्थित करने का दोष लगेगा। इसके चलते शायद उनका कुछ अहित भी हो जाए। लेकिन कभी-कभार कुछ लोग अपने को रोक नहीं पाते हैं। कह उठते हैं, "रामाधार बाबा, आज रामायण का प्रसंग रहने दिया जाए...।"

इसपर रामाधारसिंह एकदम बिगड़ उठते हैं। कहते हैं, "रामायण का प्रसंग छोड़कर किसपर बात किया जाए...मुक्ति रामायण की चर्चा में ही है... आप लोगों पर इस कलियुग का प्रभाव है...हरि की चर्चा छोड़ दूसरी चर्चा करना चाहते हैं...बाबा तुलसीदास ने एक जगह लिखा है—'पूर्वजन्म के पाप से हरि-चर्चा न सुहाय। जैसे रुचि बुखार की अन्न देखि हुलिआय।'

फिर रामाधारसिंह समझाने लगते हैं, "आपलोगों को नियमित रामायण-पाठ करना चाहिए। मन के विकार का परिष्कार, आत्मा की शुद्धि और परलोक में स्वर्ग की प्राप्ति—रामायण के रास्ते ही संभव है। इस भवसागर से राम-भक्ति ही आपको पार लगाएगी।" इसके बाद रामाधार सिंह वाल्मीकि,

अजामिल और गणिका की कहानी विस्तार के साथ बताने लगते हैं कि राम-भक्ति से कैसे उनका बेड़ा पार लगा।

रामायण का प्रसंग बंद कराने वाले लोग अब चाहकर भी कुछ नहीं बोल पाते हैं। रामाधारसिंह की बातें यह सोचने के लिए उन्हें बाध्य कर देती हैं कि रामायण भगवान की कहानी है। इस सृष्टि के संचालक की। घर-घर में उनकी पूजा होती है। उसका महत्त्व हर जगह है। उन्हें रामायण के प्रसंग को नहीं रुकवाना चाहिए। उनपर दोष लगेगा। वे दंड के भागी होंगे। फलतः वे दुबारा कुछ नहीं कह पाते हैं। चुपचाप सुनते रहते हैं।

चमरटोली की लड़ाई के वक्त इस बैठक का अस्तित्व भी छिन्न-भिन्न हो गया था। धीरे-धीरे यहां लोगों की संख्या कम होती गई थी। एक रात जब बोरिंग की कोठरी में सोए केतुसिंह के बड़े भाई फागुसिंह की हत्या हुई तब यहां की बैठक एकदम सूनी पड़ गई। आधी रात को नारे लगाते हुए कुछ लोग आए थे और फागुसिंह की हत्या करके चले गए थे। उसके बाद यहां की बैठक एकदम भयावह बन गई। यहां बैठने वाले लोग फागुसिंह की बड़ी-बड़ी आंखें और कड़ी-कड़ी मूंछें भुलाए नहीं भूल पाते। उन्हें लगता, फागुसिंह उस बोरिंग वाली कोठरी में है। बदला लेने के लिए वे अब निकले कि तब निकले।

बोरिंग की कोठरी में काफी दिनों तक ताला झूलता रहा। खेत पटवन के अभाव में सूखते रहे। सिर्फ मार-काट का माहौल ही बना रहा। बाद में जब स्थिति धीरे-धीरे शांत हुई तब केतुसिंह ने अपने बोरिंग की बैठक पुनः ताजा की। हालांकि उनके भाई की हत्या के बाद वह बोरिंग 'भुतहा बोरिंग' के नाम से प्रचलित हो गई थी। लोग वहां जाने से डरने लगे थे। लोगों के अन्दर यह धारणा पुष्ट हो चली थी कि स्वाभाविक मृत्यु न मरकर हत्या से मरने के कारण फागुसिंह प्रेत हो गए हैं। लेकिन केतुसिंह ने वहां सत्यनारायण भगवान की कथा का आयोजन कर उस जगह को पवित्र किया तथा लोगों को वहां जुटाने के लिए खर्च करना शुरू किया। उस समय वहां आने वाले प्रायः सभी लोगों को केतुसिंह खैनी, बीड़ी और गांजा देते। इस तरह जल्द ही वहां की बैठक को केतुसिंह ने पुनः आबाद कर दिया।

लेकिन पहले की अपेक्षा स्थिति अब काफी बदल चुकी है। जहां पहले

बोरिंग से फागुसिंह की एक आवाज लगाने पर मजदूर कांप उठते थे, वहां अब केतुसिंह के लाख चिल्लाने पर भी मजदूरों पर कोई प्रतिक्रिया नहीं होती है। वे शहर के मज़दूरों की तरह समय देखकर काम पर आते हैं और समय देखकर जाते हैं। रोज मजदूरी में कमी और विलंब होने पर केतुसिंह से लड़ बैठते हैं। पहले की भांति केतुसिंह अब पेड़ों से बांधकर उन्हें पीटने तथा बोरिंग की कोठरी में ले जाकर बिजली के तार का झटका लगाने में डरते हैं। फागुसिंह की निर्मम हत्या ने उन्हें कहीं बहुत अंदर तक दहला दिया है।

इस बैठक में रामशरण बहू और दूधनाथ चौधरी के लड़के की चर्चा जब चलती है तो बूढ़े रामाधारसिंह रामशरण बहू को दोषी बताते हुए इस गांव की एक दिवंगत डायन सिराज बहू की कहानी सुनाने लगते हैं कि कैसे जब वे बच्चे थे और सिराज बहू ने एक बार उन्हें टोक दिया था तो वे इस तरह बीमार पड़े थे कि बहुत मुश्किल से बच पाए थे।

सिराज बहू की दो-तीन घटनाएं सुनाने के बाद रामाधारसिंह रामचरित मानस में आए भूत-प्रेत के प्रसंग की चर्चा छेड़ देते हैं। वहां उपस्थित और लोग अपने से कुछ न कह रामाधारसिंह की बातों को ही हां-हूं कहकर सुनते रहते हैं। दरअसल, रामाधारसिंह की यह खासियत होती है कि वह अपनी बैठक में सबोंके ऊपर पूरी तरह हावी हो जाते हैं। किसीको कुछ बोलने नहीं देते। स्वयं ही बोलते रहते हैं।

केतुसिंह के बगीचे के बाद गांव की छठी बैठक नरेश चौधरी के खलिहान में लगती है। वैसे तो गांव में खेती-गृहस्थी करने वाले प्रायः सभी लोगों के अपने खलिहान हैं; लेकिन नरेश चौधरी का खलिहान गांव के बिल्कुल पास और गांव का सबसे बड़ा खलिहान है। गांव में वैसे तीन-चार गृहस्थ हैं, जिनके पास खलिहान के लिए गांव के करीब जमीन नहीं है और वे गांव से काफी दूर खलिहान नहीं करना चाहते हैं फलतः वे नरेश चौधरी की अनुमति पा उनके खलिहान का ही इस्तेमाल करते हैं। इस तरह नरेश चौधरी के खलिहान में दस-पंद्रह की संख्या में लोग अकसर ही मौजूद रहते हैं। इसके साथ आसपास के खलिहानों के लोग भी बातचीत सुनने के लोभ में यहां आ धमकते हैं। साथही हजाम, धोबी, कुम्हार, कहार, बारी आदि दवनी के अपने हिस्से के अनाज

के लिए यहां जुटे रहते हैं। इसके अतिरिक्त गांव के पुरोहित भी अपने हिस्से के लिए विराजमान रहते हैं। दरअसल, भरतपुर गांव में यह परंपरा एक लंबे समय से चली आ रही है कि ब्राह्मण, हजाम, धोबी, कुम्हार, कहार, बारी आदि विभिन्न पेशा वाले लोगों का मेहनताना गांव के लोग एक ही बार अनाज होने पर देते हैं और वह भी खलिहान में। इसीलिए दवनी के वक्त हर खलिहानों में पुरोहित और दवनी के परिवार के लोग अपने हिस्से के लिए जुटे रहते हैं।

नरेश चौधरी के खलिहान की बैठक वर्ष-भर नहीं चलती है। सिर्फ खरीफ और रब्बी की दवनी के दिनों में ही यहां बैठक लगती है।

नरेश चौधरी के खलिहान के एक कोने में जामुन का एक बहुत ही घना वृक्ष है। उसके नीचे पुआल बिछाकर कुछ लोग इत्मीनान से बैठे रहते हैं तथा कुछ लोग खलिहान में दवनी तथा ओसवनी करते रहते हैं। यहां की बैठक के लोगों की बातें अकसर ही अपनी फसल को लेकर होती हैं कि देखें, इस साल कितना अनाज पैदा होता है! परसाल इतने खेत में इतना अनाज हुआ था, पर साल खाद नहीं मिला था, इस साल पानी का पूरा इंतजाम नहीं होने के कारण फसल बहुत अच्छी नहीं थी। दवा छिड़कने पर भी फसलों के कीड़े समाप्त नहीं हुए थे। फलां की फसल बहुत अच्छी है और फलां इस बार फिर बाजी मार ले जाएगा, आदि।

चमरटोली की लड़ाई के बाद पहला आक्रमण इसी खलिहान पर हुआ था। चमरटोली जलाए जाने के दो महीने के अन्दर ही एक रात कुछ लोगों ने इस खलिहान में आग लगा दी थी। इस खलिहान में एकसाथ चार-पांच लोगों के पुआल के टाल थे। आग लगने के बाद भयंकर दृश्य उपस्थित हो गया था। लोगों के लाख पानी फेंकने और इन्तजाम करने के बाद भी कोई पुआल का टाल नहीं बचा। उसके बाद इस खलिहान में एक लंबे समय तक राख का ढेर लगा रहा। फिर बरसात के पानी ने इसे धीरे-धीरे साफ करना शुरू किया। इसके बाद वातावरण शांत होने पर पुनः इस खलिहान में बैठक जमने लगी। लेकिन इस बीच स्थितियों में काफी परिवर्तन आ गया है। अब खलिहानों में काम करने वाले बनिहारों और मजदूरों की चुप्पियां टूट गई हैं। रोज मजदूरी के लिए अब उन्हें गिड़गिड़ाना नहीं पड़ता है। जितना काम करते हैं, उतना

अनाज लड़कर ले लेते हैं। कई बंधुआ मजदूरों ने मुक्ति पा ली है। कई लोग जो डर से बनिहारी करते थे, अब बनिहारी छोड़कर दूसरे अपने मनोनुकूल कामों में लग गए हैं।

इस खलिहान में जब रामशरण बहू और दूधनाथ चौधरी के लड़के की बात चलती है तो बहुत लोग जिज्ञासा प्रकट करने लगते हैं कि कैसे क्या हुआ। असल में यहां के कई लोग खेती-गृहस्थी के कामों में इस तरह मशगूल होते हैं कि इस सूचना से बिल्कुल अनभिज्ञ रहते हैं। इसपर जो लोग इस सूचना से परिचित होते हैं, वे पूरी कहानी शुरू से बताने लगते हैं कि कैसे रामशरण बहू रामायण से लौटकर आते हुए दूधनाथ के चबूतरे पर बैठी थी, कि कैसे दूधनाथ चौधरी का लड़का अब मरने ही वाला है, कि डाक्टरों ने उसे जवाब दे दिया है...।

लेकिन एक आदमी अभी अपनी बात पूरी भी नहीं कर पाता है कि कोई दूसरा आदमी यह बताना शुरू कर देता है कि असल बात वह नहीं, यह है...। और लोग एक ही बात को थोड़ा घुमा-फिराकर सुनाते रहते हैं। इस बैठक में देर तक सिर्फ यही होता रहता है। लोग अलग-अलग अपनी प्रतिक्रिया नहीं दे पाते हैं। असल में अपनी पूरी चेतना के साथ दवनी में जुटे होने के कारण लोग सिर्फ इस घटना से एक-दूसरे को अवगत भर ही करा पाते हैं, अपनी बात नहीं कह पाते।

नरेश चौधरी के खलिहान के बाद गांव की सातवीं बैठक पुलिया पर जमती है। पश्चिमी दिशा में गांव से होकर जो सड़क बाहर जाती है, उसीपर इसका निर्माण हुआ है। पहले जब पुलिया का निर्माण नहीं हुआ था, बरसात में इस जगह की सड़क टूट जाती थी। दोनों ओर के जलाशयों का पानी टूटी सड़क के बीच जमा हो जाता था। तब इस सड़क से होकर गांव से बाहर निकलना काफी मुश्किल होता था। पानी में तैरकर टूटी सड़क की दूरी तय करनी होती थी। लेकिन पुलिया के बन जाने के बाद अब यहां की सड़क नहीं टूटती। जलाशयों का पानी पुलिया के नीचे से होकर गुजरता रहता है।

इस पुलिया के निर्माण की भी अपनी एक विचित्र कहानी है। गांव के

लोग प्रयास करके थक गए थे, लेकिन सरकार की ओर से इसके निर्माण की कोई सुगबुगाहट नहीं। वह तो संयोग था कि अपने चुनाव प्रचार के दौरान एक दिन एक नेता की गाड़ी इसमें आ फंसी। वह बरसात का नहीं, गर्मियों का मौसम था। नेताजी अपनी पार्टी के प्रचार के लिए अपने क्षेत्र के गांवों के दौरे पर निकले थे। इस जगह की टूटी सड़क देख उनका ड्राइवर एक क्षण के लिए रुका। फिर उसे लगा, रास्ता ठीक है। उसने गाड़ी आगे बढ़ा दी। लेकिन यहां ड्राइवर की नजर चूक गई थी। हालांकि टूटी सड़क के बीच का पानी सूख गया था, लेकिन कीचड़ अभी नहीं सूखी थी। धूल की एक हल्की परत कीचड़ के ऊपर चढ़ गई थी, जिससे उसका गीलापन ढंक गया था। यहां ड्राइवर धोखा खा गया। उसकी गाड़ी टूटी सड़क के बीच कीचड़ में जा फंसी। इसके बाद ड्राइवर कोशिश करके थक गया, वह गाड़ी नहीं निकली। तब नेताजी ने गांव में प्रवेश कर लोगों को इकट्ठा किया। गांव के लोग जब काफी संख्या में आए और कमर कसकर उस कीचड़ में कूद पड़े तब कहीं जाकर नेताजी की गाड़ी निकली। लेकिन इसी समय भिखारी रजवार का बेटा जगिया, जो कालेज में पढ़ता था, नेताजी से कह उठा, "नेताजी, गांवों के लिए कुछ कीजिए या मत कीजिए, लेकिन जिस सड़क के सहारे वोट लेने आप गांवों में आते हैं, उसकी मरम्मत अवश्य करा दीजिए ताकि आपके कार्य में बाधा उपस्थित न हो...।"

जगिया की बात नेताजी को जा चुभी थी। उन्होंने पलटकर उसकी ओर देखा था। फिर दांत निपोरते हुए बोल पड़े थे, "गांव और सड़क दोनों से मुझे प्यार है...दोनों के लिए करूंगा...सिर्फ अनुकूल वक्त की प्रतीक्षा में हूं...भविष्य में आप लोगों को मुझसे कोई भी शिकायत नहीं रहेगी...।"

और उस घटना के एक महीने के अन्दर ही नेताजी ने इस जगह पुलिया का निर्माण करवा दिया। लेकिन पुलिया के निर्माण के पन्द्रह साल के बाद भी गांव के लिए उन्होंने कुछ नहीं किया। अब उनकी गाड़ी इस पुलिया से होकर अपने क्षेत्र में प्रचार के लिए बराबर जाती है; लेकिन अब वे कभी पलटकर भी इस गांव की ओर नहीं देखते हैं। एकाध बार जगिया और उसके दोस्तों ने फिकरे कसे थे, लेकिन उन्होंने अनसुना कर दिया।

यह पुलिया चमरटोली और अन्य छोटी जाति के लोगों के मुहल्ले के पास ही है। चमारों और अन्य छोटी जाति के लोगों में दो-तीन को छोड़कर शेष किसीके पास अपना दालान नहीं है। माथा छिपाने के लिए किसी तरह सिर्फ झोंपड़ी का निर्माण कर लिया है। दालान बनाने की सामर्थ्य लोगों में कहां? लेकिन पुलिया के बन जाने के बाद दालान का अभाव खत्म हो गया है। अब जब भी उन्हें अवकाश मिलता है, पुलिया पर आकर बैठ रहते हैं। अंगोछे में भुंजा लाकर पुलिया पर ही फांकते हैं। गांजा-बीड़ी पीना हो तो पुलिया पर आ जाते हैं। जगिया के बाद भिखारी रजवार ने पुलिया के किनारे एक आम का गाछ लगा दिया है। अब पुलिया छायादार हो गई है। पहले जहां सिर्फ सुबह-शाम ही लोग यहां बैठते थे, अब दिन भर बैठने लगे हैं। बरसात के तूफानी दिनों को छोड़ शेष दिनों में यहां बराबर ही दस-पांच लोग नजर आते हैं।

यहां की बैठक में रोज-मजदूरी और माल-मवेशियों का जिक्र विशेष रूप से होता है तथा किसके ऊपर अब कितना कर्ज है और कौन कर्जों से मुक्त हो गया, इसकी चर्चा जरूर होती है। चमरटोली की लड़ाई के बाद यहां के लोगों में अपनी प्रतिकूल परिस्थितियों से लड़ने के लिए काफी उत्साह पैदा हो गया है। अब वे पहले की अपेक्षा बहुत निर्भीक हो गए हैं। जहां पहले गांव के बाबू लोगों के पुलिया से गुजरते हुए वे उठ खड़े होते थे, वहां अब चुपचाप बैठे रहते हैं। अब पहले की भांति न उठने पर कोई उन्हें दंडित नहीं कर पाता है।

इस बैठक में जब रामशरण बहू और दूधनाथ चौधरी के लड़के की चर्चा चलती है तो यहां उपस्थित सभी लोग मुसन दुसाध की ओर देखने लगते हैं। मुसन दुसाध इस बैठक का स्थायी सदस्य है और गांव का मशहूर ओझा। दूधनाथ चौधरी के लड़के की ओझाई के लिए जिन ओझाओं को नियुक्त किया गया है, उनमें मुसन दुसाध भी है।

मुसन दुसाध यहां के लोगों को रामशरण बहू और दूधनाथ चौधरी के लड़के की कहानी खूब मिर्च-मसाला मिलाकर सुनाता है। अनेक लोग कुछ सवाल पूछते हैं, तो मुसन दुसाध तत्काल उसका जवाब देता है। दरअसल,

मुसन दुसाध की समझदारी और हाजिर-जवाबी के बल पर ही उसकी ओझाई का गांव में अपना एक अलग महत्त्व है। ओझाई के चलते मुसन दुसाध ने जितना कुछ प्राप्त किया है, उतना गांव के अन्य ओझा नहीं पा सके हैं।

रामशरण बहू और दूधनाथ चौधरी के लड़के की विस्तार से चर्चा करने के बाद मुसन दुसाध अपनी बैठक के एक व्यक्ति की जिज्ञासा को शांत करते हुए यह बताता है कि डायन की विद्या सीखने के लिए रात में औरतों को श्मशान में जाना होता है। वहां पीपल के वृक्ष के नीचे नंगी होकर साधना करनी पड़ती है। साधना के वक्त तरह-तरह के भूत-प्रेत उसे डराने आते हैं। अगर वह डर जाती है तो उसकी साधना खत्म हो जाती है। लेकिन जब निडर होकर साधना में रत रहती है, तो उसे सिद्धियों की प्राप्ति होती है। उसके बाद वह जिस किसीका भी चाहे, अनिष्ट कर सकती है।

डायन बनने की प्रक्रिया को संक्षेप में बताते हुए मुसन दुसाध सदा की भांति अब स्वयं अपना गुणगान करने लगता है कि कैसे उसने एक भयंकर डायन को पछाड़ा था। एक डायन सीधे उसके पैरों पर आ गिरी थी। बगल के गांव में एक चुड़ैल के प्रकोप वाली औरत को ठीक करने के लिए उस गांव के ओझा थक गए थे, लेकिन उसने जाकर ठीक कर दिया। तब से उस गांव के सभी ओझा उसका लोहा मानते हैं। एक बार एक बहुत जबर्दस्त डायन से उसकी भिड़न्त हो गई थी। वह जब भी मंत्र पढ़कर वार करता, वह उसे निगल जाती। लेकिन जब गुस्से में आकर उसने अपने अंतिम मंत्र का प्रयोग किया तब वह मैदान छोड़कर भाग गई। उसके बाद उस डायन ने उसका अनिष्ट करने की बहुत कोशिश की, लेकिन उसके पास उसकी दाल गलने नहीं पाई। उसका इष्ट पहले ही आकर उसे सतर्क कर देता कि वह वार करने वाली है।

इसी तरह मुसन दुसाध चटखारे ले-लेकर देर तक अपनी वीरता का गुणगान स्वयं करता रहता है। पुलिया की बैठक के लोग मंत्र-मुग्ध भाव से उसकी बात सुनते रहते हैं। ओझाई के बल पर ही उसने अपने घर के फूस की छत को खपरैल में तब्दील कर दिया है, तथा कर्जों से मुक्त हो गया है।

साथ ही अब उसके हाथ में दस-पांच रुपये भी रहने लगे हैं। उसकी निरन्तर परिवर्तित होती जा रही स्थिति उसकी बात पर विश्वास करने के लिए लोगों को बाध्य करती रहती है।

पुलिया के बाद गांव की आठवीं बैठक भिखारी रजवार की मड़ई में लगती है। भिखारी रजवार की मड़ई चमरटोली और दुसाधटोली के बीच में है। भिखारी रजवार का घर मिट्टी का है। उसके दरवाजे पर नीम का एक बहुत पुराना वृक्ष है। उसी नीम के वृक्ष के नीचे दालान के रूप में भिखारी रजवार ने मड़ई खड़ी की है। गांव के बाबू लोगों की तरह पक्की ईंटों का दालान बनाने की उसका औकात कहां! जब वह अपना घर पक्की ईंटों का नहीं बनवा सका, तब फिर दालान कहां से बनवा पाए?

भिखारी रजवार की मड़ई में चमरटोली और दुसाधटोली के लोग एक लंबे समय से बैठते आ रहे हैं। गांव के अन्य मुहल्लों की छोटी जाति के लोग भी यहां आते हैं। पुलिया पर बैठने वाले लोग भी यहां अकसर जुटे रहते हैं। असल में इस पूरे गांव में भिखारी रजवार की एक मड़ई ही इस रूप में चली आ रही है जहां गांव की पिछड़ी और छोटी जाति के लोग अपना सुख-दुःख एक-दूसरे को सुनाते आ रहे हैं। उस समय जब गांव में अमीर किसानों के जुल्म और शोषण सहकर भी गांव के पिछड़े लोग जुबान नहीं खोलते थे, क्योंकि उसके चलते उन्हें और दंडित होना पड़ता था, तब भी भिखारी रजवार की मड़ई में अपने लोगों के बीच वे फट ही पड़ते थे। हालांकि इसके लिए वे पूरी तरह सतर्क रहते थे कि उनकी बात अमीर किसानों तक न पहुंचे। लेकिन अमीर किसानों को इसकी भनक मिल ही जाती थी। फिर वे भिखारी रजवार को डांटने लगते थे कि अपनी मड़ई में बैठक न लगवाओ। उस वक्त कुछ समय के लिए भिखारी की मड़ई की बैठक खत्म हो जाती थी। लेकिन फिर जल्द ही वहां लोग बैठने लगते थे। गांव के अमीर किसानों को उन्हीं दिनों यह लगने लगा था कि इस गांव में उनके खिलाफ भिखारी रजवार की मड़ई में ही जमीन तैयार की जा रही है। लेकिन इसका आभास होते हुए भी वे इस ओर अपना ध्यान पूरी तरह आकृष्ट नहीं कर पाते थे, क्योंकि उनके मन में यह विश्वास जड़ जमा चुका था कि इस गांव के मुट्ठी-

भर पिछड़े लोग कभी उनका विरोध नहीं कर सकेंगे। लेकिन भिखारी के बेटे जगिया के होश संभालते ही यह बैठक अपने उद्देश्य की ओर तेजी से आगे बढ़ने लगी। जगिया गांव की पिछड़ी जाति के लोगों के बीच का पहला युवक है, जो कालेज में पढ़ता है। उसके वर्ग और उसकी बिरादरी के शेष युवक प्राथमिक स्कूल में दो-तीन क्लास पढ़ने के बाद ही गांव के बाबू लोगों के यहां बनिहार और चरवाह बन गए। दरअसल, प्राथमिक स्कूल के गुरुजी पिछड़ी जाति के लड़कों को स्कूल में पढ़ने आया देख जल-भुन जाते थे। कहते थे, "अरे, सरला, टेंगरिया, परेहुआ, तुम सब पढ़-लिख जाओगे तो फिर इनके बाबू लोगों की बनिहारी-चरवाही कौन करेगा? तुम सबोंका तो जन्म बड़ो की सेवा के लिए ही हुआ है, स्कूल में आकर तुम सब क्यो अपना धरम बिगाड़ रहे हो?"

लेकिन जगिया गुरुजी की बात को अनसुनी कर पढ़ता गया। जब कभी अपने को बहुत अपमानित महसूस कर पढ़ाई छोड़ देने की बात वह सोचता तो उसके पिता भिखारी दुलार-प्यार से उसे समझा-बुझा पुनः पढ़ाई में लगा देते।

गांव के प्राथमिक स्कूल की पढ़ाई समाप्त कर जगिया कस्बे के स्कूल में पहुंचा। फिर वहां से वह शहर के कालेज में आया। हालांकि इस बीच जगिया और उसके पिता भिखारी के सामने कई तरह की अड़चनें और कई तरह के संकट उपस्थित हुए, लेकिन जगिया की पढ़ाई बंद नहीं हुई। जगिया के पिता भिखारी ने यह सोच रखा था कि उनकी अपनी जिन्दगी तो गुलामी में ही कट गई, लेकिन जगिया को वे गुलामी नहीं करने देंगे। पढ़ा-लिखाकर उसे 'स्वावलंबी' बना देंगे। और जगिया ने भी यह तय कर लिया था कि छोटी जाति में पैदा होने से क्या हुआ, वह भी गांव के बाबू लोगों के लड़कों की तरह पढ़ेगा और देश-दुनिया के बारे में जानकारी प्राप्त करेगा। आदमी बड़ा है या जाति, यह जानने की जिज्ञासा जगिया के अन्दर प्रबल हो गई थी। अपनी इस जिज्ञासा की पूर्ति के लिए उसे उच्च शिक्षा जरूरी लगने लगी थी। जगिया के कालेज में पहुंचने के बाद इस गांव में बाहर की हवा का आगमन शुरू हो गया था। पिछड़े वर्ग के लोगों को ये सूचनाएं मिलने लगी

थीं कि उनकी मुक्ति के लिए देश में कहां-कहां संघर्ष शुरू है। इससे पहले तो वे कूप-मंडूक की जिन्दगी जी रहे थे। गांव के बाबू लोगों की बेगारी और गुलामी को उन्होंने अपनी नियति मान लिया था। लेकिन जगिया उन्हें बताता कि देश के विभिन्न भागों में हरिजन और सभी पिछड़े वर्ग के लोग संगठित हो रहे हैं। उन्होंने अपनी मुक्ति के लिए जगह-जगह आन्दोलन छेड़ दिया है। अमुक जिले के अमुक गांव में मजदूरी बढ़ाने के लिए गांव के गरीब लोगों ने काम बंद कर दिया है। अमुक गांव में अमीर किसानों और पिछड़े वर्ग के लोगों के बीच जमकर लड़ाई हुई है। अब पहले वाली स्थिति बदल रही है। कई गांवों के अमीर किसानों को मुंह की खानी पड़ी है। अमुक गांव में वहां के हरिजनों और पिछड़े वर्ग के लोगों ने अपनी विजय-पताका फहरा दी है, आदि।

जगिया से पहले गांव के बाबू लोगों के लड़के बराबर ही कालेज में पढ़ते थे। अखबार की सूचनाओं से अवगत होते थे। किन्तु गांव में बाहर की हवा को न आने देने के लिए वे संकल्पित थे। लेकिन जगिया ने गांव में बाहर की हवा के प्रवेश का मार्ग प्रशस्त कर दिया। हालांकि इसके लिए जगिया को गांव के बाबू लोगों की डांट-फटकार, गाली-गलौज और मारपीट भी सहनी पड़ी। लेकिन फिर भी वह अपने रास्ते से विमुख नहीं हुआ। अपने लोगों को जागरूक करता ही गया।

चमरटोली की लड़ाई में जगिया ने महत्त्वपूर्ण भूमिका अदा की थी। चमरटोली की लड़ाई में पिछड़े वर्ग के लोगों की सफलता का एकमात्र श्रेय जगिया को है। जगिया के माध्यम से ही इस गांव में पिछड़े वर्ग की पक्षधर शक्ति बाहर से आई हैं। लेकिन बाहर से उस शक्ति के आने के बाद कई नेतृत्व-कामी लोगों ने इस सफलता का श्रेय अपने ऊपर ले लिया है; लेकिन जगिया को इसकी कोई परवाह नहीं। वह श्रेय और नेतृत्व का भूखा कभी नहीं रहा। उसका उद्देश्य तो सदियों से शोषित-दमित अपने लोगों को मुक्ति दिलाना है। प्रारंभ में जगिया की मड़ई में प्रौढ़, अधेड़ और बूढ़े लोग ही ज्यादा बैठते थे, लेकिन जगिया के युवा होने पर अब पिछड़ी जाति के अनेक युवक वहां बैठने लगे हैं। यहां की बैठक के बुजुर्ग लोग जगिया और उसके साथियों

का उत्साह देख कहते हैं, "आजादी की लड़ाई के वक्त बिल्कुल ऐसा ही होता था। अंग्रेजों को यहां से भगाने के लिए हम इसी तरह गुप्त बैठकें करते थे, गुप्त योजनाएं बनाते थे। इसी तरह उमंग, उत्साह और कुछ कर गुजरने की क्षमता से हम लैस होते थे...लेकिन वे तो विदेशी थे...उनको तो यहां से जाना ही था...किंतु तुम लोग जिन लोगों के खिलाफ काम कर रहे हो...वे तो यहीं के हैं... इसी धरती के लोग हैं...उनको तुम कैसे भगा पाओगे?"

इसपर जगिया समझाता है, "हमारा उद्देश्य भगाना नहीं, उन्हें ठीक करना है...पुश्तों से वे जो हमारा शोषण करते आ रहे हैं, वह अब नहीं चलेगा।"

इसपर बुजुर्ग अपनी शंका व्यक्त करते हैं, "लेकिन यह संभव कैसे होगा? थोड़ी देर के लिए भले ही बाहरी शक्ति के आ जाने से वे चुप हो गए हैं, अंततः उनका शासन फिर चलेगा ही। उनके पास खेत अधिक हैं। पूंजी अधिक है। अब बाहर से उनके वर्ग के लोग उन्हें मदद भी पहुंचाएंगे। फिर उनके ठीक होने और रास्ते पर आने का सवाल ही खत्म हो जाएगा।"

इसपर जगिया कहता है, "चुप रहकर तो हम सदियों से उनका शासन सहते आ रहे हैं। अकारण मार खाते हैं। दिन-भर काम करते हैं, फिर भी भूखे रहकर सोते हैं। हमारी बहन, बेटियों और बहुओं पर उनका अधिकार होता है। हमारी जिन्दगी एकदम घृणित और नारकीय होती है। इस जिन्दगी से तो मर जाना बेहतर है। जब एक छोटी चींटी पांव पड़ने पर पलटकर काट लेती है तब हम मनुष्य होकर चुपचाप अत्याचार-अनाचार और जुल्म-शोषण सहते रहें, यह उचित नहीं।...अन्याय करने की तरह ही अन्याय सहना भी दोषपूर्ण है। अपने हक और अधिकार के लिए लड़ना मानव-धर्म है। न्याय के लिए लड़ना और लड़कर मर जाना, अन्याय के नीचे जीने से ज्यादा श्रेयस्कर है।"

जगिया की मड़ई की बैठक के बुजुर्गों को जगिया की यह बात बहुत जंचती है। वे निरुत्तर हो जाते हैं। उन्हें लगता है, जगिया ठीक ही तो कह रहा है। इसके सिवाय और दूसरा रास्ता ही क्या है?

इस बैठक में जब रामशरण बहू और दूधनाथ चौधरी के लड़के को लेकर बात चलती है तो अनेक बुजुर्ग इसे सही मानते हैं; लेकिन जगिया इसे गलत करार देते हुए लोगों को समझाता है कि यह एक अन्धविश्वास और परंपरा-पोषित रूढ़ि है। जगिया समझाता है कि एक जमाने में सती-प्रथा पर भी लोगों को ऐसा ही विश्वास था; लेकिन राजा राममोहन राय जैसे लोगों ने उसका विरोध किया और उस सामाजिक दोष से लोगों को मुक्त किया। जैसे-जैसे लोग जागरूक होते जाएंगे, यह रूढ़ि भी पीछे छूटती जाएगी।

जगिया की बैठक के कई लोगों को जगिया की यह बात पसंद नहीं आती है। उनके दिमाग में जगिया की यह नई बात समाती नहीं है। लेकिन वे इसका विरोध भी नहीं करते हैं। चमरटोली की लड़ाई के बाद जगिया को वे देवता समझने लगे हैं। वह जो कुछ भी कहता है, चुपचाप सुनते हैं। अगर नहीं समझ में आता है तो उसपर विचार करते हैं, विरोध नहीं करते।

जगिया अपनी बैठक के चंद अंधविश्वासी लोगों को समझाने के लिए एक कहानी सुनाता है, "बात अभी हाल की ही है—इसी भोजपुर जिले के अमरपुर गांव की। उस गांव में डायन और ओझा को लेकर रोज ही नई-नई कहानियां जन्म लेती रहती थीं। उसी गांव में जितराम नामक एक व्यक्ति को इन बातों पर तनिक भी विश्वास नहीं था। वह इन्हें ढोंग और पाखंड समझता था। उसे ऐसे लोगों से नफरत थी जो गांव में इन रूढ़ियों को बढ़ावा देते थे। वह अपनी पत्नी को भी इन आग्रहों से मुक्त रहने के लिए समझाता था, लेकिन उसकी पत्नी उससे छिपकर ओझाओं से मिलती रहती थी। असल में वह पांच पुत्रियों की माता थी। हर पुत्री के बाद पुत्र-प्राप्ति की इच्छा से ही वह गर्भ धारण करती थी। लेकिन पुत्र न होकर पुत्री ही हो जाती। इसी तरह पांच पुत्रियां होने के बाद उसे लगने लगा कि जरूर किसी डायन का उसके ऊपर प्रकोप है। बस, वह ओझाओं के चक्कर में रहने लगी। वह अपने पति जितराम के स्वभाव से परिचित थी। इसीलिए चोरी-छिपे ही ओझाओं के पास जाती तथा इस बात के प्रति पूरी तरह सतर्क रहती कि जितराम को इसका पता न चले। लेकिन एक दिन

जितराम को सब कुछ पता चल गया। उसकी पत्नी उसके गांव के पास के ही एक देवास में एक ओझा से अपनी जांच-पड़ताल कराने गई थी। ओझा ने उसकी पत्नी को अपने सामने बैठा पचरा का गान किया तथा फिर अपने मुंह से तरह-तरह की डरावनी आवाजें निकाल उसके ऊपर झुक गया और उसके बाल पकड़ उसका माथा जमीन पर पटकते हुए उसने उसकी पीठ पर दो-तीन हाथ लगाए। उस देवास में आई अन्य औरतों की भांति उसकी पत्नी भी अब अनाप-शनाप बकने लगी तथा पागलों की तरह माथा हिलाने लगी।

"जितराम उस समय खेतों में काम कर रहा था। वहां एक आदमी के द्वारा उसे यह सूचना मिली कि उसकी पत्नी को प्रेत-बाधा है। वह बक रही है। यह सुनकर वह गुस्से में जल उठा। खेत से लौटने पर उसने पत्नी की जमकर पिटाई की और कहा कि जिस तरह ओझा के सामने तुम्हारा प्रेत बक रहा था, उसी तरह मेरे सामने बको, तब मैं तुम्हें छोड़ूंगा, नहीं तो जान से मार दूंगा। इसपर उसकी पत्नी उसके पैरों पर गिड़गिड़ाने लगी तथा अपनी गलती स्वीकारते हुए उससे क्षमा-याचना करने लगी।

"पत्नी को जी भरकर दंडित करने के बाद जितराम अब उस आझा को दंडित करने की सोचने लगा, जिसने उसकी पत्नी के ऊपर प्रेत-बाधा साबित की थी। वह ओझा जितराम के गांव का ही था। उससे बदला लेने के फिराक में रहते एक दिन जितराम का अनुकूल अवसर भी मिल गया। वह चैत की रामनवमी का दिन था। हर वर्ष की भांति उस वर्ष भी उस दिन समूचे गांव में काली मां की पूजा हो रही थी। साथ ही हर बार की तरह उस दिन भी गांव के प्रायः सभी ओझा और गुणी अपने इष्ट की पूजा कर रहे थे तथा अपने घर पूजा-स्थल पर बैठकर भूत-प्रेत, डायन आदि से ग्रसित लोगों की झाड़-फूंक में लगे थे।

"जितराम उस दिन अपनी पत्नी के ऊपर प्रेत-बाधा का आरोप लगाने वाले ओझा के यहां बदला लेने के लिए पहुंचा। चूंकि वह गांव का एक मशहूर ओझा था, इसीलिए उस दिन उसके यहां लोगों की भीड़ कुछ ज्यादा ही थी। विभिन्न संकटों से ग्रस्त औरत-मर्द अपने को दिखाने आए थे तथा अनेक

लोग तमाशा देखने की दृष्टि से आए थे। वह ओझा अपने आंगन में देवस्थान के पास अपने हाथ में नीम के हरे पत्तों की एक पतली डाली लिए माथा हिला-हिलाकर कुछ गा रहा था। हवन की सुगंध और अगरबत्तियों की खुशबू आंगन में बिखरी थी। अभी-अभी वहां एक बकरे की बलि दी गई थी, जिसका रक्त देवस्थान के पास लगा था। उस ओझा के ओठ भी रक्त से लाल नजर आते थे। बकरे का गर्म ताजा रक्त अभी-अभी ओझा ने ग्रहण किया था। वहां के वातावरण और ओझा की हरकत ने वहां उपस्थित दर्शकों की जिज्ञासा को बढ़ा दिया था कि देखें' अब आगे और क्या होता है! लोग खामोश हो ओझा के सामने प्रार्थना करनेवाले औरतों-मर्दों को देखते थे। तरह-तरह की समस्याओं को लेकर लोग ओझा के सामने प्रार्थना कर रहे थे। किसीको बच्चा नहीं होता, तो किसीको सिर्फ लड़कियां ही होती हैं। कोई बराबर बीमार रहता है, किसीके दरवाजे पशु सहते ही नहीं, तो किसीका बेटा बाहर से अभी तक लौटा नहीं है...।

"ओझा बारी-बारी से सभीको अपने सामने बैठाता तथा उनकी झाड़-फूंक करता था। फिर नीम की डाली से उसके ऊपर प्रहार कर सरसों और अक्षत के दाने उसके हाथ में थमाता और पीठ ठोंककर उन्हें अलग हटा देता।

"जितराम एक क्षण तक माहौल का जायजा लेने के बाद उस ओझा के सामने जा बैठा और अपना माथा हिलाने लगा। ओझा ने जितराम की स्थिति देख यह घोषणा की कि इसे भूत ने पकड़ लिया है। फिर ओझा ने जितराम की ओझाई शुरू की। लेकिन जितराम ने शांत होने के बजाय अपने माथे को और जोर-जोर से हिलाना तथा हाथ-पांव फेंकना प्रारंभ किया। इसपर ओझा ने गरजते हुए जितराम के माथे के बाल पकड़ उससे पूछा, 'बोल! भागता है कि नहीं?'

"इसपर भी जितराम ने कोई जवाब नहीं दिया और अपनी हरकत उसी तरह चालू रखी। दर्शकों को अब बहुत मजा आने लगा था। अकसर ही जब ओझा और भूत-प्रेत से ग्रसित किसी व्यक्ति के साथ जबर्दस्त भिड़ंत होती थी, दर्शक तालियां बजाते हुए झूमने लगते थे। उनकी आंखों में कौतूहल और

विस्मय के भाव भर जाते थे।

"जितराम ने कुछ क्षणों तक भूत से ग्रसित व्यक्ति का अभिनय करते हुए ओझा की डांट और मार सही, इसके बाद अभिनय के क्रम में ही वह तेजी से उठा और अपनी बलिष्ठ भुजाओं में ओझा को टांग उसने धरती पर पटक दिया। लोगों ने तालियां और सीटियां बजानी प्रारंभ कीं। लोगों को लगा कि जितराम का भूत ओझा के इष्ट से बड़ा है। लोग यह सोचने लगे कि ओझा अब जरूर अपने इष्ट की करामात दिखाएगा और जितराम के भूत को मजा चखाएगा; लेकिन लोग यह सोचते रह गए और जितराम ओझा को जमीन से उठा-उठाकर निर्दयता के साथ पटकता गया। ओझा को काफी चोट लगती थी, लेकिन दर्शकों के बीच वह यह साबित करना नहीं चाहता था। लेकिन जब तीसरी बार जितराम ने उसे कसकर देव-प्रतिमा के ऊपर ही पटक दिया, तब उसके मुंह से 'बाप रे!' की आवाज निकली और वह चिल्ला पड़ा, 'जान बचाओ...जान बचाओ...'

"अब तक ओझा का जो एक आवरण उसने ओढ़ रखा था, वह खत्म हो गया था। वह एक सामान्य मनुष्य की तरह चोट की पीड़ा से कराहने और भय से कांपने लगा था। उसके परिवार के लोग यह सब देख जितराम की ओर मुखातिब हुए थे; लेकिन अब तक जितराम भीड़ को चीरते हुए वहां से भाग गया था।

"इस घटना की चर्चा उस गांव में खूब चली। जो लोग घटनास्थल पर उपस्थित थे, उन्होंने खूब ठहाके लगा-लगाकर इस घटना का वर्णन करना शुरू किया। इस घटना के बाद आज उस गांव में ओझाओं के प्रति लोगों का विश्वास बहुत कमहो गया है। देखिए, भविष्य में क्या होता है!"

जगिया की कहानी सुन उसकी बैठक के लोग खूब जमकर ठहाका लगाते हैं। मजा आ जाता है सबको। उसकी बैठक में एक ओझा भी बैठा था, लेकिन कहानी प्रारंभ होते ही वह वहां से खिसक चुका था। जानता था, जगिया की कहानी उसके विरोध में ही होगी। उसके मन में जगिया के विरोध की बात उठती थी, लेकिन पिछड़े वर्ग के लोगों के हित में किया जा रहा जगिया का कार्य देखकर वह चुप हो जाता था। एक तरफ उसे क्षति थी, तो दूसरी तरफ

फायदे भी थे।

जगिया कहता है कि आज हर गांव में जितराम जैसे लोगों की जरूरत है, जो आडंबरों और पाखंडों को बेनकाब कर सकें। जगिया रामशरण बहू को निर्दोष तथा दूधनाथ चौधरी और गांव के ओझाओं को दोषी बताता है। लेकिन जगिया भी सिर्फ बताकर ही रह जाता है। अपनी बैठक के लोगों का सिर्फ मानसिक परिवर्तन ही करता है, व्यवहार के धरातल पर इससे टकराने के लिए तत्काल पहल नहीं करता। दरअसल, जगिया के मन में इस अंधविश्वास के प्रति तीखा आक्रोश है। लेकिन गांव में अभी हाल ही में एक लड़ाई हो चुकी है। पुनः यह दूसरी लड़ाई लड़ी जाए, इसके लिए वह अनुकूल वक्त की प्रतीक्षा में है। पहली लड़ाई अमीर और गरीब दो वर्गों के बीच हुई थी; लेकिन यह दूसरी लड़ाई प्रगतिशील और रूढ़िग्रस्त, दो विचारधाराओं के बीच होगी। जगिया को लगता है, ये दोनों लड़ाइयां आगे चलकर एक ही हो जाएंगी। जब समाज से पूरी तरह वर्ण-भेद समाप्त हो जाएगा, तब समाज में सिर्फ अमीर और गरीब दो ही वर्ग रह जाएंगे और इन दोनों वर्गों को वहन करने वाली सिर्फ दो विचार-धाराएं ही रहेंगी—प्रगतिशील और रूढ़िग्रस्त (प्रगति-विरोधी)। लेकिन फिलहाल गांवों के अशिक्षित वर्गों के लिए इनकी अपनी अलग-अलग भूमियां हैं।

भिखारी की मड़ई के बाद गांव की नौवीं बैठक चमरटोली के दक्षिणी छोर पर स्थित मनसुख चमार के घर लगती है। यह बैठक चमरटोली की लड़ाई के बाद से लगने लगी है। उससे पहले नहीं लगती थी। उस समय मनसुख चमार का परिवार इसमें रहता था; लेकिन चमरटोली की लड़ाई में मनसुख चमार का सारा परिवार शहीद हो गया। कुछ तो आग में ही जल गए थे। लेकिन जो बचे थे, वे आततायियों की गोलियों के शिकार हो गए थे। उसके बाद मनसुख चमार का घर पूरी तरह खाली हो गया था। रहने वाला कोई नहीं। हालांकि उसके घर की सिर्फ दीवारें ही बची थीं। छप्पर तो जलकर राख हो गया था। जगिया और उसके साथियों तथा बाहर के लोगों को मनसुख का यह घर लड़ने के लिए बहुत उपयुक्त लगा। बस, इस घर के ऊपर एक नया छप्पर चढ़ा उन सबोंने इसे अपना अड्डा बना लिया। फिर इसीमें उनकी बैठकें

होने लगीं। योजनाएं बनने लगीं। अपनी रणनीति और कार्य-नीति वे यहीं से तय करने लगे।

वैसे मनसुख की तरह चमरटोली के और दो-तीन घर खाली हो चुके थे। उन घरों को भी इन लोगों ने अपना लिया। फिर किसीमें सामान रखने, किसीमें खंदक खोदकर जमीन के भीतर सुरक्षित रूप से छिपने तथा किसीमें रहने-सोने की व्यवस्था कर ली। लेकिन मनसुख के घर को विचार-विमर्श और बैठक के रूप में ही रहने दिया। असल में मनसुख का घर काफी बड़ा और सुरक्षित था। उसमें एकसाथ तीस-चालीस आदमी छिपकर बैठ जाते थे और गली से गुजरने वाले आदमी को इसका कोई आभास तक नहीं हो पाता था।

चमरटोली की लड़ाई के वक्त इस बैठक में सिर्फ मार-काट की ही बातें होती थीं। मार-काट की योजना बनती और उसे तत्काल क्रियान्वित किया जाता। उस समय गांव में एक ऐसी लहर उठी थी कि प्रायः सभी छोटी जाति और पिछड़े वर्ग के लोग चमारों के साथ हो गए थे। हालांकि इसके पीछे मनसुख के घर की इस बैठक की महत्त्वपूर्ण भूमिका थी। चमरटोली जलाए जाने के बाद इस बैठक के लोगों ने ही इस गांव के पिछड़े लोगों के घर जा-जाकर यह समझाया था कि आज चमारों के घर जलाए गए हैं, तो कल तुम्हारे जलाए जाएंगे। जब तक तुम सभी गरीब और छोटी जाति के लोग मिलकर एक नहीं हो जाओगे, तब तक तुम्हारे साथ यही होता रहेगा। तुम्हें संगठित होकर गांव के बाबुओं का मुकाबला करना चाहिए। अकेले होकर तुम जितना असहाय महसूस कर रहे हो, संगठित होने पर उतना ही शक्तिशाली बन जाओगे। तुमने यह कहानी सुनी होगी कि एक-एक लकड़ी को तोड़ा जा सकता है, लेकिन लकड़ियों के एक गट्ठर को नहीं तोड़ा जा सकता।

लेकिन मनसुख की बैठक के लोगों को अब यह बात समझ नहीं आ रही है कि उस समय गांव के सभी पिछड़े वर्गों के लोग आंख मूंदकर चमारों के साथ कैसे हो गए थे! पता नहीं, यह उनके समझाने का प्रभाव था या चमरटोली जलाए जाने की घटना का प्रभाव, कुछ भी ठीक-ठीक कहा नहीं जा सकता। अब स्थिति शांत होने के बाद वे पुनः अपने पुराने खोल में लौटने

लगे हैं। पहले की भांति उनकी अपनी अलग-अलग सत्ताएं कायम होने लगी हैं।

मनसुख की बैठक के लोगों के बीच इस समय चर्चा का विषय यही होता है कि सभी छोटी जाति और पिछड़े वर्ग के लोग आपसी भेद-भाव भूलकर कैसे पूरी तरह संगठित होंगे। मनसुख की बैठक के लोग यह देख रहे हैं कि धोबी, चमार, कहार, कुम्हार, डोम, रजवार आदि छोटी जातियों के लोगों के बीच की जातिगत और संस्कारगत दूरियां मिट नहीं रही हैं। जीवन के स्तर पर ये सभी एक ही जैसे हैं, लेकिन जातिगत आधार पर इन्होंने एक-दूसरे से दूरी बना ली है। चमरटोली की लड़ाई के वक्त अचानक ये संगठित हो गए थे; लेकिन फिर जल्द ही अपने पहले रूप में आने लगे। दरअसल, गांव के बाबुओं के खिलाफ लड़ने भर के लिए ही ये संगठित थे। जीवन के शेष कामों में तो पूरी तरह अलग थे। शादी-ब्याह, खानपान और पर्व-त्योहार आदि अवसरों पर तो ये सिर्फ अपनी बिरादरी के होकर ही रह जाते थे।

मनसुख की बैठक के लोगों को लगता है कि शहर और फैक्टरी के मजदूरों की अपेक्षा गांव के पिछड़े वर्ग और छोटी जाति के लोगों को संगठित करना ज्यादा कठिन काम है। शहर और फैक्टरी के मजदूर पढ़े-लिखे होते हैं। विभिन्न स्थानों से आने के कारण उनकी अपनी व्यक्तिगत जाति खंडित होकर सिर्फ एक सामूहिक जाति बन जाती है—मजदूर। लेकिन गांव की छोटी जाति और पिछड़े लोग गांव में ही पले-बढ़े होते हैं। गांव की भेद-भाव की नीति के बीच ही उनका विकास होता है। जन्म से लेकर मृत्यु तक उन्हें जातिगत आधार पर अलगाया जाता रहता है। इसीलिए भेदभाव से अलग हट वे पूरी तरह संगठित नहीं हो पाते हैं।

मनसुख की बैठक में बाहर से आया एक व्यक्ति आपसी विचार-विमर्श के लिए एक घटना सुनाता है, “बात विक्रमगंज कस्बे की है। वहां स्टेशन के पास एक पंजाबी होटल है। अभी हाल ही में एक दिन उस होटल में वहां की ऊंची जाति के कुछ बाबू लोग खाना खाने बैठे थे कि उसी समय वहां के कुछ डोम उस होटल में आ पहुंचे। डोमों ने आते ही होटल मालिक को खाना लगाने का आर्डर दिया। लेकिन होटल के मालिक ने डोमों को समझाया, ‘बाबू

लोगों को खाकर चले जाने दो, इसके बाद तुम सब खाना। बाबू लोगों के साथ बैठकर तुम सब खाओगे, यह उचित नहीं होगा। बाबू लोग इसे सह नहीं पाएंगे। बात अनजाने में होती तो कोई बात नहीं थी, लेकिन जानबूझकर कोई मक्खी कैसे निगलेगा?'

"इसपर डोम होटल के मालिक पर बिगड़ पड़े। वे युवा थे। उनके अंदर नया खून था। उन्होंने होटल मालिक से कहा, 'होटल में भेद-भाव कैसा? जो पैसा देगा, वह खाएगा। जल्दी खाना लगाओ, नहीं तो तुम्हारी हंडी-तसली उठाकर सड़क पर फेंक देंगे।'

"होटल का मालिक चिंतित हो गया। अपरिचित ग्राहकों के आने पर वह आसानी से निपट लेता था, लेकिन स्थानीय और एक-दूसरे से परिचित लोग आकर उसे मुसीबत में डाल देते थे। होटल का मालिक जानता था, अगर डोमों को वह बाबू लोगों के साथ खिलाता है तो बाबू लोग उसपर जरूर बिगड़ेंगे और नहीं खिलाता है तो ये डोम उसे बेइज्जत करेंगे। लेकिन इसी वक्त होटल के मालिक को एक बात सूझी। वह डोमों को बिठाकर अपने होटल के बगल वाले धोबी के पास पहुंचा। धोबी को समझा-बुझाकर अपने साथ ले आया। अब होटल का मालिक अलग बैठ गया। उसके समझाए अनुसार धोबी डोमों को खाना परोसने लगा। लेकिन यह क्या? धोबी द्वारा खाना परोसा जाता देख डोम गाली बकते हुए उठ खड़े हुए। वे धोबी को पहचानते थे। होटल के मालिक पर बरसते हुए बोले, 'साला! हमारा खाना धोबी से परसवाता है...हमारा धर्म बिगाड़ता है ...हम धोबी का छुआ नहीं खाएंगे...कमीना! हरामजादा! बदमाश!'

"होटल के मालिक को मन ही मन खुशी हुई। वह सुनता रहा, डोम उसे गालियां बकते हुए वहां से चले गए।"

मनसुख की इस बैठक में बाहर से आए व्यक्ति के मुंह से यह घटना सुन लोग अपनी-अपनी प्रतिक्रिया व्यक्त करते हैं। एक आदमी का कहना है कि वर्ण-व्यवस्था का जो जन्मदाता था, वह बहुत चतुर कुटनीतिज्ञ था। उसने यहां के समाज को इस रूप में विभक्त कर दिया है कि आसानी से लोगों को वर्ण-मुक्त नहीं किया जा सकता है।

इसके बाद एक दूसरा आदमी यह सूचना देता है कि अमुक गांव में जो

क्रांति हुई थी, उसे वर्ग-संघर्ष का नाम दिया जा रहा था, लेकिन वस्तुत: वह वर्ण-संघर्ष था। इसीलिए वह देर तक टिक नहीं पाया।

इसके बाद एक युवक कहता है, "यादव और कुर्मी जहां गरीब हैं, वहां वे छोटी जातियों के साथ हैं। लेकिन जहां अमीर हैं, वहां वे अपने को राजपूत, भूमिहार से कम श्रेष्ठ नहीं समझते हैं और शेष छोटी जातियों को दबाते हैं। इससे यह लगता है कि कई जगह वर्ण टूटकर वर्ग में तब्दील होते जा रहे हैं।"

इसपर जगिया कहता है, "वर्ण-संघर्ष को पूरी तरह वर्ग-संघर्ष में तब्दील करने के लिए लोगों को जागरूक बनाना जरूरी है। लेकिन नब्बे प्रतिशत लोग अशिक्षित हैं। शिक्षित होते तो पुस्तकों के माध्यम से उन्हें आसानी से जागरूक बनाया जा सकता था। दोष उनका नहीं है। अशिक्षा की वजह से वे अंधे बने हैं, इसीलिए अंधों की तरह गुड़ और ढेला की पहचान उन्हें नहीं। जब आदमी के अंदर जागरूकता और समझदारी आती है तभी वह दोस्त और दुश्मन को पहचानता है।" अपनी बात को थोड़ा और आगे बढ़ाते हुए जगिया कहता है, "गांव की अशिक्षित जनता को जागरूक और सचेत बनाने के लिए नाटकों और भाषणों के सिवाय फिलहाल और कोई रास्ता नहीं।"

जगिया की बात मनसुख की बैठक के सभी लोगों को खूब जंचती है। एक आदमी कहता है, "नाटकों की रफ्तार तेज कर दी जाए। हर हफ्ते लोगों को नाटक दिखाया जाए तथा प्रत्येक तीन दिन के बाद लोगों को एक जगह जुटाकर भाषण दिया जाए।"

यह सुझाव भी लोगों को पसंद आ जाता है। लोग सर्वसम्मति से इसे स्वीकृति दे देते हैं।

इसके बाद गांव के बाबू लोगों की हरकतों की समीक्षा होती है। अपने आगामी कार्य की योजना तैयार की जाती है। फिर अपने कार्य पर आशा व्यक्त की जाती है कि उन्हें निश्चित सफलता मिलेगी। वे जो कर रहे हैं, वह सही है। इसी रास्ते उनकी मुक्ति संभव है।

इस बैठक में जब रामशरण बहू और दूधनाथ के लड़के की चर्चा पहुंचती है तो लोग आश्चर्य प्रकट करते हैं कि विकास के नाम पर सिर्फ

ह्रास ही ह्रास! गांव के लोगों का जीवन-स्तर कितना पिछड़ा है! वे दूधनाथ चौधरी और ओझाओं को दोषी बताते हैं तथा इसपर विश्वास मानने वाले तमाम लोगों को कसूरवार समझते हैं। लेकिन फिर उन्हें लगता है कि लोग जानबूझकर तो ऐसा करते नहीं हैं। समझदारी और ज्ञान के अभाव तथा अशिक्षा के चलते इन रूढ़ियों को वे प्रामाणिक मानते आ रहे हैं। उनका अपना दोष ही क्या?

इस बैठक के लोगों को लगता है कि जब गांव में जागरूकता आ जाएगी, लोग अधिक मात्रा में शिक्षित हो जाएंगे, लोगों की समझदारी विकसित हो जाएगी, तब इन रूढ़ियों पर से लोगों का विश्वास अपने-आप हट जाएगा। जिस तरह वर्ण-भावना से लोग ग्रसित हैं, उसी तरह रूढ़ियों से भी चिपके हैं। शिक्षा के व्यापक प्रसार के बाद ये भावनाएं स्वतः खत्म हो जाएंगी।

मनसुख की बैठक के लोगों के बीच इसी तरह की बातें चलती रहती हैं। वहां के लोग रामशरण बहू के पक्ष में अपनी दलील देते हैं तथा दूधनाथ चौधरी और इसपर विश्वास करने वाले लोगों की जड़ मानसिकता की भर्त्सना करते हैं। अंत में वे अपनी राय व्यक्त करते हैं कि इसका विरोध होना चाहिए। इस तरह के प्रपंच और पाखंड को बेनकाब करके लोगों का विश्वास इस ओर से हटाया जा सकता है। इसके बाद इस विषय पर और बात न कर वे अपने दूसरे कार्यों और योजनाओं में व्यस्त हो जाते हैं। उनके सामने ढेर-सारे कार्य पड़े होते हैं...।

मनसुख की बैठक के बाद गांव में छोटी-छोटी और चार-पांच बैठकें हैं। उन बैठकों पर भी रामशरण बहू की चर्चा शुरू है। लेकिन गांव की जो दसवीं बैठक ठाकुरबारी पर लगती है, उसका अपना एक अलग महत्त्व है।

ठाकुरबारी गांव से आधे मील की दूरी पर है। ठाकुरबारी की स्थापना बहुत पहले हुई थी। गांव के बड़े-बुजुर्ग बताते हैं कि इस गांव में चक्रधर स्वामी नामक एक व्यक्ति थे। उनका अपना कोई नहीं था। वे अपने एक चचेरे भाई के साथ रहते थे। उन्होंने शादी-ब्याह भी नहीं किया था। वे ईश्वर-भक्ति में बराबर डूबे रहते थे। उनके पास साधु-महात्माओं का जमघट लगा रहता था। लेकिन उनके चचेरे भाई की पत्नी को यह सब अच्छा नहीं लगता था। वह

उनके इस स्वभाव से बराबर जली-भुनी रहती थी कि करने को कुछ नहीं, साधुओं को जुटाकर सिर्फ अच्छे-अच्छे पकवानों की फर्माइश! उनके चचेरे भाई भी अपने दरवाजे पर अकसर साधु-महात्माओं को खाते देख नाराज होते रहते थे। एक दिन इसी विषय पर चक्रधर स्वामी की अपने चचेरे भाई और उनकी पत्नी से जमकर लड़ाई हुई। लड़ाई के बाद वे उन लोगों से अलग हो गए। फिर गांव-जवार से चंदा मांग इस ठाकुरबारी की स्थापना की। इसके बाद अपने हिस्से की सारी जायदाद (बारह बीघे खेत) उन्होंने ठाकुरबारी के नाम लिख दी। इस इलाके के वे पहले व्यक्ति थे जिन्होंने अपनी पूरी जायदाद किसी व्यक्ति को न दे ईश्वर के नाम लिख दी थी। फलतः उनके इस कार्य को देख गांव और इलाके के लोग उन्हें देवता की तरह पूजने लगे थे! उन्हें एक महान् संतपुरुष समझ लोग उनके शिष्य बनने लगे थे। वे गांव की जिस गली से गुजरते, दोनों ओर के लोग हाथ जोड़कर खड़े हो जाते। माताएं अपने बच्चों को उनके पैरों पर लिटातीं। वे ठाकुरबारी के संतों के लिए इलाके के गांवों में अपने शिष्यों को लेकर अनाज मांगने जाते तो बोरा का बोरा अनाज लेकर लौटते। उनकी ईश्वर-भक्ति, त्याग और ठाकुरबारी की स्थापना ने इलाके में उन्हें पूर्ण प्रतिष्ठित कर दिया था।

गांव में बाढ़ आती। सूखा पड़ता। महामारी आती। गरीब लोग भूख से मरने लगते। गांव छोड़कर शहर भागते। लेकिन चक्रधर स्वामी की ठाकुरबारी में कभी किसी चीज की कमी नहीं होती। भजन-कीर्तन चलता रहता। साधु-संतों का भोग लगता रहता। चक्रधर स्वामी तो जन्नत का सुख पाते। जब तक वे जिन्दा रहे, भक्तों ने उन्हें हाथ पर उठाए रखा। उनकी सेवा में तैनात लोगों की कोई कमी नहीं। उन्हें जो सुख मिला, वह सामान्यजन के लिए दुर्लभ है। इसीलिए गांव के बुजुर्गों की नजर में वे आदमी नहीं, देवता थे। आदमी को उतना सुख पाने की औकात कहां?

चक्रधर स्वामी ने अपने मरने से पहले गांव के तथा इलाके के कुछ खास-खास भक्त लोगों को चुनकर एक समिति का निर्माण किया। समिति को उन्होंने प्रत्येक तीन साल बाद ठाकुरबारी की देख-रेख और संचालन के लिए एक महंत चुनने का अधिकार दिया। उसके बाद से आज तक निरंतर समिति

द्वारा प्रत्येक तीन साल पर नये महंत चुने जाते हैं। समिति के जो सदस्य पुराने होकर गुजर जाते हैं, उनके स्थान पर भक्तों के बीच से नये सदस्य ले लिए जाते हैं। इस तरह ठाकुरबारी की व्यवस्था बिना किसी विघ्न और रुकावट के चलती रहती है।

ठाकुरबारी के महंत एक तरह से ठाकुरबारी के मालिक होते हैं। ठाकुरबारी की आमदनी और उसके उपयोग का हिसाब उनके पास रहता है। गांव के बड़े बुजुर्ग बताते हैं कि इस ठाकुरबारी की संपत्ति से कई महंत मालामाल हो गए। चक्रधर स्वामी की तरह कोई भी ऐसा महंत इस ठाकुरबारी में नहीं आया, जिसका अपना कोई न हो। जो भी यहां महंत बनकर आता है, उसका अपना परिवार अवश्य होता है। फिर अपना पेट भरने के बाद अपने परिवार का पेट भरने में वे लग जाते हैं। पिछले दिनों इस गांव के वैसे दो लोग महंत बनाए गए थे जिनके जिम्मे बीवी-बच्चे और एक पूरा परिवार था। लेकिन अपने बारे में उन्होंने ऐसी चर्चा उठा रखी थी कि वे ईश्वर-भक्ति के लिए घर-परिवार से पूरी तरह तटस्थ हो चुके हैं। लेकिन गांव के लोगों से यह बात छिपी नहीं रह सकी कि उनकी तटस्थता कैसी और कितनी थी।

इस ठाकुरबारी का काम गांव में ईश्वर-भक्ति का प्रचार करना है। ठाकुरबारी की ओर से भजन-कीर्तन और यज्ञ की व्यवस्था बराबर की जाती है। कभी-कभी बाहर के संतों को बुलाकर प्रवचन भी दिलवाया जाता है। साथ ही गांव के पर्व-त्योहार और सामूहिक उत्सवों का नेतृत्व ठाकुरबारी के साधु-संन्यासी काफी रुचि से करते हैं। इसके अतिरिक्त यहां गांव में हो रहे कार्यों का विवेचन पाप और पुण्य की दृष्टि से किया जाता है।

इस ठाकुरबारी के प्रति गांव के लोगों के मन में बड़ी श्रद्धा-भावना है। लोग इसे देव-स्थान समझते हैं। हालांकि चमरटोली की लड़ाई के बाद ठाकुरबारी के प्रति कुछ लोगों की श्रद्धा-भावना खंडित हो गई है। लेकिन अभी बहुमत श्रद्धा देने वाले लोगों का ही है। गांव के लगभग सभी बाबू लोग तो ठाकुरबारी के भक्त हैं ही, छोटी जाति और पिछड़े वर्ग के लोगों के बीच भी कुछ ठाकुरबारी के कट्टर भक्त हैं। जगिया और उसके साथियों के लाख

समझाने पर भी वे नहीं समझते हैं। इसी बिन्दु पर जगिया और उसके साथियों से वे अलग पड़ जाते हैं। ईश्वर को नकारने का साहस वे अपने अंदर नहीं जुटा पाते हैं।

गांव में शादी-ब्याह और पर्व-त्योहार के अवसर पर ठाकुरबारी के आंगन में लोगों की भीड़ लग जाती है। लोग कोई भी शुभ कार्य ठाकुरबारी से ही प्रारंभ करते हैं। होली में अबीर-गुलाल का श्रीगणेश ठाकुरबारी से ही होता है तथा दीवाली का पहला दीप ठाकुरबारी में ही जलता है। ठाकुरबारी के आंगन में ईश्वर से मनौती मनाने तथा ठाकुरजी के ऊपर फूल, पैसा और अनाज चढ़ाने लोग बराबर ही जुटे रहते हैं।

ठाकुरबारी का घंटा गांव में मशहूर है। सुबह-शाम ठाकुरजी को भोग लगाते वक्त ठाकुरबारी के साधु-संत खूब जोर-जोर से घंटा बजाते हैं। घंटे की आवाज गांव में साफ-साफ सुनाई पड़ती है। गांव में ठाकुरबारी के भक्त कुछ वैसे बुजुर्ग अभी भी हैं, जो ठाकुरबारी के घंटे की आवाज सुनने के बाद ही अन्न ग्रहण करते हैं।

ठाकुरबारी के मंदिर का कलश और ठाकुरबारी का लहराता ध्वज दूर से ही नजर आता है। ठाकुरबारी के साधु-संत ठाकुरबारी के बाहर वाले बरामदे में या भीतर के बरामदे में पड़े रहते हैं। ठाकुरबारी के समीप पहुंचते ही गेरुआ वस्त्र, हाथ में तुलसी की माला, बगल में पड़ा कमंडलु, बढ़े हुए बाल, हवा में लहराती पकी दाढ़ियां, गीता या रामायण की पंक्तियों का उच्चारण तथा ललाट पर चंदन से बने त्रिशूल पर लोगों की नजर अपने-आप चली जाती है। दूर-दूर के मठों और आश्रमों से विभिन्न आयु और आकृति के साधु यहां रोज ही आते रहते हैं। बाहर से आने वाले साधु अपना महत्त्व बताने तथा गांव के लोगों का ध्यान अपनी ओर आकृष्ट करने के लिए कभी-कभार छोटे-छोटे चमत्कारों का प्रदर्शन भी किया करते हैं।

ठाकुरबारी की इस बैठक में बाहरी और स्थानीय दोनों लोग होते हैं। केतुसिंह के पिता रामाधारसिंह ठाकुरबारी की बैठक के एक नियमित सदस्य हैं। यह उनके ठाकुरबारी पर बैठने का ही प्रभाव है कि अपने बोरिंग पर भी वे रामायण-चर्चा करते रहते हैं तथा गांव के बीच बरगद के नीचे भी

रामायण-पाठ की व्यवस्था के अगुआ होते हैं।

ठाकुरबारी की बैठक में मठ-मंदिरों, आश्रमों और साधु-संन्यासियों की चर्चा ज्यादा होती है—इस समय कहां का मठ सबसे श्रेष्ठ है, किस मठ में कितने आदमी खाते हैं। अमुक मंदिर के महंत बदल गए। अमुक साधु ने अमुक जगह विशाल यज्ञ करने की घोषणा की है। अमुक स्वामी के पास इन दिनों दर्शन करने वालों और आशीर्वाद पाने वालों की भीड़ लगी रहती है। उनके पास देश के बड़े-बड़े नेता, अफसर और सेठ-साहूकार आशीर्वाद पाने जाते हैं। अमुक जगह में एक नये मंदिर का निर्माण-कार्य शुरू है, आदि। इसके साथ गांव की सामयिक सूचनाओं और अपनी आगामी योजनाओं पर भी ठाकुरबारी की बैठक में बातें होती हैं।

चमरटोली की लड़ाई के वक्त गांव में हो रही हिंसा के खिलाफ पहली बार ठाकुरबारी ने ही आवाज उठाई थी। ठाकुरबारी ने यह धमकी भी दी थी कि अगर हिंसा की घटनाएं बन्द नहीं हुई तो बनारस, प्रयाग, हरिद्वार, मथुरा आदि स्थानों से वह नागाओं को बुलाएगी। लेकिन परिवर्तित माहौल पर ठाकुरबारी की बात का कोई असर नहीं हुआ, उल्टे एक दिन ठाकुरबारी के ओसारे में भी बम-विस्फोट हुआ जिसने ठाकुरबारी को चुप रहने और दखल न देने की ओर इशारा किया।

ठाकुरबारी की इस बैठक में पुजारीजी गांव से रामशरण बहू और दूधनाथ चौधरी के लड़के की चर्चा लेकर आते हैं। ठाकुरबारी के पुजारी किसी कार्यवश गांव गए थे। वहीं पर इस चर्चा से वे अवगत हुए। फिर लौटकर आने पर खूब मिर्च-मसाला मिला यह चर्चा छेड़ देते हैं। बाहर से आए साधु-संत ध्यान से सुनने लगते हैं। पूरी कहानी जानने के लिए वे जिज्ञासु हो उठते हैं। इसपर स्थानीय लोग, जो इस चर्चा से अवगत होते हैं, पुजारीजी के साथ ही इस प्रसंग को विस्तार के साथ बताने लगते हैं। बैठक में मौजूद बाहरी साधु जब पूरी कहानी सुन लेते हैं तब अपनी प्रतिक्रिया बताने लगते हैं। साधुओं के अनुसार, भूत-प्रेत और ओझा-डायन की बातें झूठी नहीं, सच्ची होती हैं। साधुओं का कहना है कि न सिर्फ अशिक्षित और ग्रामीणों के बीच ही इसका प्रभाव होता है, बल्कि शिक्षित और शहरी लोग भी इसके चंगुल में फंसे होते हैं। साधु विभिन्न

शहरों के कई प्रतिष्ठित लोगों को भूत-प्रेत से ग्रसित होने का उदाहरण प्रस्तुत करते हैं। इसके बाद साधु अपने-अपने गांवों की डायनों की विचित्रतापूर्ण कहानियां सुनाने लगते हैं। स्थानीय लोग साधुओं को अपने से विशिष्ट मान सिर्फ उनकी बात सुनते रहते हैं, कुछ कहते नहीं। इस विषय पर देर तक बातचीत करने के बाद अंत में साधु अपना यह निष्कर्ष देते हैं कि दूधनाथ चौधरी को अपने लड़के को किसी अच्छे ओझा को दिखाना चाहिए। ओझा पक्का और तगड़ा होगा तो किसी भी तरह की डायन के प्रकोप को दूर कर देगा।

साधुओं के बीच अधेड़ उम्र का एक साधु है जो चुपचाप सुनता रहता है, कुछ बोलता नहीं। उस साधु के माथे के बाल आपस में सटकर लट बन गए हैं। उसकी दाढ़ी के पके हुए बाल काफी लंबे हो गए हैं। उस साधु की पोशाक ठाकुरबारी में उपस्थित सभी साधुओं से साफ-सुथरी तथा चमकदार है। उसकी पोशाक का गहरा गेरुआ रंग बरबस लोगों का ध्यान अपनी ओर खींच लेता है। उस साधु ने अपने ललाट पर विभिन्न रंगों के चन्दन का लेप इस तरह लगाया है कि उसका चेहरा अन्य साधुओं की अपेक्षा भव्य और देदीप्यमान लगता है।

वह साधु पिछले दो दिनों से उस ठाकुरबारी में आया है। अब वह यहां से आगे बढ़ने की तैयारी में है। वर्ष में सिर्फ एक ही बार वह इस ठाकुरबारी में आ पाता है। इस ठाकुरबारी में निरंतर आने वाले साधुओं की तरह गांव के लोग उसे नहीं पहचानते हैं। लेकिन ठाकुरबारी के पुजारी, महंत और साधु-संन्यासी उसे जानते होते हैं। वह साधु इस देश के छोटे-बड़े प्रायः सभी मन्दिरों, मठों और आश्रमों को जानता है। लगभग तीस साल की उम्र के बाद वह साधु बना था। उसके बाद अपनी इस साठ साल की उम्र तक का समय उसने एक 'स्थान' से दूसरे 'स्थान' में घूमते हुए ही गुजार दिया है। अपने खाने-पीने, रहने-सोने और कपड़े-लत्ते की दिक्कत उसने कभी महसूस नहीं की है। ईश्वर के दरबारों में घूमते रहने के कारण ही उसे बिना कोई काम किए सालों भर दोनों जून बढ़िया खाना प्राप्त होता रहता है तथा हाथ में भी दस-पांच रुपये रहते हैं। दूसरे साधु, जो एक ही मठ में अनेक बार जाते हैं, उनकी उतनी इज्जत नहीं होती। लेकिन वह जिस मठ में भी पहुंचता है, उसका भरपूर आदर-सत्कार होता है। अपनी

रुचि के अनुसार उसे भोग लगाने को मिलता है, क्योंकि वर्ष में एक मठ में पहुंचने की उसकी बारी सिर्फ एक ही बार आती है।

उसके साधु बनने के पीछे भी एक विचित्र कहानी है। ईश्वर-भक्ति से प्रेरित होकर तो वह साधु बनता ही नहीं। अगर ईश्वर-भक्ति भीतर से बहुत जोर मारती तो वह अपने घर पर ही पूजापाठ की व्यवस्था कर लेता, साधु नहीं बनता। लेकिन उसके साथ स्थिति कुछ और थी। वह अपनी जिन्दगी के तीन विरोधी तत्त्वों से परेशान था। उसकी जिन्दगी का पहला विरोधी तत्त्व उसका न पढ़-लिख सकना था। न पढ़ने के कारण वह अच्छी नौकरी से वंचित था। उसकी जिन्दगी का दूसरा विरोधी तत्त्व उसकी शादी न होना था, फलत: कुंआरा होने की वजह से घर बसाने की बात उसके दिमाग में नहीं उठती थी। और उसकी जिन्दगी का तीसरा विरोधी तत्त्व उसका आलसी होना था। उसे खेती-बारी या अन्य कोई भी काम करने की इच्छा नहीं होती थी, वह बिना किसी परिश्रम के ऐसे ही बैठकर खाना चाहता था। लेकिन वह अपनी इच्छानुसार जिन्दगी जी नहीं पाता था। उसकी जिन्दगी के ये विरोधी तत्त्व उसे हर वक्त सताया करते थे। वह इन विरोधी तत्त्वों से मुक्ति की राह तलाशता रहता था। काफी चिन्तन-मनन के बाद उसे वह राह मिल गई। साधु बनकर उसने अपने विरोधी तत्त्वों को पूरी तरह पछाड़ दिया। विरोधी तत्त्वों के चलते उसकी जिन्दगी में तब लोगों को जो खामियां नजर आती थीं, वे अब खूबियां दिखने लगी हैं। तब जो लोग उसकी उपेक्षा करते थे, अब वे उसके सामने हाथ जोड़कर आशीर्वाद ग्रहण करने के लिए माथा झुका देते हैं।

रामशरण बहू और दूधनाथ चौधरी की चर्चा सुन उस साधु को बहुत खुशी होती है। वह तो ऐसी ही घटनाओं की प्रतीक्षा में रहता है। इस तरह की कई घटनाओं को वह भुना चुका है। अपने प्रति वह ईश्वर की यह अनुकम्पा ही समझता है कि जब भी उसकी जेब खाली होती है, इस तरह की घटनाएं उसकी पूर्ति के लिए रास्ते में मिल जाती हैं।

वह साधु अपना कम्बल और कमण्डलु ले ठाकुरबारी से प्रस्थान करता है। महंत और पुजारी से वह विदा ले चुका है; लेकिन सड़क पकड़कर गांव से

बाहर निकलने के बजाय अपने मन की गुप्त योजना के अनुसार वह गांव में प्रवेश कर जाता है।

दुपहरिया तप रही होती है। सूर्य का गोला आग उगल रहा है। गर्म हवाएं जोरों से चल रही हैं। गांव के अधिकांश लोगों ने अपने घर की खिड़कियां और दरवाजे बन्द कर लिए हैं। फिर भी अनेक लोग अपने दालान में ताश खेलते और गप्प लड़ाते नजर आ जाते हैं।

वह साधु न तो गांव के लोगों से परिचित है और न गांव के लोग ही उससे परिचित हैं। उस साधु को गांव की गलियों के बारे में भी कोई जानकारी नहीं कि कौन-सी गली कहां जाती है, इसीलिए वह लोगों से पूछते-पूछते दूधनाथ चौधरी के घर पहुंचता है। लेकिन दूधनाथ चौधरी के घर की खिड़कियां और दरवाजे बन्द हैं। दालान की कोठरी का किवाड़ भी भीतर से बन्द है। वह साधु दूधनाथ चौधरी के घर के आगे के चबूतरे पर खड़ा होकर ईश्वर के नाम का जयकारा तेज आवाज में लगाने लगता है। उसकी आवाज सुनकर दालान की कोठरी खुलती है। दूधनाथ चौधरी बाहर निकलते हैं। घर का दरवाजा भी खुलता है। दूधनाथ चौधरी की पत्नी और अन्य महिलाएं दरवाजे पर आ जाती हैं। इससे पहले कि दूधनाथ चौधरी कुछ कहते, वह साधु आगे बढ़कर पूछता है, "बच्चा! तुम्हारा नाम ही दूधनाथ चौधरी है?"

दूधनाथ चौधरी जवाब देते हैं, "हां बाबा, कहिए, क्या आज्ञा है?"

वह साधु कहता है, "मैं बनारस का संत हूं...इस गली से गुजर रहा था कि तुम्हारे घर पर नजर पड़ते ही मेरे कदम रुक गए...तुम्हारे घर पर एक काली छाया मंडरा रही है...हम साधु-संन्यासियों का जीवन तो लोगों के कल्याण में ही बीतता है...सोचा, तुम्हें आशीर्वाद देता चलूं...।"

उस साधु की बात सुन दूधनाथ चौधरी, उनकी पत्नी और परिवार के अन्य लोग हाथ जोड़कर गिड़गिड़ाने लगते हैं, "आप ठीक ही कह रहे हैं बाबा...हम बहुत परेशान हैं।"

"घबराओ मत...सब ठीक हो जाएगा...ईश्वर की प्रेरणा से ही मैं यहां चला आया हूं, अन्यथा तुम लोगों से तो मेरा कोई परिचय भी नहीं।"

अब दूधनाथ चौधरी के परिवार के लोग उस साधु को आदर के साथ

अपने घर के अन्दर ले आते हैं तथा ओसारे में एक उचित आसन पर बिठाकर खुद उसके सामने जमीन पर बैठ जाते हैं। दूधनाथ चौधरी पूछते हैं, "बाबा, आपने मेरे घर के ऊपर क्या देखा?"

'बेटा! तुम्हारे घर के ऊपर एक डायन की भयानक छाया मंडरा रही है।"

दूधनाथ चौधरी अब अपने को रोक नहीं पाते हैं, "बाबा, मेरा लड़का..."

लेकिन वह साधु दूधनाथ चौधरी की बात बीच में ही रोक कहता है, "मैं सब देख रहा हूं बेटा! मुझे कुछ बताने की जरूरत नहीं। तुम्हारा लड़का काफी दिनों से खाट पर पड़ा है...तुम्हारा वही एक लड़का है... डायन अपना पहला शिकार उसीको बना रही है...उसके बाद फिर परिवार के किसी दूसरे आदमी को पकड़ेगी...।"

अब दूधनाथ चौधरी और उसकी पत्नी साधु के पैर पकड़ विनती करने लगते हैं, "बाबा! हमारे लड़के को बचा लीजिए...हमें इस संकट से उबार लीजिए...!"

वह साधु कहता है, "मुझे उस बच्चे को दिखाओ।"

दूधनाथ चौधरी और उनके परिवार के लोग अब उस साधु को बच्चे के पास ले जाते हैं। वह साधु देखता है, उस बच्चे का सारा शरीर पीला पड़ गया है। आंख, दांत और नाखून भी एकदम पीले हो गए हैं। वह काफी दुबला हो गया है। उसे देखने के बाद उसकी आसन्न-मृत्यु की सूचना साधु से छिप नहीं पाती है। लेकिन इससे उस साधु को क्या मतलब? वह जिए या मरे? उसको कोई फर्क पड़ने वाला नहीं। रोज ही हजारों आदमी जीते-मरते रहते हैं। वह तो अपना काम बनाने आया है। काम बनाकर चल देगा।

"बच्चा! तुम्हारे यहां अरवा चावल होगा!" साधु दूधनाथ चौधरी से पूछता है।

"हां, बाबा!"

"तो मुझे थोड़ा अरवा चावल दो और यहां धूप-दीप जलाने की व्यवस्था करो।"

दूधनाथ चौधरी की पत्नी तेजी से अंदर जाती है और लाकर अरवा चावल साधु को देती है और उस बच्चे के पास धूप-दीप जलाती है। वह साधु अरवा चावल अपने हाथ में ले कोई मंत्र पढ़ने लगता है। फिर अपने मुंह से तरह-तरह की डरावनी ध्वनियां निकालते हुए उस बच्चे के ऊपर चावल छिड़कने लगता है। इसके बाद आकाश, पाताल और चारों दिशाओं को संबोधित करते हुए वह चारों तरफ चावल के दाने फेंकता है। फिर अपने कमण्डलु का थोड़ा-सा जल उस बच्चे को पिलाता है और शेष जल घर में चारों तरफ छिड़कवा देता है।

"बच्चा! अब तुम्हारा लड़का धीरे-धीरे ठीक हो जाएगा...डायन के चंगुल से मैंने इसे मुक्त कर दिया...।" साधु कहता है।

दोनों पति-पत्नी उस साधु के पैरों पर गिर पड़ते हैं, "बाबा, हम आपकी क्या सेवा करें?"

साधु कहता है, "बच्चा! हम कोई बनिया थोड़े हैं कि एक भर दें तो दो भर वसूल करें...अरे, हम तो ईश्वर के भक्त हैं! बनारस जिस मंदिर में हम रहते हैं, वहां ईश्वर को प्रसाद चढ़ाते हैं...अपनी सामर्थ्य के अनुसार ईश्वर को प्रसाद चढ़ाने के लिए तुम जितना दे सको, दे दो।"

दूधनाथ चौधरी की गिनती गांव के अच्छे गृहस्थों में होती है। उनके यहां अनाज की कोई कमी नहीं। उनके जैसे गृहस्थों की मूल संपत्ति अनाज ही है। अनाज के बल पर ही वे कुछ करते हैं। अनाज देकर ही कुछ खरीदते हैं। दान-दक्षिणा में भी अनाज ही देते हैं। सो उस साधु के लिए छोटी-छोटी बोरियों में एक बोरी चावल और एक बोरी गेहूं लाकर देते हैं। साधु कहता है, "बच्चा! यह गठरी लेकर हम कहां जाएंगे? हमको बहुत दूर जाना है। ईश्वर के प्रसाद के लिए तुमने जितना अनाज निकाल दिया है, उतने का पैसा ही मुझे दे दो...।"

दूधनाथ चौधरी और उनके परिवार के लोग ईश्वर के नाम पर निकाले गए अनाज का अंदाजा लगाते हैं। फिर उसकी राशि निर्धारित करते हैं। वे अनाज के मुकाबले राशि का निर्धारण कुछ बढ़-चढ़कर ही करते हैं, क्योंकि साधु ने उनके मन की इस धारणा को जगा दिया है कि ईश्वर के नाम पर निकाले गए अनाज के एवज में उससे कम राशि देना दोषपूर्ण होगा।

दूधनाथ चौधरी के परिवार की ओर से उस अनाज की राशि 125 रु० निर्धारित की जाती है। फिर उस साधु को अनाज के बदले रुपये सौंपे जाते हैं। वह साधु रुपये जेब में रख ईश्वर के नाम का जयकारा लगाता है। फिर दूधनाथ चौधरी के लड़के के माथे पर अपना हाथ फिराता है। इसके बाद चल देता है। दूधनाथ चौधरी के परिवार के प्रायः सभी लोग उस साधु को छोड़ने के लिए अपने घर से बाहर गली तक आते हैं। फिर साष्टांग दण्डवत् कर उस साधु को विदा करते हैं।

वह साधु उन लोगों से मुक्त हो तेजी से आगे बढ़ चलता है। अब वह एक क्षण के लिए भी कहीं नहीं रुकता। सड़क पकड़ इस गांव की सरहद को मिनटों में पार कर जाता है।

रामशरण बहू की चिंता और परेशानी निरंतर बढ़ती ही जा रही है। वैसे गांव के लोग एक लंबे समय से उन्हें डायन समझते आ रहे थे; लेकिन डायन समझने की जितनी सजा आज उन्हें मिल रही है, उतनी सजा पहले कभी नहीं मिली थी। घर से उनका निकलना मुश्किल हो गया है। गांव में हर जगह उनको लेकर बातें जारी हैं। उन बातों पर कहीं लोग विश्वास करते हैं तो कहीं अविश्वास। लेकिन बहुमत विश्वास प्रकट करने वालों का ही है। जो चंद लोग अविश्वास प्रकट करते हैं, वे भी सिर्फ कहकर ही, व्यवहार में नहीं।

पुरुषों की तरह गांव में महिलाओं की भी अनेक बैठकें हैं। महिलाओं की बैठकें भी इस चर्चा से गर्म हैं। दूसरी चर्चाओं में पुरुषों की बैठकों से महिलाओं की बैठकें चाहे जितना पीछे छूट जाती हों, रामशरण बहू की इस चर्चा में तो बाजी मार लेती हैं। इस चर्चा से गांव के माहौल को आतंकित करने की भूमिका महिलाओं की बैठकें ही अदा करती हैं।

गांव में महिलाओं की पहली बैठक सती मैया के चौरे पर लगती है। सती-प्रथा के जमाने में इस गांव की एक औरत सती हुई थी। उसीकी स्मृति को बनाए रखने और उसे पूजने के उद्देश्य से गांव के लोगों ने सती-चौरा का निर्माण किया था। तब सती-चौरा बहुत छोटा था। उसको छाया देने के लिए

लगाया गया नीम-गाछ भी पूरी तरह विकसित नहीं हुआ था। लेकिन समय के साथ-साथ जब सती-चौरा का पलस्तर झड़ने लगा और ईंटें उखड़ने लगीं तब गांव के लोगों ने चंदा उगाहकर न सिर्फ सती-चौरा की मरम्मत ही की बल्कि उसे काफी बड़ा आकार भी दे दिया। और कामों के लिए चंदा देने में भले ही लोग कोताही करते, लेकिन सती-चौरा की मरम्मत और उसके व्यापक निर्माण के नाम पर तो लोगों ने दिल खोलकर चंदा दिया। तब से इस सती-चौरा की काया ही पलट गई है। नीम-गाछ भी अब विशाल और गहन हो गया है। सती-चौरा को वह बराबर अपनी सघन छाया दिए रहता है।

सती-चौरा के एक कोने में सती मैया की एक छोटी-सी मूर्ति की स्थापना की गई है। लेकिन वह मूर्ति अब नजर नहीं आती। सिंदूर के ढेर के नीचे दब गई है। गांव की सधवा औरतें प्रायः हर तीज-त्योहार के अवसर पर सती मैया को सिन्दूर चढ़ाने अवश्य आती हैं।

प्रारंभ में सती-चौरा का बहुत महत्त्व था। बिना स्नान किए सती-चौरा पर कोई नहीं चढ़ता था। अगर भूल से पांव में चप्पल पहने कोई सती-चौरा पर चढ़ जाता तो देखने वाले औरत-मर्द जमकर उसकी फींचाई करते। लेकिन अब वह स्थिति नहीं रह गई है। अब तो सती-चौरा गांव की महिलाओं के लिए एक प्रमुख बैठक बन गई है।

गांव की वे महिलाएं, जो बहुरिया की सीमा-रेखा को पार कर चुकी होती हैं, जिन्हें बाल-बच्चे हो गए होते हैं, जिनको घुटनों तक घूंघट निकालने की अब जरूरत नहीं होती है, वे अपने घर के कामों को निबटा, सती-चौरा पर आ जाती हैं। फिर कोई अपने बच्चों को दूध पिलाने, कोई किसी के सिर से जुएं निकालने तथा कोई स्वेटर बुनने में लग जाती है। इन कामों के लिए सती-चौरे पर बैठने का तो बहाना है। सचाई तो गप्प लड़ाना ही है। वे महिलाएं गप्प लड़ाने के उद्देश्य से ही यहां जुटती हैं।

यहां की बैठक में तरह-तरह की बातें चलती हैं कि किसके मर्द को कौन-सा खाना रूचता है, किसका मर्द किसको मारता है, किसके यहां आज क्या बना है, किस सास ने आज अपनी पतोहू को पीटा, किस पतोहू ने अपनी सास के ऊपर जलते हुए अंगारे फेंके, किसका बच्चा बीमार है, किसको बच्चा

होने वाला है, कौन अपने देवर के साथ फंसी है, किस ससुर ने अपनी भवह को ही रख लिया है, किमका नाजायज गर्भ गिराया गया, आदि। इसके साथ गांव की सामयिक घटनाओं और तत्कालीन चर्चाओं पर भी जमकर बातें होती हैं।

चमरटोली की लड़ाई के वक्त यह बैठक काफी दिनों के लिए एकदम सूनी पड़ गई थी। पुरुषों ने अपने घर की औरतों को सती-चौरा पर बैठने से मना कर दिया था। पुरुषों की यह मान्यता थी कि वे मारे जाएं, उनकी कितनी भी दुर्गति हो, वे सह लेंगे; लेकिन उनके घर की औरतों को कोई कुछ कह दे, यह वे सह नहीं पाएंगे। इसीलिए औरतों के घर से बाहर निकलने पर उन्होंने रोक लगा दी थी। लेकिन एक लंबे समय बाद अब पुनः सती-चौरे पर औरतों की बैठकें लगने लगी हैं।

इस बैठक में रामशरण बहू और दूधनाथ चौधरी के लड़के की चर्चा को अतिशय महत्त्व देते हुए बातें चल रही हैं। एक औरत कहती है, "मेरी बेटी को भी रामशरण बहू ने किया था। गंगा-स्नान के त्योहार की बात है। मैं अपनी बेटी को लेकर पोखरे में स्नान करने पहुंची थी। लेकिन यह देखकर मेरा खून ही सूख गया कि रामशरण बहू वहां पहले ही से मौजूद है। मैं उससे नजर बचा चुपके से स्नान करने लगी। लेकिन वह चुड़ैल तो आंखें फाड़े मेरी बेटी को ही देख रही थी। जब मैं पोखरे के पानी में घुस गई तो घाट पर खेलती मेरी बेटी को उसने गोद में ले लिया और मेरी ओर ताककर कहने लगी, 'बड़ी सुन्दर बिटिया है...क्या नाम रखा है इसका?'

"मैं स्नान करना छोड़ बाज की तरह उसकी ओर झपटी और अपनी बेटी को उससे छीन घर की ओर भागी। लेकिन उसके तीसरे दिन बाद से ही मेरी बेटी इतनी जोरों से बीमार पड़ी कि बचने की कोई आशा नहीं रही। जब मैंने सती मैया को चुनरी चढ़ाने की मनौती की और कई ओझाओं को बुलाया, तब कहीं जाकर मेरी बेटी बची।"

एक दूसरी औरत कहती है, "अगर मेरे बच्चे को रामशरण बहू छू देती तो मैं उसका झोंटा पकड़, लसार-लसारकर मारती। उस डायन की यह मजाल कि मेरे खेलते बच्चे को गोद में ले ले!"

एक तीसरी औरत कहती है, "मुझे तो रामशरण बहू की गली से गुजरते हुए भी डर लगता है। एक बार किसी काम से उसकी गली से आ रही थी। जब उसके सामने से गुजरने लगी तो उसने नजर उठाकर इस तरह मुझे देखा कि घर आते ही मैं उल्टी करने लगी। लगातार दो-तीन दिनों तक बीमार रही। मुसन ओझा अगर समय पर नहीं पहुंचता तो निगोड़ी रामशरण बहू मुझे कहीं का नहीं छोड़ती। मुसन ने बताया कि उस कुलच्छनी ने मेरे ऊपर एक 'बैमत' को सवार कर दिया था। भला हो मुसन ओझा का, उसने मुझे संकट से बचाया!"

फिर एक चौथी औरत कहती है, "दूधनाथ चौधरी के लड़के को बचाने के लिए ओझा लाख प्रयत्न कर रहे हैं, लेकिन उसकी हालत सुधरने के बजाय बिगड़ती ही जा रही है। रामशरण बहू ने बहुत कसकर उसके ऊपर वार किया है। उसे देखने पर लगता है कि अब और तीन-चार दिनों से अधिक वह नहीं जी पाएगा।"

इसपर एक औरत कहती है, "दूधनाथ चौधरी महटियाएंगे नहीं.... रामशरण बहू को भी इस बार किसी जबर्दस्त आदमी से पाला पड़ा है... दूधनाथ चौधरी के परिवार के लोग तो गांव में ऐसे ही लड़ाई खोजते रहते हैं... इस बार उन्हें अच्छा मौका मिल जाएगा।"

इसी तरह सती मैया के चौरे पर औरतों की बतकही चलती रहती है। रामशरण बहू ने गांव में अपनी डायन-विद्या से किन-किन लोगों को खत्म किया, इसे एक-एक कर औरतें उजागर करती हैं। इस गांव के मृतकों की सूची में रामशरण बहू द्वारा मारे गए कुछ वैसे लोगों के नाम औरतें उभारती हैं, जिनका रामशरण बहू से कभी कोई सम्बन्ध नहीं था। यहां की औरतों के लिए रामशरण बहू का नाम साक्षात् काल का नाम है। अपनी बातों में वे रामशरण बहू का इतना भयानक चित्र प्रस्तुत करती हैं कि उनके साथ आए छोटी उम्र के बच्चे डर जाते हैं। वे अपनी माताओं से जा चिपकते हैं।

इस बैठक की औरतें बहुत कम पढ़ी-लिखी हैं। सिर्फ चिट्ठी-पत्री वांचना भर ही जानती हैं। उनकी दुनिया घर-परिवार तक ही सीमित है, इसीलिए उनके ज्ञान का दायरा भी संकुचित है। हालांकि उनमें से एक-दो औरतें कुछ

पढ़ी-लिखी हैं। प्रारंभ में वे किसी भी विषय पर अपनी प्रतिक्रिया अलग ढंग से देती थीं, लेकिन इनके साथ रहते-रहते अब वे भी इन्हींकी तरह सोचने-समझने लगी हैं।

सती मैया के चौरे के बाद गांव में महिलाओं की दूसरी बैठक धुनसार में लगती है। वैसे तो गांव में दो-तीन घुनसार हैं, लेकिन जग्गू कानू की घुनसार ही औरतों के बीच ज्यादा लोकप्रिय है। दरअसल, वहां जगह काफी है। साथ ही अपने यहां अनाज का भुंजा बनाने के लिए आने वाली औरतों से जग्गू और उसकी पत्नी का व्यवहार भी मधुर होता है।

अन्य गांवों की तरह इस गांव में भी अनाज का भुंजा बनाने का काम धुनसार में ही होता है। घुनसार का निर्माण अकसर कानू जाति के लोग ही अपने घरों में करते हैं। खेतों और बगीचों से पुआल तथा पत्ते बुहारकर कानू लाते हैं। उनके घर की औरतें उससे घुनसार जलाती हैं। घुनसार में एकसाथ सात-आठ औरतों के अनाज भूंजे जाते हैं। चावल, बूट, मकई, गेहूं आदि अनाजों का भुंजा मशहूर होता है। अन्य गांवों की तरह इस गांव के लोगों के लिए भी भुंजा एक प्रिय, स्वादिष्ट और स्वास्थ्यकर खाद्य पदार्थ है। रिश्ते-नाते के लोगों के आने पर भुंजे से ही उनका स्वागत किया जाता है।

कानू लोगों के यहां के घुनसार, जो पहले सप्ताह में सिर्फ तीन ही दिन जलते थे, अब रोज जलते हैं। अपने घुनसार में भुंजा भूंजने के एवज में कानू लोग प्रत्येक भूंजे जाने वाले अनाज का छठा हिस्सा ले लेते हैं। इस तरह घुनसार के माध्यम से अपने परिवार को जिलाने-खिलाने की समस्या वे हल कर लेते हैं।

जग्गू कानू के घुनसार में अनाज का भुंजा बनाने के लिए गांव की औरतों की भीड़ लगी रहती है। जो औरतें एक-दूसरे से कभी मिलती-जुलती नहीं थीं, इस घुनसार के माध्यम से वे भी एक-दूसरे से मिलती हैं। घर की चहारदीवारी में कैद औरतें घुनसार में आने पर अपने को मुक्त महसूस करती हैं। जग्गू की पत्नी उधर भुंजा भूंज रही होती है और इधर उसके पास ही एक जगह बैठकर गांव की औरतें बातचीत करने में मशगूल हो जाती हैं। भुंजा तैयार होने के बाद भी वे यहां से जल्द रुख्सत नहीं होतीं, आपस में चल रही बातचीत का

पूरा आनंद लेकर ही हटती हैं।

घुनसार की इस बैठक में सती मैया के चौरे की तरह ही अनेक प्रकार की बातें होती हैं कि अमुक लड़की शादी करने लायक हो गई, अमुक लड़की की उम्र बहुत गुजर गई। उसके बाप-भाई को फिकर ही नहीं। वह तो अब बूढ़ी जैसी लगने लगी है। अमुक लड़की की शादी अमुक जगह तय हो गई। उसके बाप दस हजार का तिलक दे रहे हैं। अमुक लड़के को भी बीस हजार मिल रहा है, लेकिन उसके बाप की पच्चीस हजार की मांग है। अमुक लड़के को नौकरी मिल गई, अब वह अपने घर की हालत सुधार देगा। अमुक की पतोहू भूत खेलती है। वह नैहर से ही लेकर आई है। अमुक की लड़की के ससुराल जाते वक्त अमुक डायन ने नजर लगा दी थी, वह वहां जाते ही बीमार पड़ गई है। उसके बाप-भाई परेशान हैं। लड़के वाले कहते हैं कि रोगी लड़की दे दी। अमुक औरत डायन-विद्या सीख रही है। अमुक के यहां झगड़ा हुआ है। अमुक बाप-बेटा अलग हो गए। अमुक भाई ने अपनी औरत का कहना मान अपने भाई का माथा फोड़ दिया है। अमुक के घर की औरतें अपने यहां के बनिहार और चरवाह से फंसी हैं, आदि।

चमरटोली की लड़ाई के वक्त घुनसार की बैठक काफी कमजोर हो गई थी। चूंकि घुनसार के साथ जग्गू कानू की रोजी-रोटी का सवाल जुड़ा था, इसीलिए उन दिनों भी उसका घुनसार रोज ही जलता था। लेकिन उस समय उसके घुनसार में सिर्फ आसपास की दो-चार औरतें ही आ पाती थीं। शेष औरतें तो घरों में बंद हो चुकी थीं। वे अपने घर ही भुंजा तैयार कर लेती थीं। हालांकि घुनसार के मुकाबले उनका भुंजा अच्छा नहीं होता था; लेकिन हिंसा के उस माहौल में भुंजे के अच्छे-बुरे का खयाल भी तो लोग नहीं कर पाते थे। गले के ऊपर तलवार लटकती हो तो फिर अच्छे-बुरे खाद्य पदार्थ की बात कौन करेगा? लेकिन वक्त के गुजरने के साथ-साथ अब पुनः घुनसार में औरतें जुटने लगी हैं।

घुनसार की इस बैठक में दुधनाथ चौधरी और रामशरण बहू की चर्चा छिड़ने पर औरतें रामशरण बहू के बारे में ऐसे-ऐसे किस्से सुनाने लगती हैं कि घुनसार का पूरा माहौल दहशत से भर जाता है। लगता है, रामशरण बहू यहां

अब पहुंचीं कि तब पहुंचीं। यहां पहुंचते ही वे औरतों को कच्चा चबा जाएंगी। वह मानव-भक्षी राक्षसी हैं। यहां की औरतें रामशरण बहू को अनेक नई और कल्पित घटनाओं के साथ जोड़कर चित्रित करने लगती हैं। लेकिन एक औरत इन सबसे बढ़-चढ़कर यह रहस्योद्घाटन करती है कि रामशरण बहू ने अपने पति को भी मारा है। वह औरत कहती है कि डायन को अपनी सिद्धि के वक्त दो चीजों में से कोई एक देनी पड़ती है—मांग या कोख यानी पति या बेटा; लेकिन रामशरण बहू तो बेटा वाली थीं नहीं, इसीलिए पति देकर ही उन्होंने सिद्धि प्राप्त की।

दुखन की मां, जो इस घुनसार में मौजूद होती है, पहले तो चुपचाप सुनती रहती है—किस-किससे वह लड़े—लेकिन जब रामशरण बहू के ऊपर उनके स्वयं के पति के मारने का आरोप एक औरत लगाती है तब वह उससे कहती है, “और तुम्हारा भी तो बेटा मरा था। तुमने अपने बेटे को देकर क्या सीखा है?”

इसपर वह औरत गरजकर कहती है, “दुखन की मां, मुंह संभालकर बात कर, नहीं तो जीभ खींच लूंगी...दाई-लौंडी तेरी यह औकात!”

“तुम भी जबान संभालकर बोलो...एक विधवा, बेसहारा पर झूठा अक्षरंग लगाते तुझे शर्म नहीं आती... !”

‘देख दुखन की मां, बीच में तू मत पड़...मैं तुझको तो कुछ कह नहीं रही हूं...मैं तो रामशरण बहू को कह रही हूं।”

“क्यों तुम रामशरण बहू को कुछ कहोगी? हिम्मत हो तो किसी ‘बरियारा’ को कहकर देखो...तुम्हारे सात पुश्तों का उद्धार न कर दिया तो मेरा नाम बदल देना... ।”

“तो तू उसका पक्ष लेकर लड़ने आई है! मुझे तुझसे डर लगता है...तू भी तो डायन है...रामशरण बहू के पास सीखने जाती है... ।”

“तू भी डायन है, राक्षसी है।”

“तू चुड़ैल है, रंडी है।”

“तेरा भतार मर जाए।”

“तेरा बेटा ‘उफर’ पर जाए।”

"तेरी देह में कोढ़ फूट जाए।"

"तेरी देह में कीड़े पड़ जाएं।"

और इसके बाद वह औरत आगे बढ़कर दुखन की मां पर हाथ चला देती है। फिर दुखन की मां झपटकर उसके बाल पकड़ लेती है। दोनों एक-दूसरे से गुंथ जाती हैं। फिर जमीन पर गिर पड़ती हैं। काम-काज करने की वजह से दुखन की मां मजबूत होती है। वह उस औरत की जमकर पिटाई करती करती है। वह औरत भी दुखन की मां को अपने दांतों से कई जगह काट देती है। घुनसार में उपस्थित महिलाओं के बीच हंगामा मच जाता है। सब इस अनपेक्षित घटना से आतंकित हो उठती हैं। महिलाओं द्वारा लाख बीच-बचाव किए जाने पर भी दोनों एक-दूसरे को छोड़ती नहीं हैं। शोरगुल और चीख-चिल्लाहट की आवाज सुन जब गली से गुजरते कुछ पुरुष घटनास्थल पर पहुंचते हैं, तब उन्हें एक-दूसरे से अलग किया जाता है।

उस औरत को कुछ औरतें लेकर उसके घर की ओर चल देती हैं और कुछ औरतें दुखन की मां को लेकर उसके घर की ओर। रास्ते में दुखन की मां यह सोचती जाती है कि आज उसने एक बाबू घराने की औरत को पीटा है। अगर पहले की बात होती तो उस बाबू घराने के लोग लाठी लेकर जरूर उससे बदला लेने आते, लेकिन चमरटोली की लड़ाई के बाद उनकी वह हिम्मत खत्म हो गई है। दुखन की मां को लगता है, चमरटोली की लड़ाई ने उन गरीबों और पिछड़ी जाति के लोगों के लिए बहुत कुछ किया है। उसी लड़ाई की बदौलत पहले की तरह आज वह मार खाकर नहीं, पीटकर लौट रही है।

घुनसार के बाद गांव में महिलाओं की तीसरी बैठक फुलझरिया के घर लगती है। फुलझरिया फल्गुसिंह की बड़ी लड़की है। उससे छोटी उसकी दो बहनें हैं, लेकिन कोई भाई नहीं है। उसके पिता फल्गुसिंह गांव के चंद सम्पन्न गृहस्थों में एक हैं। फुलझरिया और उसकी बहनों को अपने घर में जितना लाड़-प्यार मिलता है, उतना गांव की अन्य लड़कियों को नहीं मिल पाता है। असल में गांव में लड़कों की तुलना में लड़कियों को तुच्छ और हेय समझा जाता है। जिस घर में लड़के होते हैं, उस घर में लड़कियों को कोई महत्त्व नहीं

दिया जाता है। इसके पीछे उनकी यह भावना होती है कि लड़कियां तिलक-दहेज लेंगी और एक दिन इस घर से चली जाएंगी। शायद इसीके चलते लोगों के अन्दर ऐसी धारणा है कि पुत्र पैदा होने पर धरती बित्ता-भर ऊपर उठ जाती है और पुत्री पैदा होने पर बित्ता-भर नीचे धंस जाती है। गांव में यह लोकगीत मशहूर है कि :

'जाहु हम जनिती धियवा कोखी रे जनमिहे
पिहितों में मरिच झर्राई रे।
मरिच के झाके झु के धियवा मरि रे जाइति,
छुटि जाइते गरूवा संताप रे॥'

लेकिन फुलझरिया और उसकी बहनों के साथ विपरीत स्थिति है। प्रारंभ में तो फल्गुसिंह की पत्नी को कोई बच्चा ही नहीं होता था। बांझ बनने की स्थिति में वे आ गई थीं, इसीलिए जब फुलझरिया का जन्म हुआ तो दोनों पति-पत्नी की खुशी की कोई सीमा न रही। उनकी शादी के एक लंबे समय बाद जब वे 'निसंतानी-निपुत्तर' बनने जा रहे थे, फुलझरिया ने पैदा होकर उन्हें एक भयंकर संकट से बचा लिया। इसीलिए फुलझरिया को वे लड़की नहीं, लड़का ही समझते हैं। फुलझरिया के बाद जब उसकी और दो बहनें पैदा हुईं तब भी वे हतोत्साहित नहीं हुए हैं। वे दोनों पति-पत्नी यह सोचते हैं कि जब किस्मत में लड़का नसीब होगा तो होगा, नहीं तो ये लड़कियां ही सब कुछ हैं। इसीलिए गांव की अन्य लड़कियों से अलग फुलझरिया और उसकी बहनें अपने घर का अतिशय स्नेह-प्यार पाती हैं।

फुलझरिया के यहां उसकी और उसकी बहनों की हमउम्र लड़कियां बराबर ही जुटी रहती हैं। चूंकि फुलझरिया और उसकी बहनें राजकुमारियों की तरह जिन्दगी जीती हैं, इसीलिए गांव की शेष उपेक्षित लड़कियों के लिए वे आकर्षण का केन्द्र बनी रहती हैं। जहां एक ओर गांव की लड़कियां अपने घर के लड़कों की तुलना में बहुत नगण्य, घर के कामों में दबी, झूला झूलने और मेहंदी चढ़ाने जैसी अपनी बुनियादी इच्छाओं की पूर्ति भी लुक-छिपकर करती हैं, वहीं फुलझरिया के पिता ने अपने बनिहारों-चरवाहों को फुलझरिया और उसकी बहनों के लिए झूला बनाने, मेहंदी की पत्तियां

तोड़कर लाने तथा गुड्डे-गुड़ियों की शादी में उनकी इच्छित सामग्री जुटाने का आदेश दे दिया है।

फुलझरिया के घर की इस बैठक में गांव की नई उम्र की लड़कियां ही ज्यादा आती हैं। वे विवाहित लड़कियां भी, जो अपनी ससुराल से लौट आई रहती हैं, यहां उपस्थित होती हैं। यहां लड़कियां झूला झूलने, गीत गाने, मेहंदी चढ़ाने, गुड्डे-गुड़ियों का ब्याह रचाने तथा एक-दूसरे को छेड़ने में लगी रहती हैं। गांव में लड़कियों के लिए ऐसी अनुकूल जगह और दूसरी नहीं। अपने घरों से अवकाश पाते ही गांव की लड़कियां सीधे यहां भाग आती हैं। हालांकि यहां सिर्फ बाबू घराने की लड़कियां ही आती हैं, चमरटोली और अन्य छोटी जातियों की नहीं। जहां दूसरे घरों में लड़कियों की यह मजलिस देख लोग नाराज होते, वहां फल्गुसिंह दम्पती यह देखकर खुश हो उठते कि उनकी लड़कियां अपनी सहेलियों के बीच चहकते हुए दिन गुजार रही हैं।

सती मैया के चौरे और घुनसार की बैठक की तरह ही यहां की अधिकांश लड़कियां भी अनपढ़ होती हैं। गांव में सिर्फ चौथी कक्षा तक की पढ़ाई होती है; लेकिन वह पढ़ाई भो पच्चीस प्रतिशत लड़कियां ही कर पाती हैं। असल में गांव के लोग लड़कियों को पढ़ाने के पक्ष में नहीं होते हैं। उनकी मान्यता है कि लड़कियां कम बोलें, लुक-छिपकर रहें, चूल्हा-चौका का काम जान जाएं, बस यही काफी है। शादी-ब्याह कर दिया जाएगा। जहां जाएंगी, वहां घर संभाल लेंगी। पढ़ाई-लिखाई और देश-दुनिया की जानकारी से उनको क्या मतलब?

यहां की बैठक की बातचीत का विषय यह होता है कि गांव में इस समय कौन लड़का सबसे अच्छा है। कौन लड़का किस लड़की को घूरता है। अमुक लड़की भाग्यशाली है, उसकी शादी बहुत जल्द तय हो गई। उसके बाप-भाई को बहुत घाट का पानी नहीं पीना पड़ा। अमुक लड़की के जीजाजी आए हैं। वे ऐसे हैं...। शाम को चलकर उनको छेड़ना होगा। इसके साथ ही ससुराल से नई-नई लौटी विवाहिताओं को पकड़कर शेष लड़कियां यह सुनती हैं कि अपने पति के साथ उनकी पहली रात कैसे गुजरी। अगर वे ना-नुकर करती हैं तो उन्हें सब मिलकर चिकोटी काटती

हैं। फिर किसी पर्व-त्योहार के अवसर पर नये-नये कपड़े पहन, सामूहिक स्वर में गीत गाते हुए झुण्ड की शक्ल में शिव-मंदिर या काली-मंदिर की ओर प्रस्थान करती हैं।

चमरटोली की लड़ाई के वक्त इस बैठक की रौनक भी खत्म हो गई थी; लेकिन अन्य बैठकों की तरह यह बैठक पूरी तरह स्थगित नहीं हुई थी। उस वक्त भी आसपास की कुछ लड़कियां यहां बराबर उपस्थित रहती थीं। असल में फल्गुसिंह का घर बाबू-मुहल्ले में एकदम बीचोबीच है। साथ ही उनका मकान बहुत बड़ा और सुरक्षित है। उस मकान में बैठी लड़कियों पर बाहरी आक्रमण की कोई संभावना नहीं।

चमरटोली की लड़ाई के वक्त यहां की लड़कियां आपस में बतियातीं कि अमुक-अमुक लोगों की हत्या हो गई। अब अमुक-अमुक लोगों की बारी है। उन्हें गांव में निकलने के लिए मना कर दिया गया है, सिर्फ यहीं तक उनके आने की इजाजत है। इसके साथ ही इस बैठक की लड़कियां चमर-टोली की लड़ाई को गलत साबित करते हुए जगिया और इस लड़ाई के कुछ अन्य प्रमुख नेताओं को सामूहिक रूप से खुब गालियां देतीं। ईश्वर से यह मनौती मनातीं कि वे इन आततायियों को उठा लें, जिनके चलते उनके बाप-भाई संकट में पड़े हैं। लेकिन उनकी धीमी आवाज फल्गुसिंह के मकान की एक कोठरी में ही दबी रहती। फिर भी लड़कियों को कुछ संतोष होता कि वे आततायियों को एकसाथ गलिया रही हैं तथा श्राप दे रही हैं। पता नहीं, किसके मुंह में कब सरस्वती का वास हो और उसकी बात सच हो जाए। उन दिनों इस बैठक की लड़कियां अपनी गालियों और अपने श्राप को सत्य रूप में देखने के लिए बेचैन रहतीं। लेकिन बाद में जैसे-जैसे स्थिति शांत होती गई, वैसे-वैसे उनकी बेचैनी भी खत्म होने लगी।

रामशरण बहू और दूधनाथ चौधरी की चर्चा इस बैठक में पहुंचने के बाद सती मैया के चौरे और घुनसार की बैठक की ही तरह यहां की लड़कियों के चेहरे पर भी आतंक और विस्मय के भाव उभर आते हैं। एक लड़की कहती है कि मेरी मां ने तो मना कर दिया है कि रामशरण बहू के सामने कभी मत पड़ना। अभी ब्याह-शादी सब बाकी है। न जाने वह बुढ़िया क्या कर बैठे?

एक दूसरी लड़की कहती है कि दूधनाथ चौधरी का लड़का कितना भोला-भाला और सुन्दर था! जब वह एक साल का था तब मैं उसके घर जाती थी तो वह अपनी मां की गोद से उछलकर मेरी गोद में आ जाता था। अब तो उसे देखती हूं तो पहचान में ही नहीं आता है कि यह वही लड़का है। फिर वह लड़की रामशरण बहू को श्रापने लगती है कि रामशरण बहू घुल-घुलकर मरेगी...उसकी देह में कीड़े पड़ेंगे...वह बहुत पाप कर रही है। इसके बाद ससुराल से लौटी एक नव-विवाहिता लड़की कहती है कि उसकी ससुराल में भी इसी तरह की एक डायन है। जब वह बहुरिया बनकर गई थी तो गांव की औरतों के बीच उसका मुंह देखने के लिए वह आई थी। लेकिन उसकी चतुर सास ने पहले ही उसकी कमर में एक तावीज लाकर बांध दिया था। फिर जब औरतों के साथ वह डायन मुंह देखकर चली गई थी तब उसकी सास ने पीले सरसों से उसे 'ओइंछ' कर सरसों के दाने चूल्हे में फेंक दिए थे। इस तरह डायन की कुपित दृष्टि के प्रभाव को उसकी सास ने खत्म कर दिया था। इसके बाद फुलझरिया कहती है कि पहले रामशरण बहू अकसर मेरे यहां आ जाया करती थीं। नजदीक घर होने के कारण बराबर आ धमकती थीं। लेकिन एक दिन मेरी मां ने बहुत प्रेम से उन्हें समझा दिया कि आप बुरा न मानेंगी, आपकी नजर ठीक नहीं है...मेरी लड़कियों को लग जाती है...वे बीमार पड़ जाती हैं...। बस, उस दिन से रामशरण बहू ने मेरे यहां आना छोड़ दिया। इसपर फुलझरिया की छोटी बहन लखेसरी खिड़की की ओर बढ़ते हुए कहती है कि खिड़की खोलकर देखा जाए न, जरूर रामशरण बहू अपने दरवाजे पर बैठी होगी। न जाने अपने दरवाजे पर बैठकर वह क्या बुदबुदाती रहती है! फिर खिड़की खोलकर लखेसरी आश्चर्य प्रकट करती हुई सबको बुलाती है, "अरे सोनिया, तेतरी, रमरतिया, सुगिया, सब दौड़ो, देखो, सचमुच रामशरण बहु अपने दरवाजे पर बैठी है!"

इसके बाद सब लड़कियां उस खिड़की पर आ जुटती हैं और आंखें फाड़-फाड़कर रामशरण बहू को देखने लगती हैं। एक लड़की कहती है, कि गली में आने-जाने वालों की ओर ताक कैसे रही है, जैसे खा जाएगी। फिर एक दूसरी लड़की कहती है कि मुझे तो इसको देखकर ही डर लगता है। इसके

बाद तीसरी लड़की सब लड़कियों को दिखाते हुए कहती है कि देखो, रामशरण बहू की हल्की-हल्की मूंछें हैं। डायन की मूंछें होती हैं! अचानक इसी बीच रामशरण बहू की नजर इस खिड़की की ओर आ जाती है। फिर लड़कियों के बीच तहलका मच जाता है। वे खिड़की से भागने लगती हैं कि अरे! रामशरण बहू इधर ही ताकने लगी...। अब फुलझरिया खिड़की के पास आती है। फिर रामशरण बहू के ताकने के उत्तर में खूब जोर से खिड़की बन्द करती है। खिड़की बन्द करने के बाद उसे कुछ नजर तो नहीं आता, लेकिन वह अनुमान लगाती है कि उसकी खिड़की की तेज आवाज से रामशरण बहू की पलकें एक क्षण के लिए जरूर बंद हो गई होंगी।

फुलझरिया के घर के बाद गांव में महिलाओं की चौथी बैठक कच्ची सड़क के किनारे लगती है। कच्ची सड़क इस गांव से होकर गुजरी है। अनेक गांवों को एक-दूसरे से जोड़ते हुए शहर जाने वाले मार्ग से जा मिली है। इसकी हालत बहुत शोचनीय है। यह जगह-जगह टूट गई है। इसमें कई जगह गड्ढे हो गए हैं। यह निरंतर नीचे की ओर धंसती ही जा रही है। इसके दोनों किनारों के खेत अब इससे ऊंचे दिखने लगे हैं। अपनी इस हाल में भी शहर से आने वाली बसों और गांव से जाने वाली बैलगाड़ियों का बोझ यह अपने सीने पर सहतीरहती है।

इसी कच्ची सड़क के किनारे महिलाओं की बैठक लगती है। यहां की बैठक सिर्फ सुबह और शाम को लगती है—सुबह भोर होने से पहले और शाम धुंधलका घिरने के बाद। वैसे यहां औरतें बैठक लगाने के उद्देश्य से नहीं आती हैं। वे तो सुबह-शाम यहां फराकित होने आती हैं। लेकिन जब पांच-दस की संख्या में एक जगह जुट जाती हैं तब अपने-आप उनकी बैठक लग जाती है। फिर शौच करने से पहले या शौच करते हुए या शौच करने के बाद बातों में मशगूल रहती हैं।

असल में गांव के नब्बे प्रतिशत लोगों को गांव में हर तरह के निर्माण की आवश्यकता महसूस होती है, लेकिन अपने घर में शौचालय के निर्माण की आवश्यकता महसूस नहीं होती। इसके पीछे जहां गांव के कुछ लोगों की विपन्नता है, वहीं शेष लोगों की दकियानूसी भावना है। परिणामतः औरतों को सड़क के किनारे जाना पड़ता है। मर्दों की तरह न तो वे दूर खेतों में जा

सकती हैं और न गांव के बीच कोई ऐसा स्थल होता है, जहां सामूहिक रूप से वे मल-विसर्जन कर सकें।

एक बार एक शहर की लड़की गांव की महिलाओं पर रिसर्च करने के लिए इस गांव में आई थी। कुछ महिलाओं को देखने और उनसे मिलने के बाद उसने अपनी डायरी में नोट किया कि बदन दिखाने वाले आधुनिक फैशन से दूर, शहर की महिलाओं की अपेक्षा गांव की महिलाएं रहन-सहन और अपने व्यवहार में पूरी तरह लज्जाशील हैं। लेकिन जब शाम को सड़क के किनारे पाखाना करते हुए उसने औरतों को देखा तो उसके होश उड़ गए। सड़क से लोग आते-जाते रहते हैं, बैलगाड़ियां गुजरती रहती हैं और औरतें दूसरी तरफ मुंह किए कपड़े उठाए बैठी रहती हैं। उसने अपनी डायरी में पहले लिखी पंक्तियों को काटकर पुनः लिखा कि बदन दिखाने और निर्लज्जता के स्तर पर गांव की महिलाओं के सामने शहर की महिलाओं का कोई अस्तित्व नहीं।

यहां की बैठक में अन्य बैठकों की तरह ही विभिन्न प्रकार की बातें होती हैं। लेकिन इस बैठक की यह खासियत होती है कि यहां महिलाओं के आपसी राग-द्वेष की चर्चा खूब चलती है। पीठ-पीछे यहां महिलाएं एक दूसरे को खूब गलियाती हैं। कभी-कभी आमने-सामने हो जाने पर 'पुतवा कटनी' और 'भतरा कटनी' के पवित्र उच्चारण के साथ हाथापाई और झोंटा-झोंटी भी कर बैठती हैं।

चमरटोली की लड़ाई के वक्त यहां की बैठक एकदम खत्म हो गई थी। कुछ लोगों ने अपने यहां संडास खोद लिए थे। कुछ लोगों के यहां से नालियों में विष्ठा बहाया जाने लगा था। शेष औरतें अपने घर में ही शौच जातीं और सुबह-शाम लोगों की नजर बचा कूड़े-कर्कट वाले स्थान पर फेंक देतीं। लेकिन अब पुनः सड़क अपनी पहली स्थिति में लौट आई है। यहां की बैठक पुनः चालू हो गई है।

रामशरण बहू और दूधनाथ चौधरी के लड़के से सम्बन्धित सूचना इस बैठक में सबसे पहले पहुंचती है। फिर इस बैठक में अफवाहों का बाजार गर्म हो जाता है। यहां की औरतें रामशरण बहू को लेकर ऐसी-ऐसी अफवाहें उड़ाती हैं कि सुनकर ही भय लगने लगता है। इस सूचना के आने के बाद

अब इस बैठक की महिलाएं शाम गहराने से पहले ही घर भाग जाती हैं कि कहीं रामशरण बहू आ न जाए! कहीं अन्धकार में वह छिपकर बैठी न हो! हालांकि उनकी यह धारणा सच नहीं होती थी। लेकिन एक बार सच हो जाती है। औरतों के बीच सनसनी की तरह यह खबर फैल जाती है कि रामशरण बहू आई है। फिर जो जिस स्थिति में होती है, उसी स्थिति में मुड़कर देखने लगती है। सचमुच रामशरण बहू दुखन की मां को लेकर फराकित होने आ गई हैं। यह तो इस ओर नहीं आती थीं। आज कैसे आ गई? औरतों के बीच भगदड़ मच जाती है। गिरती-पड़ती औरतें वहां से भागने लगती हैं। रामशरण बहू तो अवाक् चुपचाप देखती रहती हैं। लेकिन दुखन की मां बोल पड़ती है, "भागो-भागो, नहीं तो राक्षसी निगल जाएगी...तुम सब मानवी हो और हम दोनों राक्षसी हैं... ।"

इसपर भागती हुई औरतों के बीच से एक औरत कहती है, "दुखन की मां भी डायन हो चली है...रामशरण बहू के साथ डायन-विद्या सीखने के लिए रहती है... ।"

अभी उस औरत की बात पूरी भी नहीं होने पाती है कि दुखन की मां गरजती हुई भागती औरतों की तरफ क्रुद्ध होकर सिंहनी की तरह झपटती है, "ठहर-ठहर, मैं डायन हूं तो अभी तुझको बताती हूं...रामशरण बहू की तरह मुझे बेसहारा न समझ। तेरी साड़ी खोलकर इसी सड़क पर तुझे नचा न दिया तो मेरा नाम बदल देना... ।"

लेकिन दुखन की मां के आगे बढ़ने तक भागती औरतें सड़क से उतर गांव की एक गली में घुस चुकी होती हैं। दुखन की मां को सुनाई पड़ता है, एक औरत कह रही है, "चमरटोली की लड़ाई के बाद इस दुखना की मां का मन बहुत बढ़ गया है। यह जानती है कि बराबर इसीका पलड़ा भारी रहेगा। जब कहीं फिर दो-चार हाथ खाएगी तब अपने-आप रास्ते पर आ जाएगी... ।"

दुखन की मां गुस्से में आगबबूला हो उठती है। मन-ही-मन उसे बहुत अफसोस होता है, काश, वह औरत पास होती! एक क्षण तक वह जलती आंखों से उस ओर को देखती रहती है, फिर पलटकर रामशरण बहू के पास

आ जाती है। अब तक रामशरण बहू की आंखों से आंसू ढरकते हुए उनके गालों से होकर चू रहे होते हैं। दुखन की मां रामशरण बहू को चुप कराती है। फिर उन्हें लेकर चल देती है।

इस सड़क के बाद गांव में महिलाओं की पांचवीं बैठक तरेंगन साव के महुए के नीचे लगती है। गांव से बाहर पश्चिम दिशा में तरेंगन साव का एक विशाल महुआ का वृक्ष है। पूरे गांव में इसके जोड़ का और कोई वृक्ष नहीं। इसकी जड़ के पास मिट्टी डालकर चबूतरे जैसा बना दिया गया है। लोग कहते हैं, जब महुआ में फुलियां निकलने लगती थीं तो तरेंगन साव की खटिया महुआ के नीचे बिछ जाती थी। फिर वे रात-दिन यहीं पड़े रहते और महुआ की फुलियां चुनते जाते। इस एक महुआ के पेड़ से तरेंगन साव को इतना महुआ प्राप्त हो जाता था कि चोरी-छिपे गांव के लोगों को वे वर्ष भर शराब पिलाते रहते थे। लेकिन तरेंगन साव के गुजर जाने के बाद अब यहां खटिया डालकर कोई नहीं रहता। महुआ में फुलियां लगने के बाद शाम-सुबह उनके परिवार के लोग सिर्फ चुनने के लिए आते हैं। बाकी दिनों में तो इस महुआ के नीचे मजदूर औरतों की बैठकी लगी रहती है। गांव की अन्य दिशाओं की मजदूर औरतें चाहे जहां बैठती हों, इस ओर की औरतें तो रोपनी और कटनी के वक्त पानी और धूप से बचने के लिए इसी महुए की छाया में आती हैं। घास काटने के लिए भी खेतों में आने के बाद इस महुआ के नीचे वे अवश्य ही सुस्ताती हैं। महुए की छाया बहुत शीतल लगती है। गांव से दूर खेतों में होने के कारण यहां गंदगी तनिक भी नहीं होती और काफी शांति रहती है। यहां सिर्फ चमरटोली और अन्य छोटी जाति की मजदूर औरतें ही बैठती हैं, बाबू घराने की औरतें नहीं।

चमरटोली की लड़ाई से पहले यहां की औरतों की बातें अकसर इसी विषय पर होती थीं कि अमुक के पति को अमुक बाबू साहब ने आज बिना किसी कारण के पीटा है। अमुक के ऊपर अब इतना कर्ज हो गया। बनिहारी-चरवाही करके वह कर्ज से मुक्ति नहीं पा सकता है। अमुक का पति बाबू साहब के यहां अब बनिहार रहना नहीं चाहता है। वे उससे ज्यादा काम लेते हैं और अकसर मारते-पीटते भी रहते हैं। लेकिन वह उनसे मुक्त हो तो कैसे? उनका कहना है कि मेरा कर्ज चुकता करके हटो। उन्होंने तो सिर्फ दो सौ रुपये

उसे दिए थे; लेकिन ब्याज का ब्याज जोड़कर इस चार साल में ही दो सौ का इग्यारह सौ बना दिया है। हालांकि एक दूसरे बाबू से उसने बात कर ली है। वे उसका कर्ज चुकता कर उसे छुड़ाकर अपने यहां ले जाएंगे। लेकिन पता नहीं, इग्यारह सौ का वे कितना बनाएंगे? शायद पूरी जिन्दगी उनके यहां ही उसे रहना पड़े। मरने के बाद भी अमुक बनिहार की तरह उसकी पत्नी और बेटे को उनके यहां खटना पड़े। अमुक के लड़के ने अमुक बाबू साहब के यहां चरवाही का काम पकड़ लिया है और इतने पैसे पर तय हुआ है। अमुक बाबू साहब का बनिहार रात में अपने बाल-बच्चों के साथ कहीं भाग गया। उसके ऊपर उस बाबू साहब का बहुत कर्ज है। वे लोग लाठी लेकर आसपास के गांवों में उसे खोजने गए हैं। मिल जाने पर वे लोग उसकी जमकर मरम्मत करेंगे और घसीटकर पुनः इस गांव में खींच लाएंगे। अमुक का पति दारू पीता है। कर्ज बढ़ते जा रहे हैं और उसे कोई चिन्ता नहीं। अमुक के पति को अचानक लकवा मार गया है। वह अब घर पर पड़ा रहता है। जिसके यहां वह बनिहार था, वह आकर उसके बदले में उसकी पत्नी को खींच ले गया है। हल नहीं चलाएगी, लेकिन और सारा काम तो करेगी ही। दो महीने से भागा हुआ अमुक चरवाह अमुक गांव में पकड़ा गया है। उस गांव के बाबू लोग यह जानने के बाद कि भरतपुर के एक बाबू साहब का वह चरवाह है, वे उसे पकड़कर लेते आए हैं।

इसके साथ ही उस समय इस बैठक की औरतों के बीच कुछ गुप्त बातें भी होती थीं। अपनी सहेलियों या विश्वासपात्राओं के कान में फुसफुसाते हुए औरतें कहतीं कि आज अमुक बाबू साहब ने रात में अपने खलिहान में मुझको बुलाया है। बीस रुपये में तय हुआ है। तीन आदमी रहेंगे। अमुक औरत को रात में अमुक बाबू साहब ने उस बगीचे में बुलाया था। बात दो आदमियों की थी, लेकिन वहां सात मौजूद थे। इसपर भी जितने रुपये तय हुए थे, उसके आधे भी उसे नहीं मिले। अब वह पहले पैसा ले लेती है तो जाती है। वह कह रही थी कि हरामी ने बदला लिया है। एक बार उसके बुलाने पर नहीं गई थी, उसीका दंड दिया है। उस बनिहार की लड़की को अमुक बाबू साहब का गर्भ है। वे गर्भ गिराने उसको लेकर शहर गए हैं।

अमुक औरत किसी बाबू साहब की बात नहीं सुनती। वह किसीको अपने पास नहीं फटकने देती। लेकिन इसीके चलते बाबू लोग उसके पति को दूसरे-दूसरे बहाने से पीटते और परेशान करते हैं। अभी नई-नई है। धीरे-धीरे सब समझ जाएगी। यह जान जाएगी कि बनिहार-चरवाह की औरतें सार्वजनिक धर्मशाला होती हैं, जब जिसकी इच्छा होती है, आकर ठहर जाता है। अमुक चरवाह के साथ अमुक बाबू साहब की लड़की फंसी है। वह दिन-पर-दिन दुबलाता जा रहा है। एक बार जब बाबू साहब को इसकी भनक मिली तो एक दूसरे बहाने से उन्होंने उसे खूब पीटा। लेकिन उसका दोष ही क्या? वे अपनी बेटी को क्यों नहीं रोकते, जो रात में उस चरवाह की देह पर जबर्दस्ती चढ़ जाती है।

लेकिन चमरटोली की लड़ाई के बाद इस बैठक की औरतों की बातें एकदम बदल गई हैं। अब तो वे आश्चर्य प्रकट करने और सपने संजोने लगी हैं। एक औरत कहती है, “मैंने तो कभी सोचा भी नहीं था कि ऐसा होगा... अब तो यह गांव पहचान में भी नहीं आता...।”

एक दूसरी औरत कहती है, “लेकिन काफी समय तक यह स्थिति रहेगी नहीं...बाबू लोग जरूर अपना दल मजबूत कर रहे होंगे...पुश्तों से उनका शासन चलता आया है...इतने से वे नहीं महटियाएंगे।’”

इसपर एक तीसरी औरत कहती है, ‘अरे हां, सुनने में आया है, बाबू लोग कहते हैं कि जगिया को मरवा दिया जाए...सारे उपद्रव की जड़ वही है।”

फिर एक चौथी औरत कहती है, “मेरे जो ‘वो’ हैं, उनको तो मैं बराबर समझाती रहती हूं कि लड़ाई-झगड़ा में मत रहिए...कोई मार देगा, तो फिर मैं किसके सहारे जिऊंगी...लेकिन वे कहते हैं कि एक तुमको ही देखूं या तुम्हारी जैसी इस गांव की अनेक औरतों को...उनकी तो बात ही मेरी समझ में नहीं आती है। इस वक्त तो वे बराबर घर से बाहर ही रहते हैं...।”

इसपर एक पांचवीं औरत कहती है, “मेरे ‘वो’ भी मेरी बात नहीं मानते, सिर्फ मार-काट की बात ही करते रहते हैं...मैं कहती हूं, जिसे तुम मारोगे, वह तो तुम्हें पूजेगा नहीं...वह भी तुम्हें मारेगा...फिर इससे क्या फायदा।...तब वे

कहते हैं, 'हम किसीको मारते नहीं, सिर्फ जवाब देते हैं। हम तो वर्षों से पीटे जा रहे हैं, लेकिन अब हमने सोच लिया है, चुपचाप सहेंगे नहीं, ईंट का जवाब रूई के फाहे से नहीं, पत्थर से देंगे।'"

इसपर एक छठी औरत कहती है, "पता नहीं, आगे क्या होगा...इस वक्त तो सचमुच लड़ने का फायदा महसूस हो रहा है। बिना लड़े हमें इतनी इज्जत कभी नहीं मिलती...अब तो बाबू लोग देखते हैं तो माथा झुका लेते हैं... पहले की तरह गंदे-गंदे मजाक और भद्दे-भद्दे इशारे वे नहीं करते। खलिहान और बगीचे में भी नहीं बुलाते हैं...।"

इसके बाद एक सातवीं औरत कहती है, "भगवान करे, बराबर ऐसा ही समय रहे!"

इस बैठक में जब रामशरण बहू और दूधनाथ चौधरी के लड़के का जिक्र छिड़ता है तो एक औरत कहती है, "भई, मुझे रामशरण बहू से कभी सरोकार नहीं पड़ा...उनके बारे में मैं कुछ भी नहीं जानती। लेकिन जब सारा गांव उन्हें डायन कहता है, तब मुझे भी मानना ही पड़ता है।"

एक दूसरी औरत, जो काफी बूढ़ी है, कहती है, "रामशरण बहू बड़ी दयावन्त हैं...चमरटोली की लड़ाई से पहले जब हम लोग उनका खेत रोंपकर शाम को मजूरी लेने उनके घर पहुंचती थीं तो वे एक-एक चुल्लू तेल हमें माथे पर रखने के लिए देती थीं। मेरा मन कहता है, वे डायन नहीं हैं...।"

इसपर एक तीसरी औरत कहती है, "अरे नहीं काकी, तुझको क्या पता ... रामशरण बहू तो पक्की डायन है...मेरा मरद उसके यहां बनिहार था...सिर्फ तीन साल ही उसके यहां रहा था कि उसने ऐसा बाण मारा कि उसने खाट पकड़ ली। फिर मैं लाख कोशिश करती रह गई, मेरा सुहाग नहीं बचा...ओझाओं ने मुझे बताया है, रामशरण बहू ने ही उसे मारा है...।"

चौथी औरत कहती है, "उसने मेरे बेटे को भी किया है...उसका पति मेरे बेटे को चरवाह रखना चाहता था, लेकिन मेरा बेटा तैयार नहीं हुआ...इसपर मेरे बेटे की ओर पलटकर उसने ऐसे देखा कि मेरा बेटा उसी दिन से रोगिआया रहता है...।"

इसके बाद एक पांचवीं औरत कहती है, "दूधनाथ के बेटे को उसने बाण मारा है, अच्छा किया है। दूधनाथ भी अपने को शेर समझता है...इस गांव में एक नंबर का पाजी और बदमाश है वह...वह तो चमरटोली की लड़ाई के बाद कुछ शांत हुआ है, नहीं तो मुंहफट तो ऐसा था कि बात पीछे गाली देता था...।"

इस तरह तरेंगन साव के महुआ के नीचे औरतों की बातें चलती रहती हैं। इस बैठक के बाद गांव में महिलाओं की छोटी-बड़ी और चार-पांच बैठकें हैं। प्रायः सभी बैठकों में रामशरण बहू और दूधनाथ चौधरी के लड़के की चर्चा चलती है। जहां पुरुषों की बैठकों में कुछ लोग रामशरण बहू को डायन मानते हैं और कुछ लोग उन्हें डायन मानने के पक्ष में नहीं हैं, वहां महिलाओं की बैठकों में प्रायः सभी रामशरण बहू को डायन मानती हैं। जो चंद महिलाएं इससे अलग हटकर सोचती हैं, उनकी संख्या नहीं के बराबर होती है। हालांकि दुखन की मां इन सबसे भिन्न होती है।

शाम हो चली है। रामशरण बहू अपने घर में अकेली पड़ी हैं। दुखन की मां तो दुपहरिया ढलने के बाद ही काम पर चली गई है। रामशरण बहू को अब अकेलापन बहुत खलता है। पहले वे अकेले रह जाती थीं, उन्हें कोई तकलीफ महसूस नहीं होती थी, लेकिन अब तो अकेलापन उन्हें काटने दौड़ता है। अकेली होते ही वे डरने लगती हैं, जाने कब क्या हो जाए? खासकर रामशरण की उस घटना के बाद से उनका यह डर बहुत बढ़ गया है। इधर जब से गांव में दूधनाथ चौधरी के लड़के के साथ उनके नाम को जोड़कर तरह-तरह की कहानियां कही-सुनी जाने लगी हैं तब से तो वे बहुत शंकित रहने लगी हैं। दुखन की मां जब पास होती है तब उन्हें एक सहारा जैसा प्रतीत होता रहता है, लेकिन उसके हटते ही वे घबराने लगती हैं।

रामशरण बहू देखती हैं, शाम का धुंधलका छप्पर से उतरते हुए घर और आंगन में परसने लगा है। वे अंदाजा लगाती हैं, अब दुखन की मां के लौटने का वक्त हो गया है। लेकिन दुखन की मां बराबर समय से ही तो नहीं लौटती।

कभी शाम घिरने से पहले ही लौट आती है, तो कभी शाम के गहराकर रात बन जाने के बाद लौटती है।

अचानक दरवाजा खटखटाता है। शायद दुखन की मां हो। रामशरण बहू तेजी से उठकर दरवाजे की ओर बढ़ती हैं। फिर बिना पूछे कि कौन है, किवाड़ खोल देती हैं। लेकिन यह क्या? दुखन की मां के स्थान पर मुसन ओझा खड़ा है। यह मुसन ओझा क्यों आया है?

मुसन ओझा रामशरण बहू को अपनी ओर ताकते देख बोल उठता है, "पाय लागी काकी!"

रामशरण बहू जवाब देती हैं, "खुश रहो।"

यह मुसन ओझा उनके यहां आता तो नहीं था, लेकिन जहां कहीं भी उनपर उसकी नजर पड़ती थी, 'पायलागी' जरूर करता था। रामशरण बहू पूछती हैं, "किसको खोज रहे हो मुसन?"

"आप ही के पास आया हूं...कुछ काम है।"

"क्या काम है मुझसे?" रामशरण बहू चौंकते हुए पूछती हैं।

"दरवाजे पर बैठना ठीक नहीं होगा।" मुसन उनके जिज्ञासापूर्ण आश्चर्य को और बढ़ा देता है। वे मुसन को अन्दर आने को कहती हैं; लेकिन घर के अन्दर उसे नहीं ले जातीं, ओसारे में ही एक जगह उसे बैठाकर उसके सामने मचिया पर स्वयं बैठ जाती हैं। फिर पूछती हैं, "अब बताओ?"

मुसन कहता है, "दूधनाथ चौधरी ने मुझे भेजा है।"

अचानक रामशरण बहू को लगता है कि सामने बिठाकर किसीने उनके सीने में एक तेज चाकू घोंप दिया हो। एक क्षण के लिए उनके हृदय की गति बहुत बढ़ जाती है। उनकी आंखों के सामने अंधेरा छाने लगता है। लगता है, जैसे भूकम्प आ गया हो। उनके चेहरे पर पसीने की बूंदें चुह-चुहा आती हैं लेकिन यह एहसास होते ही कि मुसन सामने बैठा है, इस तरह घबराना ठीक नहीं होगा, वे अपने को संयत करते हुए पूछती हैं, "क्यों भेजा है?"

"आप तो जानती ही होंगी काकी! आपसे क्या छिपा है? अगर उनके लड़के को कुछ हो गया तो वे..."

"तो वे मुझे सजा देंगे मेरी दुर्गति बनाएंगे—यही न! लेकिन मुसन, भीड़ में तो तुम कुछ भी स्वीकार कर लेते हो, यहां मेरे और तुम्हारे सिवा और कोई नहीं है...मैं तुमसे पूछती हूं कि क्या तुम्हें लगता है कि मैंने उसके लड़के को कुछ किया है? मैं तुलसी, गंगाजल और भगवान की मूर्ति लाकर रखती हूं, तुम उन्हें छूकर कह दो तो जानूं...।"

मुसन कहता है, "एक मैं ही होता तब तो। काकी, वहां तो गांव और बाहर के अनेक ओझा जुटे हैं। सब आपका ही नाम ले रहे हैं। फिर एक मेरे ना कहने से भी क्या होता?"

अब रामशरण बहू क्रोधित होते हुए कहती हैं, "मुसन! मैं तुम सब ओझाओं को पाखंडी समझती हूं। पाखंड करके ही तुम सब दूसरों को ठगते हो। तुम सबमें सत्य हो तो मुझपर अपना प्रभाव दिखाओ...अन्य महिलाओं की तरह मुझे भूत खेलवा दो तो मैं अपनी सारी सम्पत्ति तुम्हें दे दूंगी...।"

मुसन रामशरण बहू के गुस्से को कम करने के लिए थोड़ा मुस्कराता है, फिर कहता है, "मेरी रोजी-रोटी उसीसे चलती है काकी!"

रामशरण बहू कहती हैं, "लेकिन यह ठीक नहीं है। जिस माध्यम से रोजी-रोटी हासिल करने पर दूसरों का अहित होता हो, उसे छोड़ देना चाहिए...।"

मुसन माथा झुका लेता है। रामशरण बहू को याद है, उनके पति कहते थे, जो गरीब लोग चतुर होते हैं, जिन्हें बनिहारी-चरवाही की मजदूरी उचित नहीं जान पड़ती है, वे ओझाई या इसी तरह के अन्य रास्तों से लोगों को ठगते हैं। उनके पति कहते थे कि जब समाज में चतुर लोगों को उनके अनुकूल काम नहीं मिलता, तब वे ही बुराइयां फैलाना शुरू करते हैं।

रामशरण बहू जानती हैं, मुसन बहुत चतुर व्यक्ति है। दूधनाथ चौधरी से कहकर आया होगा कि जाकर रामशरण बहू को इस तरह डांटूंगा, उस तरह डाटूंगा; लेकिन यहां आने पर उसका रूप ही कुछ और हो गया...फिर यहां से लौटेगा तो दूधनाथ चौधरी को बताएगा कि उसने कैसे रामशरण बहू को डराया-धमकाया। उसे देखते ही रामशरण बहू कांपने लगीं। उसके पैर पर आ गिरीं, आदि।

रामशरण बहू पूछती हैं, "मुसन! और कुछ कहना है?"

"नहीं काकी!" कहकर मुसन उठ खड़ा होता है। रामशरण बहू दरवाजे तक उसके पीछे-पीछे आती हैं। अब तक अंधकार घिर गया है। मुसन रामशरण बहू को पाय लागन कहकर दरवाजे से निकल चल देता है। लेकिन ठीक उसी समय दुखन की मां अन्धकार के कारण जाने वाले व्यक्ति को नहीं पहचान पाती है, इसीलिए वह रामशरण बहू से पूछती है, "कौन आया था?"

वे जवाब देती हैं, "मुसन ओझा।"

"मुसन ओझा! यहां क्यों आया था?" दुखन की मां का मुंह आश्चर्य से खुला रह जाता है।

"दूधनाथ चौधरी ने भेजा था।"

"अच्छा तो दूधनाथ चौधरी की यह हिम्मत! आपने मुसन ओझा को डांटा क्यों नहीं? भगाया क्यों नहीं? हंड़िया चलाकर क्यों नहीं मारा?" दुखन की मां आवेश में चिल्ला उठती है।

रामशरण बहू कहती हैं, "दुखन की मां! मुसन को मुझसे डर होता तो फिर वह यहां आता ही कैसे और दूधनाथ चौधरी अगर डरते तो फिर उसे मेरे पास भेजते ही क्यों?"

"मैं यह सब नहीं सुनूंगी," दुखन की मां झल्लाती है, "आप बहुत सोझिया (सीधी) हैं...सोझिया का मुंह कुत्ता चाटता है...मैं होती तो उसे बिना मारे नहीं छोड़ती...टेढ़ बनना ही पड़ता है। बिना टेढ़ हुए गुजारा नहीं। टेढ़ से सब डरते हैं। बाबा तुलसी दास ने लिखा है :

'टेढ़ि जानि संका सब काहू,
वक्र चन्द्रमा ग्रसै न राहू।'

दुखन की मां और रामशरण बहू आंगन में आ जाती हैं। दुखन की मां ढिबरी जलाती है। फिर पूछती है, "क्या कह रहा था हरामजादा?"

"क्या कहेगा? दूधनाथ चौधरी की धमकी मुझे सुनाने आया था कि अगर उनके लड़के को कुछ हो गया तो वे..."

"यानी दूधनाथ अब आपको धमकाने लगे हैं? एक अबला पर बाघ बन रहे हैं? वे समझ रहे हैं कि आप अकेली हैं? रहिए, मैं पूरे गांव को खबर करती

हूं...देखती हूं कि वे आपका क्या कर लेंगे...?"

"दुखन की मां! गांव के लोग अब तक इस घटना से अनजान नहीं हैं। सब लोग जानते हैं। किसीसे कहकर क्या करोगी?"

"नहीं मालकिन, लोग नहीं जानते हैं। मैं बताऊंगी और उसके बाद देखिएगा दूधनाथ चौधरी को आपसे कुछ भी पूछने की हिम्मत नहीं रहेगी।"

दुखन की मां चूल्हा-चौका के कामों में लग जाती है और रामशरण बहू अपने बिस्तरे पर आकर गिर पड़ती हैं। दुखन की मां काम करते हुए ही बड़बड़ाती रहती है, "दूधनाथ सड़-सड़कर मरेगा...उसके बदन में कीड़े पड़ेंगे...एक अबला को सताते हुए उसे तनिक भी डर नहीं लगता है...वह पापी है ...हत्यारा है..."

इधर रामशरण बहू सोचने लगती हैं, ऐसा पहले कभी नहीं हुआ था। गांव के लोग उन्हें डायन जरूर कहते थे, कई घटनाओं में उनके नाम को जोड़ा भी गया था; लेकिन उन्हें धमकाने के लिए किसी ओझा को कभी उनके पास नहीं भेजा गया था। जाने अब और कौन-सा दिन उन्हें देखने को बाकी है! रामशरण बहू भगवान से प्रार्थना करती हैं कि अब और उन्हें कष्ट झेलने के लिए न रहने दें। शीघ्र ही उठा लें। रामशरण बहू ने जहर खाकर अब तक आत्महत्या कर ली होती; लेकिन उन्होंने सुना है, अकाल-मृत्यु से लोग प्रेत-योनि को पाते हैं। जाने पूर्वजन्म में उन्होंने ऐसा कौन-सा पाप किया था कि उन्हें इतना दुःख भुगतान पड़ रहा है, जहर खाकर मरने पर जाने किस-किस योनि में भटकना पड़े!

दुखन की मां रसोई तैयार कर रामशरण बहू के सामने परोसती है। रामशरण बहू को खाने की तनिक भी इच्छा नहीं। उनकी भूख तो मुसन ओझा अपने साथ लेते गया है, और उसके स्थान पर दहशत दे गया है। लेकिन रामशरण बहू जानती हैं, दुखन की मां उन्हें बिना खिलाए छोड़ेगी नहीं। कोई बहाना नहीं सुनेगी। इसीलिए वे अनिच्छा से खाने लगती हैं, पर दुखन की मां लक्ष्य कर लेती है। कहती है, 'मालकिन, आप इत्मीनान से खाएं। तनिक भी न सोचें। दूधनाथ आपका कुछ नहीं कर पाएगा। जो बादल गरजते हैं, वे बरसते नहीं हैं...।"

रामशरण बहू सोचने लगती हैं, यह दुखन की मां उनका कितना खयाल

करती है। हालांकि वे उसे मुफ्त में तो कुछ देतीं नहीं, लेकिन फिर भी वह उनके ऊपर लगाए गए झूठे आरोप से कितना क्षुब्ध हो उठती है! वैसे वह छोटी जाति की औरत है। गांव में चौका-बर्तन का भी छोटा काम ही करती है। लेकिन रामशरण बहू के मन में उसके प्रति बहुत ऊंची जगह बन गई है। रामशरण बहू को लगता है कि एक दुखन की मां ही है जो उन्हें अच्छी तरह जानती है। काश, गांव के सब लोग उनको अच्छी तरह जानने के बाद ही कोई निर्णय लेते!

रामशरण बहू को खिलाने के बाद दुखन की मां स्वयं खाने बैठ जाती है। अकसर जिस दिन चिंतित और दुःखी होने के कारण रामशरण बहू अच्छी तरह खा नहीं पाती हैं, उस दिन दुखन की मां से भी ठीक से खाया नहीं जाता है। हालांकि उसने कई बार सोचा है, रामशरण बहू के लिए वह क्यों ऐसा करती है? वे उसकी होती ही कौन हैं? वह उनके यहां तो एक मामूली दाई है। लेकिन इसके बावजूद जब कहीं लोग उनके खिलाफ बतियाते हैं तो वह पिछली बातें भूल लड़ाई-झगड़ा करने पर उतारू हो जाती है। असल में रामशरण बहू के साथ एक लम्बे समय से रहते आने के कारण वह यह भली भांति जान गई है कि रामशरण बहू कहीं से भी गलत नहीं हैं। उसके मन में इस बात का पूरा विश्वास है कि गांव के लोग रामशरण बहू से दूर रहने के कारण ही उनपर तरह-तरह के आरोप लगाते हैं। अगर लोग उसकी तरह रामशरण बहू की जिन्दगी के नजदीक होते तब उनके विरुद्ध कभी आवाज नहीं उठाते। दुखन की मां को लगता है कि रामशरण बहू औरत नहीं, देवी हैं। उनकी तरह धर्मात्मा, दानी, दयावान और परोपकारी गांव में और कोई दूसरी औरत नहीं।

खाना खाने के बाद रामशरण बहू और दुखन की मां अपने बिस्तरे पर जा पड़ती हैं। रामशरण बहू तो रामायण की घटना के बाद से ही अच्छी तरह सो नहीं पाई हैं। कभी-कभार कुछ देर के लिए उनकी आंख लग जाती है, नहीं तो जगी ही रहती हैं। लेकिन दुखन की मां को नींद आने लगती है, हालांकि सोने से पहले वह रामशरण बहू को समझाती है, "मालकिन, आप दूधनाथ को लेकर कुछ भी न सोचेंगी...आंख मूंदकर सो रहेंगी...और हां, अब अगर उसके यहां से कोई आए तो उसे डांटकर खदेड़ देंगी...कोई बात नहीं करेंगी

...आप उसकी जमीन में नहीं बसी हैं कि वह आपको निकालने आएगा...बाबू है तो अपने घर के लिए...।"

दुखन की मां सो जाती है। थकी-मांदी होने के कारण नींद उसे शीघ्र ही दबोच लेती है। रामशरण बहू कुछ देर तक उसका सोना देखती रहती हैं, फिर छप्पर की ओर ताकते हुए सोचने लगती हैं, यह कोई साधारण घटना नहीं है। धमकाने के बाद तो सिर्फ अंतिम कार्य ही रह जाता है। जिसकी कल्पना से ही उनका अन्तर कांपने लगता है। इस गांव में उनकी इतनी लंबी उम्र गुजर गई है। लोगों ने बांझ कहा, बदचलन होने का आरोप लगाया; लेकिन कभी उनके घर कोई धमकाने नहीं आया। दुखन की मां सांत्वना दे रही है, लेकिन वह बेचारी कर ही क्या सकती है? एक उसके पक्ष लेने से क्या होने वाला है? वह तो चमरटोली की लड़ाई के बाद किसीसे लड़-झगड़ भी लेती है, अन्यथा पहले तो।...

रामशरण बहू जानती हैं, दुखन की मां उनको ढाढस देने के लिए ही झूठ बोलती है कि गांव के लोग नहीं जानते हैं। यह बात तो गांव के कोने-कोने में प्रचारित हो गई है। अब तो इस बात से गांव का कोई भी आदमी अनभिज्ञ नहीं। लेकिन गांव के लोगों को इससे मतलब ही क्या? एक उन जैसी बुढ़िया की बेइज्जती-दुर्गति होने से गांव को क्या फर्क पड़ने वाला है? हे भगवान! अब तू ही सहारा है। रामशरण बहू दुःखी हो आर्द्र मन से भगवान को पुकारने लगती हैं। उन्होंने सुना है, जब द्रौपदी का चीर हरण हो रहा था तो उसने भगवान को आवाज लगाई थी। जब गज और ग्राह में लड़ाई छिड़ी थी और ग्राह गज को नदी में डुबोकर मारने जा रहा था, तब गज ने ईश्वर को पुकारा था। फिर सर्वशक्तिमान ईश्वर ने तत्काल पहुंचकर द्रौपदी की लाज बचाई थी और ग्राह को मारकर गज को मुक्त किया था।

रामशरण बहू शुरू से ही ईश्वर की भक्ति में विश्वास करती आई हैं, हालांकि बीच-बीच में कई बार उनका विश्वास भंग भी हो गया था। उन्हें लगा था कि ईश्वर-उश्वर कुछ नहीं, सिर्फ कहने-सुनने का नाम है। वे तो बराबर संकटों में घिरी रहीं, ईश्वर को पुकारती रहीं; लेकिन ईश्वर ने कभी उनकी कोई मदद तो नहीं की। किन्तु यह देखकर कि सारे लोग ईश्वर को मानते हैं, वे फिर

मानने लगतीं। उन्होंने सोचा कि शायद ईश्वर के चलते ही उन्हें इतना 'कम दुःख' हो रहा है। अगर ईश्वर की कृपा न होती तो जाने और कितना दुःख सहना होता!

रामशरण बहू को याद है, जब वे बच्ची थीं और अपने मायके में रहती थीं तो उनकी मां अपने परिवार पर आई किसी विपत्ति से मुक्तिया किसी कार्य की सफलता के लिए विभिन्न देवताओं की मनौतियां मनाया करती थीं। शादी के बाद इस भरतपुर गांव में आने और इस बुढ़ापे की उम्र तक पहुंचने तक रामशरण बहू ने अनेक औरतों को अनेक बार मनौतियां मनाते देखा है। वे भी कई बार मनौतियां मना चुकी हैं। मनौतियां मनाने के बाद कार्य की सिद्धि निश्चित ही होगी, इसके बारे में उनकी कोई खास जानकारी नहीं। वैसे उन्हें याद है, एक बार जब उनकी सोने की अंगूठी कहीं खो गई थी तो उन्होंने अपने घर के पीछे वाले ब्रह्म बाबा के पास जाकर यह मनौती मनाई थी कि अगर उनकी अंगूठी मिल जाएगी तो वे ब्रह्म बाबा को खड़ाऊं चढ़ाएंगी। इसके बाद दूसरे दिन ही घर बुहारते हुए एक कोने में उनकी अंगूठी मिल गई। फिर क्या कहना! उन्होंने मन ही मन ब्रह्म बाबा के नाम का खूब जयकारा मनाया तथा बाजार से खड़ाऊं का एक नया जोड़ा मंगाकर उनके नाम पर समर्पित किया। इसपर उनके पति ने हंसते हुए कहा कि ब्रह्म बाबा के प्रताप से तुम्हारी अंगूठी नहीं मिली है। वह तो घर में गिरी थी। ऐसे भी घर बुहारते हुए तुम्हें मिल ही जाती। लेकिन उन्हें पति की बात जंची नहीं। उनके मुंह पर हाथ रखते हुए उन्होंने कहा, "देवताओं के खिलाफ नहीं बोला जाता है, वे अंतर्यामी होते हैं। क्रुद्ध होकर अगर कुछ अनिष्ट कर दिया तो..."

रामशरण बहू के मन में ब्रह्म बाबा की मनौती मनाने की बात फिर उठने लगती है। वे सोचती हैं कि सुबह चलकर उनके पास यह मनौती मनाना ठीक होगा कि हे ब्रह्म बाबा! या तो दूधनाथ के लड़के को ठीक कर दो या मेरे नाम को ही उससे काट दो। फिर तुम्हें दो किलो लड्डू और एक जोड़ा नया खड़ाऊं तो चढ़ाऊंगी ही, तुम्हारे नाम का एक नया ध्वज भी फहराऊंगी तथा सवा किलो शकील का हुमाध करूंगी। शायद ब्रह्म बाबा उनकी बात सुन लें। शायद

मनौती से प्रसन्न हो उन्हें इस नई मुसीबत से उबार लें...।

सारी रात यों ही गुजर जाती है। रामशरण बहू सो नहीं पाती हैं। लेकिन न सो पाने के कारण उनके चेहरे पर भारीपन और आलस का प्रभाव कहीं से भी नजर नहीं आता है। ब्रह्म बाबा की मनौती मनाने की अपनी योजना के बाद तो उन्हें अन्दर-ही-अन्दर काफी फुर्ती महसूस होती है। वे रोज की अपेक्षा आज दुखन की मां को एकदम तड़के ही जगाती हैं। वे अपनी योजना दुखन की मां को भी नहीं बतातीं। सोचती हैं, मनौतियों को गुप्त रखना ही ठीक होता है। वे दुखन की मां से फराकित होने के लिए चलने को कहती हैं। दुखन की मां को यह देखकर आश्चर्य होता है कि एकदम नीम अंधरे ही रामशरण बहू फराकित के लिए तैयार हो गई हैं। फिर उसे लगता कि बुढ़ापे की देह है। शायद हाजत महसूस हो रही हो, इसीलिए वह उन्हें लेकर चल देती है।

दुखन की मां रामशरण बहू को आज सड़क की ओर नहीं ले जाती है। सड़क की ओर की डरपोक और झूठी अफवाह उड़ाने वाली औरतों से उसे घृणा हो गई है। वह रामशरण बहू को सदा की भांति उत्तरपट्टी के गड्ढे की ओर ले जाती है। वहां बहुत कम औरतें जुटती हैं, सिर्फ दो-चार ही।

फराकित होने के बाद रामशरण बहू और दुखन की मां घर लौट आती हैं। अब दुखन की मां रामशरण बहू को छोड़ काम पर भागती है, लेकिन उसके जाते ही रामशरण बहू भी अपना काम शुरू कर देती हैं। वे जल्दी-जल्दी स्नान करती हैं। फिर कपड़े बदलती हैं। इसके बाद धूप-दीप, घी आदि पूजा की डलिया में ले चल देती हैं। एक हाथ में पूजा की डलिया लिए तथा दूसरे हाथ से लकुटी टेकते हुए वे ब्रह्म बाबा के स्थान पर पहुंच जाती हैं। फिर ब्रह्म बाबा के पास धूप-दीप जलाने और दण्डवत् करने के बाद अपनी मनौती होंठों में बुदबुदाती हैं। रात में उन्होंने जितना सोचा था, उससे आगे बढ़कर वे मनौती मनाती हैं कि इस समस्या से छुटकारे के बाद ब्रह्म बाबा के लिए एक छोटा-सा मंदिर भी बनवा देंगी।

ब्रह्म बाबा को पूजने और मनौती मनाने के बाद रामशरण बहू तेजी से वापस घर लौट आती हैं। घर आने के बाद उन्हें कुछ राहत महसूस होती है।

जिस तरह लाटरी का टिकट कटाने के बाद एक क्षण के लिए मन में तरह-तरह की रंगीन आशाएं जागने लगती हैं, उसी तरह रामशरण बहू के मन में भी यह आशा जाग उठती है कि शायद ब्रह्म बाबा के प्रताप से वे संकटों से मुक्त हो जाएं।

रामशरण बहु खाट पर आ पड़ती हैं। इधर जैसे ही उनका मन कुछ हल्का होता है, नींद उनकी पलकों पर हावी हो जाती है। उनकी पलकें बंद होने लगती हैं। वे जानती हैं, मन के साथ नींद का घनिष्ठ सम्बन्ध होता है। ऊपर से लाख बुलाने पर वह नहीं आती, लेकिन जब मन सहज हो उठता है तब अपने-आप आ जाती है।

रामशरण बहू सुबह से काफी दिन चढ़े तक सोती रहती हैं। ब्रह्म बाबा के पास से लौटने के बाद दरवाजा बंद करना भी वे भूल गई हैं। रोज की भांति दुखन की मां जब काम से लौटकर आती है तो उसे किवाड़ खटखटाने की जरूरत नहीं पड़ती। खुले दरवाजे से वह भीतर घुस आती है। देखती है, रामशरण बहू नींद में खोई हैं। उसका मन कहता है कि सोने दे, नींद पूरी होने पर स्वयं जगेंगी। लेकिन फिर सोचती है कि नहीं, जगाकर पूछे। गांव में जो कुछ वह सुनकर आई है, उसकी सत्यता की जांच के लिए उन्हें जगाना जरूरी है। कुछ क्षण तक तो दुखन की मां द्वंद्व की स्थिति में उनकी खटिया के पास खड़ी रहती है कि उन्हें जगाए कि नहीं, फिर अंततः वह उन्हें जगाती है। रामशरण बहू जागने के बाद दुखन की मां को सामने खड़ी पा पूछती हैं, “कब आई?”

दुखन की मां जवाब देती है, “अभी-अभी।”

फिर एक क्षण तक रामशरण बहू और दुखन की मां दोनों चुप रहती हैं। इसके बाद चुप्पी को तोड़ते हुए दुखन की मां पूछती है, “आप ब्रह्मस्थान गई थीं।”

“तुम्हें कैसे पता?” रामशरण बहू आश्चर्य से दुखन की मां की ओर ताकने लगती हैं। उन्होंने तो दुखन की मां से बताया भी नहीं। उसके घर से निकलने के बाद वे ब्रह्मस्थान गईं। फिर वह जान कैसे गई?

दुखन की मां कहती है, “आप पूछ रही हैं कि मुझे कैसे पता...बिजली की तरह यह खबर सारे गांव में फैल गई है कि आप ब्रह्मस्थान गई थीं...शायद

दूधनाथ चौधरी ने आपको देखा था...जब ओझाओं से उन्होंने इसका जिक्र किया तो वे कहने लगे कि आपके लड़के को खत्म करने के लिए उसने अंतिम बाण चलाया है तथा उसीकी सिद्धि के लिए ब्रह्म बाबा के पास मनौती मनाने गई थी...फिर तो कानो-कान सारे गांव में यह बात पहुंच गई...आखिर आप ब्रह्म बाबा के पास क्यों गई थीं?"

"ब्रह्म बाबा की पूजा किए बहुत दिन हो गए थे दुखन की मां! सोचा, पूजा कर लूं...शायद ब्रह्म बाबा के चलते कुछ शांति मिले...।"

"आपको मैंने कहा है मालकिन, कि आप यह सब एकदम छोड़ दें। जिन्दगी-भर तो आप पूजा ही करती रहीं, आपको कौन-सी शांति मिली? सिर्फ सच्चे मन से ईश्वर को याद कर लें—बस, यही काफी है। और अगर ब्रह्मस्थान जाने की इच्छा ही थी तो मुझसे कहा होता—मैं आपको लेकर चलती...।"

रामशरण बहू जवाब देती हैं, "मैं क्या जानती थी कि मेरे ब्रह्मस्थान जाने का लोग दूसरा अर्थ निकाल लेंगे।" फिर वे रुआंसा होकर कहती हैं, "हे ईश्वर! तुम कहां छिपे हो? क्या यह झूठी बात है कि प्रहलाद को बचाने के लिए तुम खंभा फाड़कर उपस्थित हो गए थे...अगर नहीं तो फिर मेरी रक्षा के लिए क्यों नहीं आ रहे हो? अब और क्या देखना चाहते हो?" रामशरण बहू दोनों हाथ से अपना माथा पकड़कर रोने और विलाप करने लगती हैं। दुखन की मां उनके पास आकर उन्हें चुप कराती है। उनकी रुलाई की हृदयविदारक आवाज से दुखन की मां की आंखें भी भर आती हैं। दुखन की मां यह समझ नहीं पाती है कि आखिर दूधनाथ क्यों हाथ धोकर रामशरण बहू के पीछे पड़ा है। ओझा भेजकर उन्हें धमकाता है। पूजा करने जाती हैं तो उसका दूसरा प्रचार करवा देता है। दुखन की मां का अन्तर दूधनाथ के प्रति गुस्से से खौल उठता है। फिर उसके होंठों पर अनजाने में ही कई शब्द उभर आते हैं—नीच...पापी...कसाई...हत्यारा...!

दोपहर का समय है। रामशरण बहू और दुखन की मां दिन का खाना खाकर आराम कर रही हैं। अचानक इसी बीच कोई दरवाजा खटखटाता है।

रामशरण बहू और दुखन की मां के मन में एक ही साथ यह सवाल उठ खड़ा होता है कि कौन है? मुसन ओझा के आने के बाद से तो अब जब भी कोई दरवाजा खटखटाता है, रामशरण बहू के मन में तरह-तरह की शंकाएं उठने लगती हैं। जाने इस बार कौन आए? किस मकसद से आए? रामशरण बहू को लगता है कि बिना मर्द के औरत की कोई जिन्दगी नहीं, चाहे वह बिल्कुल बहुरिया हो या अस्सी वर्ष की पुरानी बुढ़िया। अंत तक उसे मर्द का संरक्षण चाहिए। आज अगर उनके पति या जगतनारायणसिंह में से कोई होते तो फिर किसकी मजाल जो उनके दरवाजे झांकने आता!

रामशरण बहू के कहने पर दुखन की मां जाकर दरवाजा खोलने लगती है। रामशरण बहू शंकित मन से व्यग्रता के साथ यह इंतजार करने लगती हैं कि कौन है। उनके चेहरे पर घबराहट और भय के भाव उभर आते हैं। लेकिन जब दुखन की मां के पीछे-पीछे दुखन को आते हुए देखती हैं तो उनका मन सहज हो जाता है।

दुखन रामशरण बहू के पास पहुंच उन्हें हाथ जोड़कर प्रणाम करता है। रामशरण बहू उसे आशीर्वाद देती हैं, फिर बैठने को कहती हैं। दुखन उनके इशारे पर एक जगह बैठ जाता है।

रामशरण बहू देखती हैं, दुखन की मां का चेहरा तन गया है। वह अपनी जगह आकर चुपचाप बैठ गई है। उस ने दुखन की ओर से अपना मुंह घुमाकर दूसरी ओर कर लिया है। उसके व्यवहार से दुखन के प्रति उसकी नाराजगी स्पष्ट परिलक्षित होती है।

रामशरण बहू जानती हैं, दुखन की मां दुखन को हृदय से चाहती है। दुखन उसका इकलौता बेटा है। लेकिन पत्नी के आ जाने के बाद दुखन मां से बढ़कर पत्नी को समझने लगा है, यही बात दुखन की मां को कचोट गई है। जब दुखन की पत्नी ने उससे तकरार की, तब दुखन ने अपनी पत्नी को पीटा क्यों नहीं? उसके पैरों पर लाकर क्यों नहीं गिराया? जब उसकी पत्नी से लड़कर वह घर छोड़कर जा रही थी कि 'मैं कमा-खा लूंगी...मुझे किसीका आसरा नहीं अब इस घर में दुबारा कभी नहीं आऊंगी'—तब दुखन ने उसे रोका क्यों नहीं? पत्नी को डांट-डपटकर उसकी बात मानने के लिए बाध्य क्यों

नहीं किया?

रामशरण बहू दुखन की मां को पूरी तरह जानती हैं। ऐसे वह बराबर बोलती रहती है, लेकिन इस समय कुछ नहीं बोलेगी। अपने स्वाभिमान को तनिक भी कमजोर नहीं होने देगी। इसीलिए वे खुद दुखन से पूछती हैं, "कैसे आए हो?"

वह कहता है, "मां को ले जाने।"

अब दुखन की मां पलटकर गरज उठती है, "वह कलमुंही नहीं है क्या? मां के बदले में तो वह आ गई है। अब मां की कौन जरूरत है?"

दुखन कहता है, "मां, तुम अपने साथ उसकी तुलना क्यों करती हो? वह तो तेरे पैर की धूल के बराबर भी नहीं है..."

उसकी मां बीच में ही उसकी बात काट तेज आवाज में बोल उठती है, "चापलूसी मत कर...सीधे-सीधे बता, क्यों आया है?"

"उसको बच्चा होने वाला है। दिन पूरा हो गया है। तू नहीं रहेगी तो कैसे कुछ होगा?"

"मैं उसकी दाई-लौंडी नहीं हूं। काम पड़ा है तो आया है लिवा जाने, इससे पहले मेरी खोज-खबर ली थी तूने?"

दुखन कुछ बोले, इससे पहले उसकी मां फिर बोलने लगती है, "तू सीधे चला जा यहां से... मैं तेरी सूरत देखना नहीं चाहती...नौ महीने गर्भ में तुझे ढोया...पाल-पोसकर इतना बड़ा किया और अब उसके आगे मेरा कोई खयाल ही नहीं। मैंने जनमाया और उसने हथिया लिया...और तू भी कितना नालायक निकला...चार दिन की लौंडिया पर रीझकर मां को बिसारे बैठा है... उसका मन तूने बिगाड़ा है, नहीं तो उसकी क्या मजाल जो वह मुझसे जुबान लड़ाती ..."

एक क्षण तक दुखन चुपचाप सुनता रहता है। उसकी मां घर पर भी इसी तरह कई बार उसे फटकार चुकी थी। लेकिन तब मां की बात का उसके ऊपर कोई प्रभाव नहीं पड़ता था। पत्नी नई-नई थी। वह उसके आकर्षण में खोया रहता था। पत्नी की गलत बात भी उसे उचित लगती थी। लेकिन अब मां की बात का उसके ऊपर काफी प्रभाव पड़ता है। उसे लगता है, मां ठीक ही तो

कह रही है। उसे मन ही मन अफसोस होने लगता है। मां के साथ उसने गलत किया है। वह आगे बढ़कर कहता है, "माफ कर दे मां...उस समय मेरी बुद्धि मारी गई थी...।"

अचानक दुखन की मां का आक्रोश खत्म हो जाता है। उसके चेहरे पर उगी तनाव की रेखाएं विलीन हो जाती हैं। वह कुछ बोलती नहीं है। उसकी दोनों आंखों से आंसू ढरकने लगते हैं।

दुखन उसकी इस स्थिति से फायदा उठाते हुए कहता है, "चल मां अब वह तुझसे ज़ुबान लड़ाएगी तो उसे काटकर फेंक दूंगा।"

वह कहती है, 'मुझे बच्चों की तरह फुसला मत। उस घर में वह रहेगी तो मैं नहीं रहूंगी।"

दुखन समझाता है, "उसे भी बहुत अफसोस है मां! कह रही थी कि अम्माजी से लड़कर मैंने ठीक नहीं किया...।"

"क्यों झूठ-मूठ को उसके अफसोस के बारे में कह रहा है? मुझसे लड़ने पर उसे अफसोस होगा! वह कुलच्छनी तो मुझे सास समझती ही नहीं, वह तो मुझे गोतिनी समझती है। उसने आते ही मां-बेटे को अलग किया...उसका नाम न ले मेरे सामने..."

"लेकिन वह अगर तेरे पैर पर गिरकर क्षमा मांगेगी तब तुझे विश्वास होगा न?"

"मेरे पैर पर गिरने से वह छोटी नहीं हो जाएगी...उसका महत्त्व जो घट जाएगा...।"

"ठीक है मां! अब वही आकर तेरे पैर पर गिरेगी तब तो तू चलेगी न!" और दुखन इतना कहकर वहां से चल देता है।

दुखन के जाने के बाद उसकी मां के चेहरे पर विजय, गर्व और उल्लास के भाव उभर आते हैं। पुत्र द्वारा सम्मान दिए जाने के कारण उसका मातृत्व भी उमड़ आता है। जब रामशरण बहू यह कहती हैं कि 'दुखन की मां, तुम्हारा बेटा बहुत अच्छा है। भगवान करे, जिसका भी बेटा हो, वह दुखन की तरह', तो दुखन की मां का मन गद्गद हो जाता है। आज उसे इतनी ख़ुशी मिली है कि उसके अंदर समा नहीं रही है। वह चलती है तो लगता है, उसके पांव

धरती पर पड़ नहीं रहे हों। उसकी इच्छा होती है कि आज सिर्फ दुखन के बारे में ही सोचे। दुखन की ही बात करे। लेकिन यह सोचकर कि दुखन की अधिक चर्चा करने पर रामशरण बहु को पुत्र न होने की अपनी पीड़ा सालने लगेगी, वह मुंह से कुछ न कहकर अंदर-ही-अंदर उस सुख को भोगती और महसूस करती रहती है।

यह बात बिलकुल सच है कि दुःख के क्षण बिताए नहीं बीतते और सुख के क्षण ऐसे बीत जाते हैं कि पता तक नहीं चलता। दुपहरिया ढलकर शाम हुई और शाम कब रात में बदल गई, दुखन की मां को पता तक नहीं चला। जब दरवाजे पर पुनः दस्तक होती है तो उसे लगता है कि दुखन बहू को लेकर आ गया है। वह तेजी से जाकर दरवाजा खोलती है। उसका अंदाजा सही साबित होता है। वह दुखन और उसकी बहू से बिना कुछ बोले पलटकर आती है और रामशरण बहू के पास बैठ जाती है। रामशरण बहू देखती हैं, आगे-आगे दुखन आ रहा है और पीछे-पीछे घूंघट निकाले उसकी बहू। उसकी बहू का पेट आगे की ओर निकला है। समय पूरा हुआ ही जान पड़ता है।

दुखन की बहू, दुखन की मां के पैर के पास बैठकर रोने लगती है। दुखन की मां कहती है, "क्यों झूठ-मूठ को नखड़ा पसार रही हो...मुझसे अब तुमको क्या मतलब...बेटा जनमाकर दे ही दिया...खूब राज करो...।"

दुखन की बहू, अब अपनी सास के पांव दोनों हाथों से पकड़ लेती है। कहती है, "माफ कर दें अम्मा! ...बच्चा जांघ पर हग देता है तो मां-बाप जांघ नहीं काटते...मेरी गलती आप नहीं माफ करेंगी तो और कौन करेगा?"

रामशरण बहू से अब रहा नहीं जाता है। बोल उठती हैं, "गुस्सा थूक दे दुखन की मां...किस परिवार में झगड़े नहीं होते हैं...अपना खून अपना ही रहता है...।"

अब दुखन की मां के चेहरे पर मुस्कान की एक रेखा उभर आती है। वह सहज होते हुए अपनी पतोहू से कहती है, "मालकिन का पायलागन कर... इनकी तरह देवता इस गांव में और कोई नहीं।"

उसकी पतोहू उसके कहे अनुसार अपनी साड़ी का आंचल हाथ में ले

विधिवत् रामशरण बहू का पायलागन करती है। इस अप्रत्याशित सम्मान से रामशरण बहू का हृदय खुशी से झूम उठता है। इस गांव की कभी किसी बहू ने उनका पायलागन नहीं किया था। उन बांझ और डायन का पायलागन करने पर उनका अहित जो हो जाता। लेकिन दुखन की मां आज उन्हें यह सम्मान भी दिलवाती है। इस सम्मान के बाद रामशरण बहू के झुर्रीदार चेहरे पर एक विशेष चमक पैदा हो जाती है तथा उनकी आंखों में खुशी के आंसू छलछला आते हैं।

दुखन की मां अपनी पतोहू का घूंघट हटाकर उसका मुखड़ा रामशरण बहू को दिखाती है। गांव में इसे 'मुंह-दिखाई' की रस्म कहा जाता है। रामशरण बहू इस रस्म के सुख से भी अभी तक वंचित थीं। लेकिन दुखन की मां उनकी अतृप्त इच्छा की आज पूर्ति कर देती है। एक क्षण के लिए रामशरण बहू को लगता है कि उनकी खुद की पतोहू उतर आई है। फिर वे तेजी से आंगन से उठ अंदर कमरे में जाती हैं तथा अपना बक्सा खोल एक रंगीन साड़ी निकालती हैं। मरने से पहले उनके पति ने उनके लिए खरीदी थी। लेकिन उनके मर जाने के बाद वे उसे पहन नहीं सकीं। विधवा होने के बाद वे रंगीन साड़ी कैसे पहनतीं? अब तो सफेद साड़ी में रहने की उनकी नियति हो गई थी। वह साड़ी वे लाकर दुखन की बहू को मुंह-दिखाई के एवज में सौंप देती हैं।

दुखन, उसकी बहू और दुखन की मां को यह देखकर काफी आश्चर्य होता है कि रामशरण बहू ने एक कीमती साड़ी लाकर दे दी है। इस सुखद आश्चर्य से रामशरण बहू के प्रति उनका मन श्रद्धा से भर जाता है। रामशरण बहू कहती हैं, "दुखन की मां...आज मेरे यहां बहू पहली बार आई है...खूब अच्छा खाना बनाकर इसे खिलाओ...।"

दुखन कहता है, "काफी रात हो जाएगी मालकिन...हम लोग घर जाकर खाना खा लेंगे...।"

"नहीं, यह कैसे होगा? आज तो तुम सबको यहीं खाना पड़ेगा।"—और रामशरण बहू दुखन की मां के साथ लगकर खाना बनवाने लगती हैं। दुखन की मां रामशरण बहू को हटाती है, "मालकिन, आप आराम से बैठें, मैं सब बना लूंगी...।"

लेकिन वे मानती नहीं हैं। आज तो अपने अंदर वे अजीब फुर्ती और उमंग महसूस करती हैं। उनके अंदर की बंजर धरती आज अचानक हरी-भरी हो गई है। उनकी दी हुई रंगीन साड़ी पहन दुखन की बहू देखते ही बनती है। उसे देख-देखकर रामशरण बहू के तप्त हृदय को काफी शीतलता मिलता है।

दुखन की बहू आगे बढ़कर रामशरण बहू और अपनी सास को रसोई से हटाकर स्वयं बनाने लग जाती है, "मेरे रहते आप लोग करेंगी...यह मुझे ठीक नहीं लगता है...।"

दुखन की बहू के इस व्यवहार से रामशरण बहू के अंदर हर्ष और उल्लास की कोई सीमा नहीं रहती। वे अलग हटकर दुखन की मां के साथ एक जगह आ बैठती हैं और कहती हैं, "दुखन की मां, तू बहू की झूठी आलोचना करती थी...कितनी तो अच्छी है बेचारी...अभी नई-नई है... कुछ गलतियां हो गई होंगी...धीरे-धीरे सब समझ जाएगी...।"

दुखन की मां कुछ कहती नहीं है। वह भीतर-ही-भीतर आनंदित होती रहती है, जिसके भाव उसके चेहरे पर रह-रहकर उभरते जाते हैं। दुखन की मां अपने भावी पोते को लेकर कल्पनाओं में खो जाती है कि एक चांदसा नन्हा-मुन्ना बालक आएगा। उसकी किलकारी से घर का कोना-कोना जगमगा उठेगा। वह उसे दिन-रात अपनी गोद में लिए रहेगी। अपने ही साथ सुलाएगी। इन नई औरतों को तो बच्चे पालना भी नहीं आता। वह सोने जैसे बालक को इस औरत पर नहीं छोड़ेगी। वह रामशरण बहू से कहती है, "मालकिन, मेरे दुखन को आप देख रही हैं और उसकी बहू को भी। दोनों की जोड़ी कितनी अच्छी है!...बाबू लोगों के बेटा-पतोहू की तरह मेरा पोता खूब सुन्दर होगा...अगर लड़का हुआ तो राजकुमारों की तरह और लड़की हुई तो राजकुमारी की तरह...नन्ही टोली में किसीके यहां वैसा बच्चा नहीं होगा...किसीकी जोड़ी ही ऐसी नहीं है। दुखन की शादी के लिए कितने लोग आए थे, लेकिन मैंने चुनकर उसके लायक लड़की से उसकी शादी की है।"

इसी तरह रामशरण बहू और दुखन की मां आपस में बतियाती रहती हैं कि दुखन की बहू आकर सूचना देती है, "रसोई तैयार हो गई।"

अब रामशरण बहू और दुखन की मां खाना खाने बैठ जाती हैं। साथ ही दुखन को भी बैठा लेती हैं। दुखन की बहू प्रेम से खाना खिलाने लगती है। रामशरण बहू को आज भोजन काफी स्वादिष्ट लगता है। एक लंबे समय बाद वे खूब जमकर खाती हैं। दुखन की मां भी अन्य दिनों की अपेक्षा आज ज्यादा खाती है। और दुखन! वह तो डटकर खाता है। ऐसे खुशी के अवसर पर वह बहुत ज्यादा खा लेता है।

सबों को खिलाकर दुखन बहू अब स्वयं खाने बैठ जाती है। इधर रामशरण बहु, दुखन और दुखन की मां के बीच बातचीत शुरू हो जाती है। दुखन कहता है, "मालकिन! मां को समझा दें, आपके सिवाय अब यह और किसीके घर काम न करे। दस घरों में इसका जूठन मांजना मुझे ठीक नहीं लगता।"

इसपर दुखन की मां कहती है, "जूठन मांजती हूं तो कोई चोरी नहीं करती हूं...कमाकर खाने में कोई बुराई नहीं...अपनी बिरादरी की सभी औरतें तो कमाती ही हैं...तू अकेला कितना कमाएगा? ...मैं घर में बैठू और तू कमाता-कमाता मरे, यह मुझसे नहीं देखा जाएगा...मैं अभी काम नहीं छोड़ूंगी...।"

अपनी मां की बात सुन दुखन चुप हो जाता है। रामशरण बहू दुखन को समझाते हुए कहती हैं, "ठीक ही तो कह रही है। चोरी-बदमाशी न करके ईमानदारी से कमाने-खाने में क्या दोष है? अगर दो-चार बीघे खेत होते तो बात और होती। तुम्हें तो मजदूरी करके ही पेट भरना है। एक अकेले मजदूरी करके तुम कितने लोगों का पेट भरोगे? पत्नी मर्द की कमीनी पर चुपचाप बैठकर खा लेती है, लेकिन मां अगर बूढ़ी भी होती है तब भी पुत्र को संकट से उबारने के लिए कुछ-न-कुछ करती ही रहती है।"

अब तक दुखन की पत्नी खाना खाकर आ जाती है। अब दुखन अपनी मां और पत्नी के साथ चलने की तैयारी करने लगता है। दुखन की मां रामशरण बहू से कहती है, "मालकिन, आप कोई चिंता न करेंगी...मैं दोनों जून खाना बनाने के समय पर आ जाऊंगी...किसी-किसी रात को भी आप ही के पास आकर सो रहूंगी...इसको जब बच्चा हो जाएगा तो पहले की तरह ही आपके साथ रहने लगूंगी...अभी नई-नई है...रात-बिहान कब दरद हो जाए ...मैं नहीं

रहूंगी तो घबरा जाएगी...पहली बार बच्चा जनने वाली है...।"

"हां-हां, दुखन की मां, इस समय तो उसके साथ तुम्हारा रहना बहुत जरूरी है...।" रामशरण बहू कहती हैं; लेकिन यह कहते ही उनका अंतर कांप उठता है। दुखन की मां अब उनके साथ नहीं सोएगी, यह बात दिमाग में कौंधते ही उनका चेहरा स्याह पड़ने लगता है। कुछ देर के लिए खुशियों की वह दुनिया, जो उन्हें घेरे खड़ी थी, मिनटों में दफन हो जाती है। वे पुनः अपने पुराने खोल में वापस लौट आती हैं।

रामशरण बहू बुझे मन और थके कदमों से दुखन की मां और उसके बेटा-पतोहू को छोड़ने दरवाजे तक जाती हैं। फिर उन्हें विदा करने के बाद किवाड़ बंद कर अंदर लौट आती हैं। एक क्षण पहले ही जो घर उन्हें स्वर्ग की तरह रमणीय और मोहक लगा था, अब किसी जंगल की तरह निर्जन और भयावह लगने लगता है। लगता है, जैसे अनेक हिंसक भेड़िये इस घर में छिपे हैं जो उन्हें अकेली पाकर दबोचने के लिए शीघ्र ही सामने निकल आएंगे।

रामशरण बहू अपने बिस्तरे पर जा पड़ती हैं। अपने मन को खुद वे ढाढस देती हैं कि उन्हें डरना नहीं चाहिए। इस घर में वे वर्षों से अकेली रह रही हैं। जब उनके पति गुजर गए, जगतनारायणसिंह नहीं रहे, तब फिर यह दुखन की मां ही उनकी कौन है जो बराबर साथ निभाएगी? जब जी में आएगा, रहेगी। जब जी में आएगा, नहीं रहेगी। उनकी तकदीर में तो अकेले रहना बदा है। उन्हें किसी संगी-साथी की तलाश नहीं करनी चाहिए...। लेकिन अपने मन को लाख समझाने के बाद भी रामशरण बहू दुखन की मां की अनिवार्यता महसूस करती ही रहती हैं। उसके अभाव को झुठलाने का उनका सारा प्रयास निरर्थक साबित होता है।

रामशरण बहू सोचने लगती हैं, बाल-बच्चों वाली या सधवा औरतों की जिन्दगी कितनी खुशनसीब होती है! दुखन की मां अपने बेटा-पतोहू के साथ रामशरण बहु को याद आने लगती है। उसकी छोटी दुनिया जो अपने-आपमें भरी-पूरी होती है, उनकी आंखों के सामने नाचने लगती है। वह काफी समय तक उस दुनिया में खोई रहती हैं। फिर उनकी आंखों के सामने उस चिल

के स्थान पर मुसन ओझा का चित्र उभर आता है। इसके बाद दूधनाथ की धमकियों तथा गांव में उनके डायन के प्रचार का।

अब तक रात काफी गुजर चुकी होती है। हवा जोरों से बहने लगती है—गमियों की रातों में उठने वाली आंधी की तरह। हवा के झोंकों का दीवारों और छप्परों से टकराने तथा सनसनाहट की ऊंची आवाज रामशरण बहू को साफ सुनाई पड़ती है। इस तूफानी रात का माहौल उन्हें और अधिक भयावह लगने लगता है। रह-रहकर बाहर का दरवाजा बज उठता है, जिससे वे काफी आतंकित हो उठती हैं। हवा के झोंके से दरवाजा बजता है या मुसन ओझा की तरह ही फिर किसीको दूधनाथ ने भेजा है? अगर फिर कोई हो तो?... उनके चेहरे पर पसीना आ ज़ाता है। फिर वे अपने को संयत कर सोचती हैं, कोई होगा, इस रात में वे किवाड़ नहीं खोलेंगी। लेकिन अगर दूधनाथ के लोग किवाड़ तोड़ने लगें, तब? तब वह शोर मचाएंगी। पूरा गांव नहीं आएगा, तब भी कुछ लोग तो आएंगे ही। लेकिन अगर दरवाजे के रास्ते न आकर छप्पर से कोई उनके आंगन में धीरे से उतर आए और फिर उनके कमरे में आकर उनका मुंह बंद कर दे, तब? तब कोई रास्ता नहीं। कोई चारा नहीं। उन्हें लगता है कि वे किसी जंगल में ऐसी जगह खड़ी हैं, जहां चारों ओर से मुंह बाये भेड़िये उन्हें घेरे हैं। जिस ओर को भी मुड़ीं कि किसी भेड़िये का दानवी जबड़ा उनकी ओर बढ़ा।

रामशरण बहू खटिया से उतर नीचे आती हैं। फिर उस कमरे का दरवाजा भी अंदर से बंद कर लेती हैं। अब छप्पर के रास्ते आंगन में उतरने के बाद कोई आसानी से उनके पास नहीं आ पाएगा। उनके कमरे का दरवाजा उसे तोड़ना पड़ेगा। तब तक वे काफी शोर मचाएंगी। हालांकि कमरे का दरवाजा बंद करने के बाद उन्हें काफी उमस महसूस होने लगती है; लेकिन वे मन-ही-मन निश्चय कर लेती हैं, चाहे जितनी गर्मी लगे, अब बिना भोर हुए दरवाजा नहीं खोलेंगी।

रामशरण बहू कान खड़ा किए घर और बाहर की आहट लेती रहती हैं। हवा के झोंके का आंगन की दीवार से टकराने तथा छप्पर से कोई चीज आंगन में गिरने के बाद वे शंकित हो खटिया से उतरकर दरवाजे के पास आ जाती

हैं। फिर दरवाजे की दरार से आंख सटाकर आंगन में देखने लगती हैं कि कोई आ तो नहीं गया है? इसके बाद पुनः खटिया पर लौट जाती हैं। लेकिन फिर जब आंख लगने को होती है तो उन्हें लगता है कि आंगन में कोई आ गया है। इसके बाद फिर वे दरवाजे की दरार के पास आकर झांकने लगती हैं। इसी तरह पूरी रात गुजर जाती है। जब सुबह होती है, तब कहीं जाकर उन्हें कुछ शांति मिलती है।

सुबह काफी दिन चढ़ चुकने के बाद दुखन की मां रामशरण बहू के दरवाजे पहुंचती है। अपने घर से तो वह एकदम भोर में ही चली थी; लेकिन अन्य घरों के काम निपटाते-निपटाते आज उसे रोज की अपेक्षा ज्यादा विलंब हो गया है।

दुखन की मां रामशरण बहू का दरवाजा खटखटाती है, लेकिन अंदर से कोई आवाज नहीं आती है। दुखन की मां को लगता है, रामशरण बहू शायद सो गई हैं। अकेले होने की वजह से रात में घबरा रही होंगी। नींद नहीं आई होगी। इसीलिए दिन में सो रही हैं। दुखन की मां सोचती है कि उसे रामशरण बहू को नहीं छोड़ना चाहिए। रात में भी उनके पास ही रहना चाहिए। लेकिन अपनी पतोहू पर नजर पड़ते ही वह मुसीबत में पड़ जाती है। उसकी पतोहू का दिन भी पूरा हो गया है। एक-दो दिन के अंदर ही 'देह छूटने' वाला है। न जाने कब क्या हो जाए? कुछ ठीक नहीं। वह इस हालत में उसे कैसे छोड़े? दुखन की मां धर्म-संकट में पड़ जाती है। वह मन-ही-मन ईश्वर से मनाती है कि उसकी पतोहू की देह जल्द-से-जल्द छूट जाए ताकि वह पुनः रामशरण बहू के साथ रहने लगे।

दुखन की मां अब काफी जोर-जोर से रामशरण बहू का दरवाजा खटखटाने लगती है। कुछ देर तक वह जब लगातार उनका दरवाजा खटखटाती रहती है तब वे आकर दरवाजा खोलती हैं। दुखन की मां रामशरण बहू के उनींदे और अलसाए चेहरे को देखकर यह जान जाती है कि उसका अंदाजा सही है। इससे पहले कि वह कुछ पूछे, रामशरण बहू स्वयं बोल उठती हैं, "रात नींद नहीं आई थी, इसीलिए सुबह सो गई।"

दुखन की मां कहती है, "रात में किसी-किसी बात की चिंता करके

आप जगी मत रहिए...बीमार पड़ जाइएगा...दो-तीन दिन के अंदर ही मुझे फुर्सत मिल जाएगी...रात से ही बहू का पेट कुछ अकड़ गया है... अब बहुत जल्द ही वह बच्चा जनेगी...फिर मैं आपके पास आकर रहने लगूंगी...।"

रामशरण बहू पुनः अपने बिस्तरे पर जाकर लेट रहती हैं। नींद की खुमारी अभी खत्म नहीं हुई है। कच्ची नींद से उठकर ही वे दरवाजा खोलने गई थीं। दुखन की मां को लगता है कि एक ही रात में रामशरण बहू काफी कमजोर हो गई हैं और थक गई हैं। वह रामशरण बहू के पास जाती है तथा उनकी खटिया के पैताने बैठकर उनके पांव दबाने लगती है। रामशरण बहू कहती हैं, "छोड़ दो दुखन की मां! तुम तो कई घरों में काम करके आ रही हो। खुद थकी होगी...।"

"मैं काम करने से नहीं थकती हूं, मालकिन!" दुखन की मां जवाब देती है, "दिन में चाहे मैं जितना काम करूं, रात में अच्छी तरह सो जाने के बाद एकदम ठीक हो जाती हूं। तनिक भी थकान महसूस नहीं होती... ईश्वर ने रात इसीलिए बनाई है कि दिन भर का थका-मांदा आदमी चैन और आराम से सोए...इस गिरती उम्र में रातों में जागकर आप ठीक नहीं कर रही हैं...आपका स्वास्थ्य एकदम खराब हो जाएगा...।"

"अब अच्छा स्वास्थ्य रखकर क्या करूंगी दुखन की मां?"

"ऐसा न कहें मालकिन...स्वास्थ्य ही तो सब कुछ है...खटिया पर घुल-घुलकर मरने से चलते-फिरते रहकर मरना अच्छा होता है...।"

रामशरण बहू को लगता है, दुखन की मां ठीक ही तो कह रही है। रातों में जाग-जागकर वह बीमार पड़ जाएंगी। फिर खटिया पकड़ लेंगी। उस वक्त उन्हें कितना कष्ट होगा? स्वथ्य रहकर चलते-फिरते मर जाएं, इससे अच्छा और क्या हो? लेकिन रामशरण बहू दुखन की मां को कैसे समझाएं कि वे जानबूझकर तो जागती नहीं हैं...।

दुखन की मां रामशरण बहू को गांव की एक नई सूचना से अवगत कराती है, "मालकिन, कल आपको लेकर दूधनाथ चौधरी और बोधा में काफी लड़ाई-झगड़ा हुआ...।"

"मुझको लेकर!...क्यों?" रामशरण बहू का उनींदापन एकदम खत्म

हो जाता है। वे उठकर बैठ रहती हैं। दुखन की मां बताती है, "एक जगह दूधनाथ चौधरी अपने कुछ मित्रों और ओझाओं से बातचीत कर रहे थे। बातचीत के बाद वे इस निष्कर्ष पर पहुंचे कि अब तो लड़का बचने वाला नहीं। एक-दो दिन में ही मर जाएगा। अब उन्हें और प्रतीक्षा नहीं करनी चाहिए... रामशरण बहू को खींचकर लड़के के पास ले आना चाहिए और पूछना चाहिए कि लड़के को ठीक करती हो या नहीं। अब तो लड़का ऐसे भी मर रहा है, वैसे भी सही...।

"बोधा, जो किसी काम से वहां गया था, यह सुनकर एकदम बिगड़ उठा। उसने कहा कि 'इस गांव में अनेक डायन हैं, लेकिन उनमें से कोई रामशरण बहू की तरह बेसहारा नहीं है। उनके यहां अनेक लाठियां हैं। उनमें से किसीको खींच लाने की हिम्मत तो आपको नहीं होगी, रामशरण बहू को असहाय समझकर आप शेर बन रहे हैं।'

"इसपर दूधनाथ ने बोधा को धमकाते हुए कहा कि 'तुम बीच में बोलने वाले कौन होते हो? उस डायन पर दया ही आ रही है तो क्यों नहीं जाकर पूछते कि ऐसा क्यों कर रही है? मैं उसके साथ जो भी करूं, तुमको क्या मतलब?'

"इसके बाद बोधा ने कहा कि 'मतलब क्यों नहीं है? किसीको कमजोर समझकर आप सताएंगे और हम चुपचाप देखते रहेंगे?'

"इसपर दूधनाथ ने गरजकर कहा कि क्या कर लोगे? तुम्हारा बाप भी एक बार मुझसे टकराकर मजा चख चुका है। एक ही हाथ में सारी हेंकड़ी दूर हो जाएगी...अपने बाप की रखैल की पक्षधारी करने आए हो...?'

"बस, इसके बाद दोनों ओर से गाली-गलौज और हाथापाई शुरू हो गई। जब हल्ला-गुल्ला सुनकर बोधा के चाचा आए तब उसे डांट-डपटकर ले गए कि तुमको इससे क्या मतलब? जिसको जो जी में आए, सो करे..."

दुखन की मां से यह सूचना सुन रामशरण बहु के होश उड़ जाते हैं। उनके चेहरे पर भय और आतंक के भाव उभर आते हैं। तो दूधनाथ यह तैयारी कर रहा है? इसीके लिए पहले मुसन ओझा को भेजा था?

दुखन की मां कहती है, "मालकिन, आप तनिक न डरें...आज सुबह मैं गांव भर में यह खबर फैला आई हूं...इसीके चलते मुझे यहां आने में देर भी हुई...।"

"लोग क्या कह रहे थे?" रामशरण बहू पूछ उठती हैं।

दुखन की मां कहती है, "मालकिन, मैं तो आपसे कह रही थी कि लोग जान जाने के बाद चुप नहीं रहेंगे...लोग कह रहे थे कि ऐसा कभी नहीं होगा... कोई अपने घर भले ही किसीको डायन कह ले...लेकिन उसके घर जाकर उसे खींचकर लाएंगे तो फिर खून कीनदी बह जाएगी...।"

रामशरण बहू दुखन की मां के चेहरे पर आंख गड़ाए यह सुनती हैं तथा उसके चेहरे के भावों को पढ़ती रहती हैं कि वह सच बोल रही है या झूठ। कहीं ऐसा तो नहीं कि उन्हें सांत्वना देने के लिए वह झूठ बोल रही हो? फिर वे पूछती हैं, "ऐसा कौन-कौन लोग बोल रहे थे?"

दुखन की मां एक ही सांस में जवाब देती है, "जगिया, उसके साथी, पुस्तकालय की कोठरी वाले लड़के, हरि दादा के दालान के कई लोग...।"

रामशरण बहू पूछती हैं, "सच कह रही हो दुखन की मां?"

"हां मालकिन, बिल्कुल सच कह रही हूं...ईश्वर की सौगंध खाकर कहती हूं।"

फिर भी रामशरण बहू को पूरी तरह विश्वास नहीं हो पाता है। इस गांव में रहकर ही उन्होंने अपने बाल पकाए हैं और कमर झुकाई है। इस गांव के लोग तो दूसरों के मामले में कभी दखल नहीं देते थे, चाहे वह भला हो या बुरा। फिर इस बार यह कैसे हो रहा है? रामशरण बहू सोचने लगती हैं।

अब दुखन की मां वहां से उठ रसोई में आ जुटती है। रसोई बनाते हुए ही एक बार फिर वह रामशरण बहू के पास आती है और कहती है, "मालकिन, आज शाम को खाना बनाने नहीं आ पाऊंगी...दुखन अपनी बहू को पीरो (कस्बा) के अस्पताल में दिखाने ले जा रहा है...मैं भी साथ जा रही हूं...लौटने में शायद रात हो जाए, इसीलिए सोच रही हूं कि इसी समय रात के लिए भी आपको रोटियां बना दूं...।"

"बना दो।" रामशरण बहू कहती हैं। ऐसा पहले भी कई बार हो चुका

है। दुखन की मां को जब किसी जरूरी कार्यवश रात में नहीं आना होता है, तब वह दिन में ही रात के लिए भी रोटियां बना देती है।

रसोई तैयार होने के बाद दुखन की मां रामशरण बहू को खिलाती है। चिंताओं में डूबी रामशरण बहू आज फिर अच्छी तरह खा नहीं पाती हैं। दुखन की मां समझाती रह जाती है, लेकिन वे थोड़ा-सा खाकर ही उठ जाती हैं।

दुखन की मां अब रामशरण बहू का रात का खाना अच्छी तरह ढंकती है। फिर चल देती है। आज वह यहां नहीं खाती। अपना खाना भी साथ लेती जाती है। रामशरण बहू से विदा ले वह भागती हुई चल पड़ती है। उसके मुंह से निकले शब्द रामशरण बहू को साफ सुनाई पड़ते हैं, "बहुत देर हो गई...बहू को लेकर दुखन तैयार होगा...मेरी ही राह देख रहा होगा...।"

दुखन की मां को विदा कर रामशरण बहू बाहर का दरवाजा बंद कर अपने कमरे में लौट आती हैं। सोचने लगती हैं, दुखन की मां अपने बेटा-पतोहू की दुनिया में रचने-बसने लगी है। ठीक ही कर रही है। उनके साथ उसे क्या मिलेगा? दुखन की बहू के बच्चा हो जाने के बाद भी वह दुखन की मां को उसीके साथ रहने के लिए बाध्य करेंगी। अपने साथ रखकर उसका जीवन बर्बाद नहीं करेंगी।

रामशरण बहू बोधा के बारे में सोचने लगती हैं। बोधा ने उनके चलते लड़ाई की है। आखिर उसके अंदर जगतनारायणसिंह का खून जो है। रामशरण बहू को जगतनारायणसिंह की याद सताने लगती है। वे सोचती हैं कि अगर आज बोधा की जगह उनकी अपनी कोख का जन्मा लड़का होता तब फिर कोई चाचा उसे समझाने नहीं आते। वह ईंट का जवाब पत्थर से देता। तब वह भी खटिया पर पड़ी-पड़ी चिंताओं में घुलतीं नहीं, बल्कि सिंहनी की तरह गांव की गलियों में दहाड़ती होतीं!

रामशरण बहु का ध्यान गांव के लोगों की ओर चला जाता है। जगिया, उसके साथी, पुस्तकालय की बैठक वाले लड़के, हरि दादा के दालान के कई लोग! क्या सचमुच ये लोग उन्हें बचाएंगे? उन्हें लगता, नहीं। अगर ऐसा होता ही तो अब तक वे उनके पक्ष में आवाज नहीं

उठाते! कई गांवों के ओझा रोज आते हैं। दूधनाथ ओझाओं की बातों पर विश्वास कर उनके बारे में तरह-तरह की अफवाहें उठाते हैं। लेकिन कोई कभी रोकने तो नहीं आता है। दुखन की मां ने उन्हें सांत्वना देने के लिए यह कहा है। सच्ची सूचना यह नहीं है। लेकिन फिर उन्हें लगता कि दुखन की मां ने तो कभी झूठी सूचना तो दी नहीं है। उनके सामने तो वह झूठ बोलती ही नहीं।

दुपहरिया तपने लगती है। रामशरण बहू की आंखें झपकने लगती हैं। दिन के उजाले में रात की तरह उनका मन भयभीत नहीं होता। शीघ्र ही उन्हें नींद आ जाती है। फिर वे सपने देखने लगती हैं। वे देखती हैं कि दूधनाथ चौधरी और उसके लोग एक तरफ खड़े हैं तथा दूसरी तरफ कंधे पर लाठी लेकर जगतनारायणसिंह उन्हें चुनौती दे रहे हैं। दूधनाथ कहते हैं, 'जगतनारायण, तुम बीच में न पड़ो।'

जगतनारायणसिंह गरजते हैं, 'मां का दूध पिए हो तो आगे बढ़ आओ... "रामशरण बहू के दरवाजे पहुंचने से पहले यहां लाशों की ढेर न लगा दी तो मेरा नाम जगतनारायणसिंह नहीं...।'

दूधनाथ अपने लोगों को ललकारकर आगे बढ़ते हैं। बस, गांव में मशहूर जगतनारायणसिंह की लाठी बिजली की तरह चलने लगती है। दूधनाथ का माथा फट जाता है। उसके भाई का एक हाथ टूट जाता है। उसके एक आदमी की गरदन लटक जाती है। शोरगुल सुन सारा गांव जुट जाता है। चीखने-चिल्लाने और रोने-पीटने की आवाजें तेज हो जाती हैं। बस, रामशरण बहू की नींद टूट जाती है। वे पसीने से भीग गई हैं और उनके दोनों हाथ की मुट्ठियां बंध गई हैं। अजीब सपना देखा उन्होंने। इस तरह का सपना तो पहले कभी नहीं देखा था। नींद टूट जाने के बाद भी सपने की घटना उनकी आंखों के सामने नाचती रहती है। जगतनारायणसिंह को याद कर-करके वे आंसू बहाने लगती हैं। जगतनारायणसिंह जिस तेजी से उनकी जिन्दगी में आए थे, उसी तेजी से चले गए। अच्छा होता अगर उनकी जिन्दगी में आए ही न होते। तब इस तरह उनका अभाव उनके दुःखी मन को और अधिक नहीं सताता...।

जगतनारायणसिंह के बारे में सोचते-सोचते ही उनकी पलकें फिर बन्द होने लगती हैं। नींद उन्हें फिर दबोच लेती है। कुछ क्षण बाद फिर सपने आने लगते हैं—दूधनाथ के मकान के पास लोगों की भीड़ लगी है। उनके पति रामशरणसिंह कन्धे पर लाठी लेकर वहां पहुंचे हैं और दूधनाथ को उसके घर से खींचकर गली में ले आए हैं। लोगों के सामने दूधनाथ का गला पकड़कर वे पूछ रहे हैं कि मेरी पत्नी को तूने क्यों डायन कहा? दूधनाथ गिड़गिड़ा रहा है। उसकी पत्नी आकर उनके पति के पैरों पर गिर जाती है और दूधनाथ की प्राण-भिक्षा मांगने लगती है। लेकिन वे दूधनाथ को छोड़ते नहीं। दूधनाथ की गर्दन उन्होंने अपने हाथों में जकड़ रखी है। उनके हाथों का कसाव बढ़ता ही जा रहा है। दूधनाथ की आंखें आगे को निकलने लगी हैं। उसकी बड़ी-सी जीभ बाहर निकल आई है। उसका चेहरा डरावना लगने लगा है। और...! उनकी नींद टूट जाती है। फिर अपने पति का चेहरा उनकी आंखों के सामने नाचने लगता है। वे खटिया से उठ पति की तस्वीर के पास जाती हैं और अपना माथा टिका कहती हैं, "हे नाथ! तुम मुझे छोड़कर चले गए...अब यहां मेरी खोज-खबर लेने वाला ही कौन है? मुझे भी वहीं बुला लो...अब यहां का दुःख मुझसे सहा नहीं जाता...।"

रामशरण बहू अपने पति की तस्वीर के समीप बैठी देर तक रोती रहती हैं। फिर अपने बिस्तरे पर आ जाती हैं। जो भी उनके अपने थे, सब चले गए। अब सिर्फ सपने में ही आते हैं। काश, वे अभी होते! काश, वे सिर्फ सपने में ही न आकर साक्षात् आ जाते!

रामशरण बहू सोचने लगती हैं। सोचती जाती हैं। उन्हें पता भी नहीं चलता और सोचते-सोचते ही वे पुनः नींद की गिरफ्त में चली जाती हैं। इस बार सपने उन्हें जल्द नहीं आते। कुछ समय बाद आते हैं; लेकिन एकदम भयावह रूप में। वे देखती हैं कि दूधनाथ के मकान के चारों तरफ आग लगा दी गई है। जगिया, उसके साथी, पुस्तकालय की कोठरी वाले लड़के और अन्य अनेक लोग आग से बाहर गिरोह की शक्ल में हथियारों से लैस खड़े हैं। दूधनाथ के परिवार के जो लोग आग से बचने के लिए अपने घर से निकलकर भागना चाहते हैं, उन्हें बाहर खड़े लोग पकड़कर आग की लपटों में फेंक देते

हैं। गांव में ढूंढ़-ढूंढ़कर ओझाओं को पकड़ लिया गया है और उन्हें बारी-बारी से आग में फेंका जा रहा है। आदमी के जलने की तीखी दुर्गंध वातावरण में फैल गई है। आग की लपटें लाल, नीली और पीली होते हुए आसमान को छु रही हैं। बन्दूकें छूट रही हैं। नारे लगाए जा रहे हैं। नारों की तेज आवाज से कान फटने लगते हैं और सहसा उनकी नींद उचट जाती है।

रामशरण बहू आश्चर्यचकित हो बैठ जाती हैं। आज इस तरह के सपने उन्हें क्यों आ रहे हैं? ऐसा तो पहले कभी नहीं होता था। उन्हें अपनी मां की एक बात याद आ जाती है। जब वे क्वांरी थीं और मायके में थीं तो एक बार उनकी मां ने कोई सपना देखने के बाद उन्हें बताया था कि सपने या तो किसी शुभ कार्य के होने से पहले आते हैं या विघ्न उपस्थित होने से पहले। रामशरण बहू अपने सपनों को याद कर सोचती हैं कि अब उनकी जिन्दगी में कौन-सा शुभ कार्य होगा? जरूर कोई बहुत बड़ा विघ्न ही उपस्थित होने वाला है। ये सपने उसीकी पूर्व सूचना देने आए हैं। ऐसा सोचते ही रामशरण बहू का अन्तर एकबारगी कांप उठता है। वे सिर से पांव तक दहशत में डूब जाती हैं।

अब तक सांझ हो चली है। दिन के उजाले पर सांझ की कालिमा हावी होने लगी है। रात होने में कोई देर नहीं। लेकिन जाने क्यों, रात के नाम से ही रामशरण बहू का चेहरा स्याह पड़ने लगता है। उनका गला सूख जाता है। उनके अन्दर एक अज्ञात भय की लहर दौड़ जाती है। उन्हें लगता है, रात, रात नहीं, कोई मानव-भक्षी राक्षसी हो, जो उन्हें निगलने के लिए आगे बढ़ रही हो।

रामशरण बहू ढिबरी जलाती हैं। फिर कमरे से निकलकर आंगन में आ जाती हैं। आकाश में तारे उगने लगे हैं। गांव के विभिन्न घरों से धुआं उठ-उठकर आकाश में छाने लगा है। शायद चूल्हे जल गए हैं। लेकिन उनका चूल्हा आज नहीं जलेगा। दुखन की मां तो दिन में ही रात का खाना भी बनाकर गई है।

रामशरण बहू सुनती हैं, उनके बगल के घर से रोज की भांति औरतों की खिलखिलाहट की आवाज सुनाई पड़ती है। रामशरण बहू जानती हैं उस घर

में दो नई बहुरिया आई हैं। उनके पति खेती-गृहस्थी करते हैं। दिन-भर खेतों पर रहते हैं। लेकिन शाम को जब घर लौटते हैं तब उनके यहां हंसी-मजाक और खिलखिलाहट का दौर शुरू हो जाता है। उनके लिए रात कितनी रंगीन और सुहावनी होती है! मानव-जीवन का वे सच्चा आनंद पाते हैं। और एक वे हैं! लेकिन वे मानव हैं ही कहां? अपने जानते ही तो वे मानव हैं। गांव के लोग तो उन्हें दानव समझते हैं...।

अचानक बाहर का दरवाजा खटखटाता है। रामशरण बहू के कान खड़े हो जाते हैं। दुखन की मां तो होगी नहीं, फिर कौन है? एक क्षण तक रामशरण बहू आंगन में चुपचाप पूर्वतः खड़ी रहती हैं। फिर बाहर के दरवाजे वाले कमरे में चल पड़ती हैं। दरवाजे के पास पहुंचकर वे मौन हो यह जानने की कोशिश करती रहती हैं कि कौन है। लेकिन दुबारा न तो कोई दरवाजा ही खटखटाता है और न आवाज ही देता है। काफी देर तक प्रतीक्षा करने के बाद रामशरण बहू पूछती हैं, "कौन है?"

बाहर से कोई जवाब नहीं आता। इसके बाद आवाज को थोड़ा और तेज कर वे पुनः पूछती हैं, "कौन है?"

इस बार भी उत्तर में सिर्फ सन्नाटा। अब रामशरण बहू दरवाजा खोलती हैं। बाहर कोई नहीं है। शायद कोई लड़का उनको तंग करने के लिए दरवाजा खटखटा गया हो। इससे पहले भी उनको तंग करने के लिए लड़के कई बार ऐसा कर चुके थे। लेकिन उन्हें लगता है, यह किसी लड़के का काम नहीं, जरूर दूधनाथ ने फिर किसीको भेजा होगा...।

रामशरण बहू दरवाजा बंद कर अपने कमरे में चल देती हैं। मन में यह बात आते ही कि दूधनाथ ने किसीको भेजा होगा, उनका चित्त अशांत हो जाता है। भयावह और डरावनी आकृतियां उनके सामने नाचने लगती हैं। दूधनाथ ने उनको खींचकर ले जाने की योजना बनाई है। दिन में तो इस काम में वह सफल नहीं हो पाएगा, इसीलिए रात में ही वह ऐसा करेगा।

रामशरण बहू अपने कमरे में आ जाती हैं। रात की कालिमा काफी गहरा गई है। रामशरण बहू अपने कमरे के भीतर का दरवाजा भी बंद कर लेती

हैं। फिर अपने बिस्तर पर लेट जाती हैं। बाहर के दरवाजे से आने पर ही वे काफी थक गई-सी लगती हैं। सिर से पांव तक पसीने से भीग गई हैं। साथ ही धीरे-धीरे हांफने भी लगी हैं।

रामशरण बहू काफी देर तक चुपचाप यों ही पड़ी रहती हैं। फिर उन्हें याद आता है, रात का खाना उन्होंने अभी तक खाया नहीं। लेकिन यह याद आने के बाद भी उन्हें खाने की इच्छा नहीं होती है। बाहर का दरवाजा खटखटाने के बाद उनका अन्तर डरावनी आशंकाओं से भर गया है। खाने की इच्छा का तो कहीं कोई नामोनिशान भी नहीं रह गया है। फिर भी वे जबरन सोचती हैं कि उन्हें खा लेना चाहिए। भूखे सोने से तो उनका शरीर और अधिक कमजोर होता जाएगा। दुखन की मां ठीक ही कहती है, जितने दिन भी जीना हो, स्वस्थ रहकर ही जीना चाहिए। खटिया पर घुल-घुलकर मरना तो सबसे अधिक कष्टदायक होता है।

रामशरण बहू सोचती हैं कि जिसे अभी मरना नहीं चाहिए, भगवान उसको मृत्यु देते हैं और जो मरना चाहता है, उसकी जिन्दगी बढ़ाते जाते हैं। उनके पति और जगतनारायणसिंह को अभी इस दुनिया में रहने की जरूरत थी, लेकिन भगवान ने उन्हें अपने पास बुला लिया और वे इस दुनिया से मुक्त होना चाहती हैं तो उनकी उम्र बढ़ाते जाते हैं। अगर वे काफी बूढ़ी होकर खाट पकड़ लेंगी तो फिर उनकी सेवा कौन करेगा? कोई अपना तो है नहीं। इसीलिए उन्हें इस बात के प्रति सतर्क रहना चाहिए कि मरने के दिन तक वे चलने-फिरने लायक रह सकें।

रामशरण बहू इच्छा न होने पर भी खाना खाने के लिए खटिया से नीचे उतर जाती हैं। दुखन की मां उसी कमरे में उनका खाना और पानी सब ढंककर रख गई है; लेकिन रामशरण बहू से खाया नहीं जाता है। रोटी का एक टुकड़ा तोड़कर मुंह में डालती हैं; पर उनके कान तो आंगन की ओर लगे रहते हैं। पिछली रात की तरह आज फिर हवा जोरों से बहना शुरू हो जाती हैं। दरवाजे का बजना। छप्पर से किसी चीज का आंगन में गिरना। हवा की सनसनाहट। रामशरण बहू से खाया नहीं जाता है। अपने साथ काफी जोर-जबर्दस्ती करने के बाद भी वे आधी रोटी से अधिक नहीं खा पाती हैं। फिर पानी पीकर पुनः बिस्तरे पर आ जाती हैं।

कमरे का दरवाजा भीतर से बंद कर लेने के बाद कमरे की गर्मी बहुत बढ़ गई है। लेकिन रामशरण बहू ने सोच लिया है, भोर होने से पहले वे दरवाज़ा नहीं खोलेंगी। जाने कब किस रास्ते से दूधनाथ का आदमी आ जाए!

रामशरण बहू सोने की कोशिश करती हैं। सोचती हैं, नींद लग जाती और एक ही बार सुबह में टूटती तो इस काल-रात्रि के संकट से वे मुक्त हो जातीं। लेकिन नींद आ नहीं पाती है। उन्हें लगता है कि दिन में उजाले की वजह से वे सो पाई थीं। उजाले से चाहे उनकी और कोई समस्या दूर न होती हो, लेकिन मन के अन्दर सुरक्षा-बोध की प्रतीति अवश्य होती है।

रात जैसे-जैसे गुजरती जाती है, रामशरण बहू के मन की आशंकाएं बढ़ती जाती हैं। उनका तो सिर्फ स्थूल शरीर ही बिस्तरे पर पड़ा है। चेतना तो आंगन और दरवाजे की आहट लेने में जुटी है। आंगन से कोई हल्की-सी आवाज भी होती है तो उनके हृदय की धड़कनें तेज हो जाती हैं। फिर उनके मन में तरह-तरह के डरावने विचार आने लगते हैं।

अचानक छप्पर से आंगन में किसी चीज के कूदने की आवाज आती है। रामशरण बहू के कान खड़े हो जाते हैं। उनके हृदय की धड़कनें तेज हो जाती हैं। वे एकाग्रचित्त हो आहट लेने लगती हैं। उनके दिमाग में आशंकाओं के घोड़े दौड़ने लगते हैं। जरूर दूधनाथ का कोई आदमी छप्पर से आंगन में कूद आया है। अब वह बाहर का दरवाजा खोलेगा। फिर अनेक लोग आ जाएंगे। इसके बाद उनके कमरे के खुलने की वे सब प्रतीक्षा करेंगे। जब वे अपने-आप नहीं खोलेंगी, तब वे तोड़ना शुरू कर देंगे...लेकिन नहीं...दरवाजा टूटने से पहले वे शोर मचाकर लोगों को जुटा लेंगी...। रामशरण बहू अभी इतना ही सोच पाई थीं कि आंगन से आवाज आती है, 'म्याऊं!'

एक क्षण के लिए रामशरण बहू को लगता है, बिल्ली है। फिर वे सोचती हैं, नहीं। बिल्ली की बोली बोलकर उनके यहां आया आदमी अपना मकसद पूरा करना चाहता है। सोचता है कि बिल्ली समझकर रामशरण बहू दरवाजा खोल देंगी और वह अपने उद्देश्य में सफल हो जाएगा। इलाके

की कई चोरियों में ऐसा हो चुका है। चोर पशु की बोली बोलकर किवाड़ खुलवाने में सफल हो गए हैं। लेकिन रामशरण बहू किवाड़ नहीं खोलेंगी। वे याद करती हैं, छप्पर से आंगन में कूदने की आवाज किसी बिल्ली की नहीं, आदमी की आवाज थी। काफी भारी-भरकम और वजनदार आवाज। रामशरण बहू के मन में यह पक्का विश्वास हो जाता है कि कोई आदमी निश्चय ही उनके यहां कूद आया है। फिर उनके अन्दर घबराहट और बेचैनी बढ़ जाती है। वे खटिया से उतर दरवाजे के पास आती हैं और दरवाजे की दरार से झांककर आंगन में देखती हैं। आंगन में घोर अन्धकार छाया है। कुछ भी दिख नहीं रहा है। लेकिन उनकी नजर जिधर जाती है, उधर ही उन्हें कोई आदमी खड़ा प्रतीत होता है। उन्हें साफ़ लगता है कि आंगन के एक कोने में एक आदमी खड़ा है और वह घातक हथियार लिए हुए है। वे डर के मारे थर-थर कांपने लगती हैं। शोर मचाना चाहती हैं तो पाती हैं कि उनका कंठ सूख गया है। उनके मुंह से एक शब्द भी नहीं फूट पाता है। वे पलटकर बिस्तरे पर आ गिरती हैं। एक क्षण तक बेहोशी की स्थिति में पड़ी रहती हैं। फिर आंखें खोलती हैं। उन्हें चारों तरफ सिर्फ अन्धकार-ही-अन्धकार नजर आता है। इसी बीच छप्पर के खड़खड़ाने की आवाज उन्हें सुनाई पड़ती है। उन्हें लगता है, उनके कमरे के छप्पर पर कई लोग चढ़ गए हैं और वहीं से सूराख बनाकर अन्दर आ रहे हैं। फिर उन्हें अपने कमरे की दाईं दीवार में खरखराहट महसूस होती है। वे अनुमान लगाती हैं, उनके कमरे में पहुंचने के लिए बाहर से दीवाल में सेंध लगाया जा रहा है। वे अपनी दोनों आंखें बंद कर लेती हैं। फिर भी उन्हें लगता है कि हजारों आदमी हथियारों से लैस उनकी ओर बढ़े चले आ रहे हैं। वे आंखें खोल देती हैं। लेकिन यह क्या? उन्हें लगता है कि छप्पर में एक बड़ा-सा सूराख हो गया है और कई लोग अन्दर उतर रहे हैं। वे देखती हैं, बगल की दीवार में सेंध-मरनी से छेद कर दिया गया है और कई लोग बाहर से झांक रहे हैं। एक क्षण के लिए उनके होश-हवाश गुम हो जाते हैं। फिर उन्हें अपनी आंखों के सामने बिजली चमकने जैसा आभास होता है। इसके बाद वे पागलों की तरह तेजी से उठती हैं और कमरे का दरवाजा

खोल आंगन में आ जाती हैं। उन्हें लगता है, छप्पर पर अनेक आदमी बैठे हैं। वे आंगन में एक क्षण भी खड़ा नहीं रह पाती हैं। वहां से भागते हुए बरामदे में पहुंचती हैं और बाहर का दरवाजा खोल गांव की गली में आ जाती हैं। गली में आने के बाद रामशरण बहू को कुछ शांति महसूस होती है। ठंडी हवा के स्पर्श का उन्हें सुखद अनुभव होता है। यहां घर की अंधेरा भी बहुत गहरा नहीं है। आकाश में टिमटिमाते तारों की तरह मद्धिम रोशनी नीचे तक आ रही है।

रामशरण बहू चुपचाप आगे बढ़ी जा रही हैं। रात आधी से अधिक बीत गई है। सन्नाटा हर जगह व्याप रहा है। अपने-अपने दालानों पर लोग गहरी नींद सोए हैं। कहीं किसीके खांसने की आवाज सुनाई पड़ जाती है तो कहीं किसी घर से किसी बच्चे के रोने की। कहीं-कहीं दालान की गर्मी से ऊबकर कुछ लोग गली के किनारे ही चौकी बिछाकर सो गए हैं। कहीं किसीके दरवाजे पर बंधे पशु रंभाते नजर आते हैं। एक जगह एक कुत्ता रामशरण बहू को देखकर भूंकने लगता है। फिर उनके पास आकर उन्हें पहचान लेने के बाद दुम हिलाने लगता है। वह उनके मुहल्ले का ही कुत्ता होता है।

रामशरण बहू एक गली को लांघते हुए दूसरी और फिर तीसरी में घुसती जाती हैं। देखते-देखते ही वे गांव से बाहर चली आती हैं। यहां से एक कच्ची सड़क उन्हें मिलती है। सड़क के एक किनारे गांव है और दूसरी ओर खेत। वे कच्ची सड़क पकड़कर चल देती हैं। कुछ दूर जाने के बाद वे थकान महसूस करने लगती हैं। 'डिहवार बाबा' के स्थान तक पहुंचते-पहुंचते वे बुरी तरह थक जाती हैं। अब उन्हें चलने की तनिक भी इच्छा नहीं होती। डिहवार बाबा के पास उन्हें काफी शीतलता महसूस होती है। डिहवार बाबा का चबूतरा काफी बड़ा है। चबूतरे के छोर पर डिहवार बाबा की स्थापना की गई है। चबूतरे के पास ही पीपल का एक घना वृक्ष है। यहां का वातावरण एकदम शांत और मन को मोह लेने वाला लगता है। रामशरण बहू चबूतरे पर बैठ जाती हैं। उनकी आंखें झपकने लगती हैं। फिर वे लेट जाती हैं। इसके बाद शीघ्र ही नींद उन्हें आ दबोचती है।

रात का चौथा पहर गुजर रहा होता है। मौसम गेहूं की कटनी का चल रहा है। कटनिहार अपने-अपने घरों से निकलकर खेतों की ओर चल देते हैं। चार कटनिहार सड़क पकड़कर भी जा रहे हैं। लेकिन डिहवार बाबा के पास पहुंचते ही उनके कदम रुक जाते हैं। यहां कौन सोया है? शायद कोई कटनिहार ही यहां पहले आ गया हो। लेकिन जब वे नजदीक पहुंचकर देखते हैं तो उनके अचरज का ठिकाना नहीं रहता कि यहां रामशरण बहू सोई हैं। फिर वे ऊंची आवाज में बातें करने लगते हैं कि रामशरण बहू किसी मंत्र की सिद्धि के लिए यहां पहुंची हैं, दूधनाथ के लड़के को खत्म करने के लिए कोई मनौती मनाने आई हैं...।

अपने पास कुछ लोगों की तेज आवाज सुन रामशरण बहू की नींद टूट जाती है। उन्हें यह देखकर अत्यधिक आश्चर्य होता है कि वे डिहवार बाबा के पास हैं और उन्हें कुछ कटनिहार आंखें फाड़-फाड़कर देख रहे हैं। वे यहां कैसे आईं, कौन ले आया, उन्हें कुछ भी समझ नहीं आता है। वे वहां से उठकर अपने घर की ओर तेजी से भागती हैं। अपने मकान के पास पहुंचकर उनका मन और अधिक विस्मय में पड़ जाता है। बाहर का दरवाजा खुला है। अगर कोई चोर घुसकर उनका बक्सा ले भागा हो, तब?

रामशरण बहू घर में घुसकर देखती हैं, उनका बक्सा सही-सलामत है। कोई भी चीज चोरी नहीं गई है। लेकिन यह हो कैसे गया? वे बुरी तरह हैरत में पड़ जाती हैं। फिर माथा पीटने लगती हैं। इसके बाद एक जगह बैठकर वे विचार करने लगती हैं। उन्हें लगता है, यह अशुभ लक्षण है। फिर वे फूट-फूटकर रोने लगती हैं...।

रामशरण बहू रोती रहती हैं। सुबह हो जाती है। दिन एक पहर चढ़ जाता है। फिर भी वे रोती ही रहती हैं। दुखन की मां रोज की भांति अपने नियत समय पर आती है। उसे देखकर रामशरण बहू और जोर-जोर से रोने लगती हैं। दुखन की मां आज गांव से एक सनसनीखेज सूचना लेकर आई है। डिहवार बाबा के पास रामशरण बहू को देखने के बाद कटनिहारों ने यह खबर पूरे गांव में फैला दी है। दुखन की मां आते ही उनसे पूछती हैं, "आप डिहवार बाबा के पास क्यों गई थीं?"

रामशरण बहू, दुखन की मां की ओर आंखें उठाकर रोते हुए ही कहती हैं, "मुझे कुछ नहीं मालूम दुखन की मां...कुछ नहीं मालूम...।"

दुखन की मां देखती है, रोते-रोते रामशरण बहू की आंखें सूज गई हैं। वह उन्हें धीरज बंधाती है तथा सांत्वना देते हुए चुप कराती है। रामशरण बहू की रुलाई इतनी हृदय-वेधक होती है कि दुखन की मां भी रोने लगती है। उससे सहा नहीं जाता।

दुखन की मां मन-ही-मन सोचने लगती है, रामशरण बहू डिहवार बाबा के पास क्यों गई थीं। गांव के लोग भले ही इसका दूसरा अर्थ निकाल लें, लेकिन वह तो रामशरण बहू को एकदम नजदीक से जानती है। वह दूसरा अर्थ कभी नहीं निकाल सकती है। उसे लगता है, दुख-तकलीफ और चिंताओं के चलते रामशरण बहू को पागलपन का दौरा पड़ने लगा है। दुखन की मां का मन भावी आशंकाओं से कांप उठता है। उसे याद आ जाता है, मृत्यु से कुछ दिन पहले भोका कहार की हालत भी ऐसी ही हो गई थी। सत्तर साल की उम्र गुजार देने के बाद भोका अचानक रातों में चलने लगा था। आधी रात के बाद या उसके आसपास भोका बिस्तरे से उठकर गांव में घूमने लगता। कभी वह बरगद के नीचे पाया जाता, तो कभी ठाकुरबारी पर, तो कभी केतुसिंह की बोरिंग पर। उसके परिवार के लोग चिंतित हो गए थे। लेकिन इसके ठीक एक हफ्ते के अन्दर ही भोका इस दुनिया से चला गया।

दुखन की मां रसोई बनाने में लग जाती है, लेकिन आज उसका हृदय बहुत अशांत है। मन किसी भी काम में लग नहीं रहा है। दिमाग में तरह-तरह की दुश्चिंताएं मंडरा रही हैं। यह जान चुकने के बाद कि रामशरण बहू के कदम मौत की तरफ बढ़ रहे हैं, उसका अन्तर चीत्कार कर उठता है। वह सोचती है कि उसे इस हालत में रामशरण बहू को नहीं छोड़ना चाहिए। वह मन-ही-मन यह निर्णय करती है कि अब रात में भी अपनी बहू की देखभाल कर रामशरण बहू के यहां आ जाएगी। अब सिर्फ उसे अपनी बहू को नहीं, रामशरण बहू को भी देखना है। उसकी बहू को तो सिर्फ प्रसव-पीड़ा से ही गुजरना है, रामशरण बहू की पीड़ा उसकी बहू की पीड़ा से कई गुना ज्यादा है।

दूसरी रात रामशरण बहू फिर अकेली रह जाती हैं। दुखन की मां उन्हें खाना खिलाकर जा चुकी है। हालांकि उन्होंने नाम का ही खाना खाया है, सिर्फ दुखन की मां का मन रखने के लिए। उनकी थाली में तो रोटियां ज्यों-की-त्यों पड़ी हैं। सिर्फ एक रोटी के कुछ टुकड़े ही वे निगल पाई हैं।

रामशरण बहू ने कल की ही भांति बाहर का और कमरे का दरवाजा बंद कर लिया है। वातावरण में उमस कल की ही तरह है। लेकिन आज वे ठंड महसूस करती हैं। उनकी तबीयत खराब हो चली है। दोपहर से ही उनके माथे और बदन में दर्द होना शुरू हुआ था तथा नाक से पानी आने लगा था। दुखन की मां ने उनके सारे बदन में तेल की मालिश की है तथा यह कहा है कि रो-रोकर आपने अपनी तबीयत खराब की है। अब एकदम नहीं रोने और कुछ भी नहीं सोचने के लिए दुखन की मां उन्हें अपनी सौगन्ध दिलाकर गई है।

रामशरण बहु को प्रारंभ में ठंड का साधारण अनुभव होता है। वे बिछावन की चादर खींचकर ओढ़ लेती हैं। उन्हें लगता है, इतने से ठंड दूर हो जाएगी। लेकिन उससे ठंड दूर नहीं होती। ठंड द्रुतगति से बढ़ती ही जाती है। वे महसूस करती हैं कि चादर से काम चलने वाला नहीं, कुछ और ओढ़ना पड़ेगा। लेकिन खटिया से उठने की हिम्मत नहीं होती उनकी। ठंड से वे सिकुड़ती जाती हैं। इस वक्त अगर कोई अपना होता तो कितनी सहायता मिलती। लेकिन अपनों का सुख तो सबको नसीब होता नहीं। जब उन्हें लगता है कि वे ठंड से बुरी तरह अकड़ जाएंगी, तब वे चादर के भीतर से अपना हाथ निकाल खटिया के पास ही स्टूल पर रखी रजाई खींचकर ओढ़ लेती हैं। लेकिन रजाई ओढ़ने के बाद भी ठंड से उन्हें मुक्ति नहीं मिलती। निरंतर बढ़ते ही जाने और कलेजा कंपा देने वाली ऐसी ठंड की अनुभूति उन्हें पहले कभी नहीं हुई थी। उनके हाथ-पांव कांपने लगते हैं। सारा बदन कांपने लगता है। दांत किटकिटाने लगते हैं। वे बर्फानी सर्दियों का अनुभव करते हुए अचेत पड़ी ठिठुरती रहती हैं। उन्हें अपने अंग सुन्न होते जान पड़ते हैं।

काफी देर तक इसी स्थिति में रहने के बाद धीरे-धीरे उनकी ठंड कम होने

लगती है। लेकिन जैसे-जैसे उनकी ठंड कम होती जाती है, वैसे-वैसे वे अपने शरीर के तापमान में वृद्धि महसूस करती हैं। पूरी तरह ठंड खत्म होने तक तो वे बुखार में जलने लगती हैं। अब उमस महसूस होनी शुरू होती है। वे अपने ऊपर से रजाई हटा देती हैं। चादर भी परे कर देती हैं। लेकिन उमस बढ़ती ही जाती है। लगता है, जैसे बदन के भीतर आग जल रही हो। मुंह और नाक से बाहर आने वाली हवा बहुत गर्म होती है तथा आंखों से आग की लपटें निकलती जान पड़ती हैं। उन्हें जोरों से प्यास लगती है। वे खटिया से उतर घड़े के पास जाती हैं। फिर एक ही साथ दो गिलास पानी गटागट पी जाती हैं। पानी पीकर वे पुनः ख़टिया पर पहुंचती हैं कि ठीक इसी वक्त छप्पर पर एक रोड़ा गिरने की आवाज होती है। रामशरण बहू का मन एक ही साथ शंकित और आतंकित हो उठता है। अकसर चोर-बदमाश किसीके यहां घुसने से पहले उसके मकान के ऊपर एक रोड़ा फेंककर यह जानने की कोशिश करते हैं कि घर वाले सो गए हैं या जगे हैं?

रामशरण बहू बुखार की उमस से तो बेहाल थी हीं, इस रोड़े की आवाज के बाद और अधिक व्यथित हो उठती हैं। फिर शीघ्र ही उनकी व्यथा घबराहट और बेचैनी में बदल जाती है। इस स्थिति में पहुंचने के बाद डरावने दृश्य उनकी आंखों के सामने नाचने लगते हैं। उन्हें लगता है कि कई नकाबपोश व्यक्ति उनके कमरे में आ गए हैं। उनके हाथों में घातक हथियार हैं। उनमें से एक आगे बढ़कर उनका गला दबाने लगता है। दूसरा उनका मुंह बंद कर देता है। तीसरा उनके ऊपर निर्दयता से वार करने लगता है। चौथा व्यक्ति दूधनाथ है। उसके हाथ में एक तेज चाकू है। वह उनके सीने पर वार करना चाहता है...। रामशरण बहू बुखार में ही बड़बड़ाने लगती हैं, "नहीं...मेरा कोई दोष नहीं...!"

अब वे शोर मचाना चाहती हैं; लेकिन मुंह खोलती हैं तो आवाज गले के भीतर ही घुटकर रह जाती है। वे आंख खोलकर देखना चाहती हैं कि जो देखा है उन्होंने, वह सही है या भ्रम है? लेकिन आंख खोलने के बाद उन्हें सिर्फ चिनगारियां ही चिनगारियां नजर आती हैं और चिनगारियों के बीच कई हिंसक चेहरों का आभास होता है। इसके बाद एकाएक उन्हें अपने

शरीर का तापमान बहुत बढ़ गया महसूस होता है। फिर उन्हें सांस लेने में कठिनाई होने लगती है। लगता है, इस कमरे में तनिक भी हवा नहीं। उन्हें अपना दम घुटता हुआ महसूस होने लगता है। कमरे से बाहर खुली हवा में जाने के लिए उनका मन छटपटाने लगता है। उन्हें लगता है कि अब अगर एक क्षण भी इस कमरे में ठहर गईं तो प्राण निकल जाएंगे। वह बेहोशी की स्थिति में बिस्तरे से उठ कमरे के दरवाजे के पास जाती हैं। उन्हें कुछ भी दीख नहीं रहा है। अंदाजे से ही वह कमरे का दरवाजा खोलती हैं फिर भागते हुए बाहर के दरवाजे की ओर चल देती हैं। एक जगह आंगन की दीवार से टकराकर गिर जाती हैं। माथा फूटते-फूटते बचता है। वहां से फिर उठकर भागती हैं और बाहर का दरवाजा जाकर खोल देती हैं। बुखार के वेग में वे कमरे से बाहर के दरवाजे तक तो दौड़ते हुए आ जाती हैं, लेकिन बाहर का दरवाजा खोलने के बाद उन्हें लगता है कि अचानक किसी ने जमीन से आसमान में उठाकर उन्हें जोरों से पटक दिया हो। इसके बाद वे वहीं गिरकर अचेत हो जाती हैं।

रामशरण बहू की चेतना जब लौटती है, वे अपने को पसीने से भीगी हुई पाती हैं। उनकी इच्छा होती है कि कमरे में बिस्तरे पर चलें, लेकिन यहां से एक कदम चल सकने में भी अब वे अपने को असमर्थ पाती हैं। चुपचाप वहीं बाहर के दरवाजे के पास पड़ी रहती हैं, गली की ठंडी हवा का स्पर्श उन्हें अच्छा लगता है। नजर उठाकर गली में देखती हैं तो कुछ भी नजर नहीं आता, सिर्फ अन्धकार और सन्नाटा! लेकिन यह क्या? अचानक गली में छिपा एक आदमी तेजी से उनके पास आता है और उनका मुंह बंद कर देता है। फिर और दो-तीन आदमी आते हैं और उन्हें टांगकर भागते हुए चल पड़ते हैं। वे देख रही हैं, गली के दालानों पर लोग सोए हैं। वे शोर मचाकर लोगों को जगा देना चाहती हैं, लेकिन उनके मुंह में काफी कपड़ा ठूंस दिया गया है। उनके अन्तर में हाहाकार मचा है। अन्दर से वे खूब चीख-चिल्ला रही हैं, लेकिन बाहर उनकी कोई भी आवाज नहीं निकल पा रही है।

रामशरण बहू को टांगकर ले जाने वाले लोग पूर्व निश्चित योजना के अनुसार दूधनाथ चौधरी के घर ले जाते हैं। फिर उन्हें उस कमरे में ले जाया

जाता है, जहां दूधनाथ का लड़का पड़ा है। अब उन्हें नीचे उतारा जाता है। उनके मुंह में ठूंसा कपड़ा भी निकाल दिया जाता है।

कमरे में लालटेन जल रही है। रामशरण बहू भय के मारे थर-थर कांप रही होती हैं। वे देखती हैं, पंलग पर दूधनाथ का लड़का मुर्दे की तरह पड़ा है। वह एकदम पीला और नर-कंकाल की तरह लग रहा है। कभी-कभी अपना हाथ-पांव हिलाता है, जिससे उसके जिन्दा होने का आभास होता है। कमरे में धूप-दीप के जलने की सुगंध फैली है। दूधनाथ, उसके भाई, उसके घर की औरतें और उसके दो-तीन विश्वासी आदमी वहां मौजूद हैं। दो बाहर के ओझा पलंग के नीचे बैठे गुनगुनाते हुए 'पचरा' गा रहे हैं। रामशरण बहू से दूधनाथ पूछता है, "बोल! मेरे बेटे को ठीक करती है कि नहीं?"

"मैंने आपके लड़के को कुछ नहीं किया है।" रामशरण बहू दोनों हाथ जोड़कर कांपने लगती हैं।

"तो किसने किया है?" एक ओझा गरजता है।

"रामायण से लौटते वक्त इनके चबूतरे पर क्यों बैठी थी?" दूसरा ओझा दहाड़ता है।

"ईश्वर जानता है, मैं बिल्कुल निर्दोष हूं... मैं तो यह जानती भी नहीं कि डायन क्या होती है!" रामशरण बहू गिड़गिड़ाने लगती हैं।

"अभी तुमको सब बता दिया जाएगा।" दूधनाथ का भाई धमकी देते हुए कहता है।

"यह ऐसे नहीं मानेगी...मेरा लाल तो अब जा ही रहा है...मैं इसे भी नहीं छोड़ूंगी...।" दूधनाथ की पत्नी चिल्लाते हुए आगे बढ़ती है और बाज की तरह झपटकर रामशरण बहू की साड़ी खोल उन्हें नंगा कर देती है। फिर दौड़कर रसोई में जल रहे चूल्हे से एक जलती हुई लकड़ी खींच ले आती है और कहती है, "बोल डायन! मेरे लाल को ठीक करती है कि नहीं?"

रामशरण बहू आंख बंद कर लेती हैं। उनकी आंखों से आंसू ढरकने लगते हैं। फिर वे अपने दोनों हाथ ईसा मसीह की तरह ऊपर आसमान की ओर जोड़ते हुए कहती हैं, "हे भगवान! अब तू ही सहारा है।"

दूधनाथ की पत्नी चिल्लाती है, "पाखंड कर रही है चुड़ैल!" और जलती हुई लकड़ी से वह रामशरण बहू के गुप्तांग पर वार करती है। रामशरण बहू के मुंह से 'आह!' की एक करुण आवाज निकलती है और वे वहीं धड़ाम से गिर जाती हैं। मांस जलने की तीखी दुर्गन्ध कमरे में फैल जाती है। दूधनाथ की पत्नी गुस्से में चूल्हे से आग के काफी अंगारे निकाल उनकी देह पर फेंक देती है।

दुखन की मां अपने बेटे और बहू के साथ रात का खाना खाकर रामशरण बहू के यहां चलना चाहती है कि पुनः उसकी बहू के पेट में कल की ही भांति दर्द होने लगता है। कस्बे की डाक्टरनी ने बताया है कि दिन पूरा हो गया है। आजकल में ही बच्चा हो जाना चाहिए।

दुखन की मां तेल गरम करके अपनी बहू के पेट पर रखती है और हाथ से धीरे-धीरे उसका पेट सहलाने लगती है। दुखन के बाद इस घर में यह दूसरा बच्चा होने वाला है। दुखन को पैदा हुए बत्तीस साल हो गए हैं। इस बीच कोई बच्चा नहीं हुआ। बत्तीस साल बाद फिर इस घर में एक बच्चे की किलकारी सुनाई देने वाली है। दुखन की मां का मन हुलसित-पुलकित हो उठता है। लेकिन यह याद करके कि रामशरण बहू अकेली होंगी...उसके ऊपर पागलपन का दौरा पड़ रहा है...उसका मन दुःखी हो उठता है। उसका ध्यान कभी अपनी बहू पर आ टिकता है तो कभी रामशरण बहू की ओर चला जाता है। कभी उसके चेहरे पर खुशी की लहर दौड़ जाती है तो कभी दुःख और चिंताओं में उसका चेहरा डूब जाता है।

दुखन की मां पाती है कि पेट सहलाते-सहलाते ही उसकी बहू सो गई है। दुखन की मां को लगता है, बच्चा होने वाला दर्द नहीं था। ऐसे ही दर्द हो गया था। बच्चा होने वाला दर्द होता तो उसे नींद नहीं आती।

दुखन की मां दुखन को जगाती है, फिर कहती है, "मैं मालकिन के यहां जा रही हूं। उनकी तबीयत ठीक नहीं है। अगर बहू के पेट में दर्द होने लगे तो मुझे आकर खबर कर देना।"

दुखन कहता है, "मैं वहां तक तुम्हें छोड़ने चलूं क्या?"

वह कहती है, "नहीं। मैं स्वयं चली जाऊंगी।"

दुखन की मां अपने घर से निकलकर चल देती है। एक गली को पार कर दूसरी गली में घुस जाती है। वह रामशरण बहु के बारे में ही सोचती जाती है, कितना अपमान, कष्ट और यातनाएं सह रही हैं वे! यह कैसा समाज है कि जो शक्तिशाली हैं, वे लाख गलतियां करते हैं, फिर भी कोई चूं तक नहीं करता और असहाय, बेसहारा को तंग करने के लिए सब आगे बढ़ आते हैं। इसीलिए दुखन की मां को लगता है कि चमरटोली की लड़ाई ठीक हुई है। हाथ जोड़कर गिड़गिड़ाने से अन्याय करने वाले लोग मानने वाले नहीं। जब उन्हें ईंट का जवाब पत्थर से दिया जाएगा तब वे रास्ते पर आएंगे। चमरटोली की लड़ाई के बाद से तो वह सहना भूल गई है। सेर का जवाब सवा सेर से देती है।

रामशरण बहू के बारे में सोचते-सोचते ही दुखन की मां उनके घर के पास आ जाती है। यह देखकर उसका मन आशंकाओं से भर जाता है कि रामशरण बहू के घर का दरवाजा खुला है। क्या रामशरण बहू को आज फिर पागलपन का दौरा पड़ा है? दुखन की मां के मन में तरह-तरह के सवाल उठने लगते हैं। वह तेजी से उनके घर के अन्दर घुस जाती है। रामशरण बहू कहीं नहीं हैं। उनकी खटिया खाली है। आंगन और रसोईघर में भी वह झांककर देख लेती है। फिर तेजी से गांव की गलियों में भागने लगती है। एक गली से दूसरी गली। वह चाहती है कि पूरे गांव में दौड़कर, जहां कहीं भी रामशरण बहू हों, उनके पास पहुंच जाए। वह एक गली को भागते हुए पार कर रही है कि अचानक एक मोड़ पर दूधनाथ की गली से तीन-चार आदमी आते हुए दीखते हैं। वह ध्यान से देखती है, वे लोग किसीको टांगकर ले आ रहे हैं। सोचती है, शायद कोई बीमार होगा। कस्बे के अस्पताल में ले जा रहे होंगे। फिर उसे लगता है, रोगी को तो लोग खटिया पर लिटाकर ले जाते हैं। इसे तो ऐसे ही हाथों और कन्धों पर टांग रखा है। शायद कोई चीज हो। फिर उसे उन लोगों पर सन्देह होने लगता है। सोचती है, दौड़कर उनके पास पहुंच जाए। लेकिन उसे लगता है, अगर चोर-बदमाश होंगे तो हथियारों से लैस होंगे! पास पहुंचने पर उसकी आवाज बंद कर देंगे। इसीलिए वह दूर से ही आवाज देती है, "कौन है?"

सोचती है, उसकी आवाज सुन अगर उसकी ओर वे सब मुखातिब होंगे तो वह शोर मचाकर लोगों को जुटा देगी। लेकिन यह क्या? उसकी आवाज सुनते ही वे सब जिस चीज को टांगकर ले आ रहे थे, उसे वहीं गली में पटक पीछे की ओर भाग चलते हैं। दुखन की मां भागने वालों में दूधनाथ के भाई को पहचान लेती है। अब वह उन सबका पीछा करते हुए चिल्लाती है, "चोर! ...चोर! ... दौड़ो!...पकड़ो!"

आसपास के दालानों पर सोए अनेक लोग गली में आ जाते हैं। भागने वाले तो लापता हो जाते हैं; लेकिन दुखन की मां लोगों को लेकर वहां पहुंचती है, जहां उन्होंने टांगकर ले जाने वाली चीज फेंक दी है। वहां पहुंचकर यह देखते ही दुखन की मां और उसके साथ के लोगों के होश उड़ जाते हैं कि रामशरण बहू नंगी पड़ी हैं और उनके शरीर को कई जगह जला दिया गया है। दुखन की मां की हालत तो एकदम पागलों जैसी हो जाती है। वह रामशरण बहू के चेहरे के पास झुककर आवाज लगाती है, "मालकिन... मालकिन...!"

लेकिन रामशरण बहू कोई जवाब नहीं देती हैं। उनकी आंखें तो बंद हैं। सिर्फ उनके हृदय की धड़कनें चल रही हैं, लेकिन होश गायब हैं। दुखन की मां अब उनके पास से हटकर गांव की गलियों में बेतहाशा दौड़ते हुए गला फाड़कर चिल्लाने लगती है, "दौड़ो...दौड़ो...दूधनाथ ने रामशरण बहू को जिन्दा जला दिया है...बचाओ...बचाओ...एक अबला की रक्षा करो...!"

दुखन की मां गांव के इस छोर से उस छोर तक चिल्लाकर लोगों को जगा देती है। लोग घटनास्थल पर जुटने लगते हैं। पहले से भी वहां काफी लोग मौजूद हैं। देखते-ही-देखते वहां पूरा गांव इकट्ठा हो जाता है। सबसे पहले जगिया और उसके साथी पहुंचते हैं। फिर गांव के अन्य नौजवान। इसके बाद लाठी टेकते हुए बुड्ढे आ जाते हैं। घर के अन्दर सोई औरतें आ गई हैं। उनींदी आंखें लिए बच्चे आ खड़े होते हैं, और वहां आकर रामशरण बहू को देखने के बाद अन्तर खौल उठता है। सारे गांव के रहते हुए एक अबला की दूधनाथ ने यह दुर्गति की! लोग रामशरण बहू को देखने तथा

उनके जीने-मरने का अंदाजा लगाने लगते हैं। जो लोग रामशरण बहू को डायन समझते थे, वे भी दूधनाथ द्वारा उनकी इस तरह दुर्गति देख, दूधनाथ के प्रति खफा हो गए हैं। और दुखन की मां! वह तो भीड़ को चीरकर रामशरण बहू के समीप पहुंचती है और उनके नंगे बदन को अपनी साड़ी फाड़कर ढंक देती है तथा उनके मुंह पर पानी का छींटा देते हुए उन्हें होश में लाने की कोशिश करने लगती है। लेकिन रामशरण बहू उसी तरह पड़ी रहती हैं। दुखन की मां रोते और चिल्लाते हुए कहती है, "मालकिन, आपको जलाकर वह कसाई जिन्दा नहीं रहेगा...सारा गांव जुट गया है...अब फैसला होकर रहेगा!"

लेकिन रामशरण बहू को तो जैसे कुछ सुनाई ही नहीं पड़ रहा है। वे उसी तरह अचेत पड़ी हैं। अब तक गांव के वैद्यजी भी घटनास्थल पर पहुंच आए हैं और रामशरण बहु को होश में लाने के प्रयास में लग गए हैं। वैद्यजी के प्रयास के बाद एक क्षण के लिए अचानक रामशरण बहू की आंखें खुलती हैं। उनकी आंखें लाल और जाले से भरी हुई होती हैं। दुखन की मां के चेहरे पर खुशी लौटने लगती है। वह चिल्लाकर कहती है, "मालकिन, मैं कह रही थी न कि गांव के लोग जान जाएंगे तो चुप नहीं रहेंगे..."

लेकिन यह क्या? दुखन की मां अभी अपनी बात पूरी तरह कह भी नहीं पाती है कि रामशरण बहू को एक तेज हिचकी आती है। फिर उनकी आंखें सदा के लिए बंद हो जाती हैं। दुखन की मां अब अपने को रोक नहीं पाती। वह उनके शरीर पर गिरकर जोर-जोर से विलाप करने लगती है।

अब भीड़ के बीच से जगिया गरजता है, "इसका फैसला हो जाना चाहिए...यह एक बहुत बड़ा अन्याय है।"

बोधा दहाड़ता है, "हम सबको चुल्लू भर पानी में डूब मरना चाहिए कि एक विधवा को इस गांव में इज्जत से रहने नहीं दिया गया..."

पुस्तकालय की बैठक के लड़के कहते हैं, "दूधनाथ ने हत्या की है... इस गांव में इस तरह की घृणित और जघन्य हत्या अब तक नहीं हुई थी।"

दुखन कहता है, "अभी और इसी समय बदला लेना होगा...मैं सबको

उनकी मां की और इस गांव की धरती की सौगन्ध देता हूं कि पीछे न मुड़ें।"

और इसके बाद दूसरी सुबह फिर... !

• •